Calib
E OS BLUGUIS AZUIS

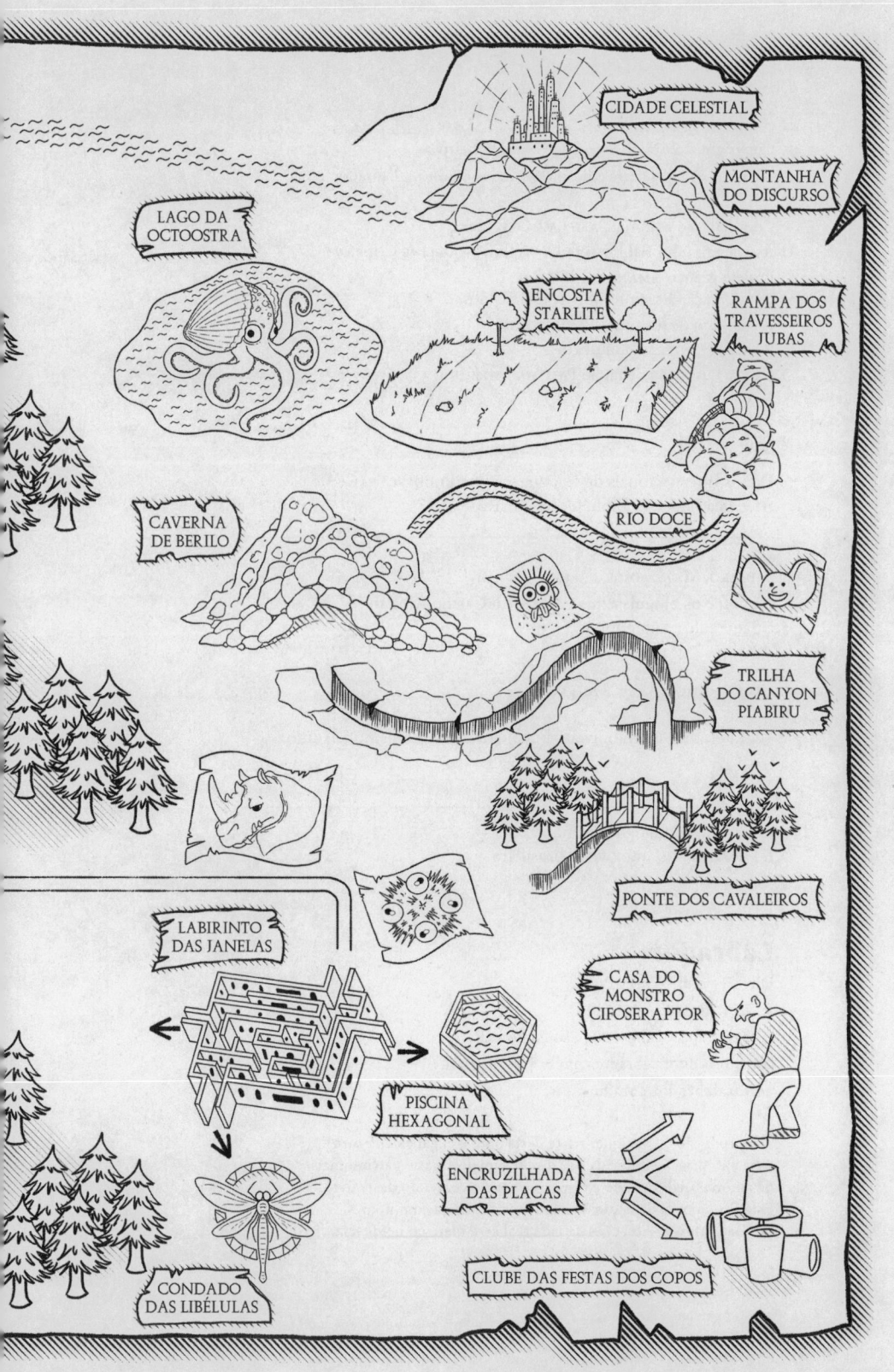

Copyright © 2024 de Maria do Carmo Ribeiro
Todos os direitos desta edição reservados à Editora Labrador.

Coordenação editorial Pamela J. Oliveira
Assistência editorial Leticia Oliveira, Jaqueline Corrêa
Projeto gráfico Amanda Chagas
Diagramação Estúdio dS, Amanda Chagas
Preparação de texto Bukva Editorial
Revisão Daniela Georgeto
Capa e ilustração de miolo Paloma Dalbon

Dados Internacionais de Catalogação na Publicação (CIP)
Angélica Ilacqua - Bibliotecária - CRB-8/7057

Ribeiro, Maria do Carmo
   Calib e os bluguis azuis / Maria do Carmo Ribeiro.
São Paulo : Labrador, 2024.
   304 p.

   ISBN 978-65-5625-479-1

   1. Literatura infantojuvenil brasileira 2. Cristianismo I. Título

23-6159   CDD 028.5

Índice para catálogo sistemático:
1. Literatura infantojuvenil brasileira

Labrador

Diretor-geral Daniel Pinsky
Rua Dr. José Elias, 520, sala 1
Alto da Lapa | 05083-030 | São Paulo | SP
contato@editoralabrador.com.br | (11) 3641-7446
editoralabrador.com.br

A reprodução de qualquer parte desta obra é ilegal e configura uma apropriação indevida dos direitos intelectuais e patrimoniais da autora. A editora não é responsável pelo conteúdo deste livro. Esta é uma obra de ficção. Qualquer semelhança com nomes, pessoas, fatos ou situações da vida real será mera coincidência.

MARIA DO CARMO RIBEIRO

Calib
E OS BLUGUIS AZUIS

Labrador

CAPÍTULO 1
PERFEIÇÃO INFANTIL

Adoro estar com meus amigos. Já nos conhecemos há bastante tempo e ficamos juntos sempre que podemos.

Naquela tarde de quinta-feira, era o nosso primeiro dia de férias e eu estava brincando com meus amigos na praça da rua Prata, número 44. Nós corríamos e nos divertíamos bastante. Estávamos muito alegres, rindo, à espera do grande momento de todos os finais de tarde: aquele em que podíamos ver o céu alaranjado, quando surgiam, de repente, muitas borboletas.

Ficamos em silêncio e parados, aguardando que elas aparecessem. Estávamos escondidos entre os arbustos e continuamos esperando. O perfume das plantas ao meu lado era muito agradável.

Eu podia sentir minha respiração. A expectativa me deixava animado.

Então, as borboletas começaram a aparecer de todos os lados, coloridas e dos mais variados tamanhos, voando rapidamente. Como sempre, precisamos correr para conseguir pegá-las. E, em seguida, soltá-las.

Parecia que as borboletas entendiam nossa brincadeira, pois se deixavam ser capturadas, sabendo que as soltaríamos logo em seguida. Esse era o nosso segredo.

Como era nosso hábito, pulamos, saltamos e nos esticamos de todos os jeitos para apanhá-las. Eu tinha a sensação de que eram centenas de borboletas. Olhava para cima e para baixo, e lá estavam elas. Meus amigos e eu balançávamos os braços no ar para todos os lados, correndo e rindo.

Naquela tarde, Meraki era o que mais pulava. Ele sempre era o mais determinado da turma.

Margarida ria muito do meu jeito desajeitado de correr e gritou para mim:

— Calib, você é tão desengonçado correndo!

Meraki acrescentou:

— É mesmo, Calib, você corre igual a um pato saindo da prova de matemática!

Eu nem me preocupei com o que eles falavam. O que eu queria mesmo era aproveitar aquele momento mágico. Sei que corro de um jeito desengonçado. Mas e daí? O importante é a brincadeira.

Angélica, uma menina de cabelos pretos e olhos verde-esmeralda, logo me defendeu:

— Margarida, não implique com o Calib, ele sempre corre dessa forma diferente.

Margarida não ficou quieta. Com o nariz empinado, logo falou:

— Diferente, nada! É desengonçado mesmo!

Sempre muito crítica, Margarida gostava de resmungar e falava muito alto.

— Deixe de reclamar do Calib — pediu Angélica, que era muito suave e queria sempre ver todos os amigos bem, além de ter um excelente humor.

Eu nem liguei para a conversa das duas e continuei aproveitando, encantado com a dança aérea das borboletas. Parecia que elas estavam se apresentando em um balé mágico só para nós. Flutuavam para a direita e para a esquerda, com suavidade e equilíbrio. Voavam com ritmo e estavam em harmonia umas com as outras, como se tivessem ensaiado por muito tempo para apresentar o espetáculo. Havia ritmo entre elas. Eu quase conseguia ouvir uma música de fundo, a mesma que minha mãe colocava às vezes em casa, durante o jantar. Observar as borboletas sempre me trazia uma grande sensação de paz.

Mal sabia eu, naquele momento, o quanto precisaria dessa paz.

O início do pôr do sol foi um sinal para as borboletas. Rapidamente, elas se juntaram no mesmo lugar, giraram no sentido horário e, em um segundo, todas foram embora voando.

Nós quatro aplaudimos aquele momento, nos despedindo delas. Sabíamos que as veríamos novamente em breve.

Aquele parecia ser o melhor lugar do mundo. Eu estava com um largo sorriso, comemorando um dia tão feliz. O pega-pega das borboletas era minha brincadeira preferida.

Que quinta-feira especial! Brinquei tanto com meus amigos! Tinha tudo o que eu queria. Mas o pôr do sol também era um sinal para nós: precisávamos ir para casa. Eram 18h, nossas mães já estavam nos esperando, embora a cor do sol ainda parecesse ouro brilhando na água da fonte da praça.

Meraki gritou para mim:

— Vamos, lesmoide!

Tomamos o caminho de volta para casa. Eu e Meraki acompanhamos Margarida, que morava mais perto, e Angélica até a porta de casa.

Quando crescer, vou comprar uma grande fazenda repleta de borboletas, pensava enquanto andávamos.

Estávamos sujos de terra e suados de tanto brincar, mas muito alegres.

Nem podia imaginar a surpresa que teríamos ao chegar à casa da Margarida. Assim que nos aproximamos do portão, na rua Imbuí, número 7, vimos o pai e a mãe dela à porta, esperando. Pela cara deles, percebemos que algo não estava bem. Assim que Margarida passou pelo portão, os dois começaram a gritar com ela.

A mãe segurava um vaso grande, quebrado em dois pedaços, e logo começou a falar:

— Você é uma inútil! Como pôde quebrar meu vaso? Foi sua avó que me deu, ele é muito valioso para mim. E você quebrou e nem me contou... Você não faz nada direito! Você é uma incompetente! Sua burra, desastrada! Você não presta atenção nas coisas. Sua prima que é uma menina inteligente. Mas você faz tudo errado!

E, como as coisas ainda podiam piorar, o pai de Margarida também começou a gritar:

— Você é um desastre! Tenho vergonha de ser seu pai. Você vai ser um fracasso! Você é ruim! Ninguém vai querer se casar com você. Esqueça que sou seu pai. Não fale mais comigo!

Ele gritava tanto que sua voz parecia um trovão.

Nesse momento, eu, Angélica e Meraki estávamos do lado de fora do portão. Mas a mãe de Margarida estava tão nervosa e ansiosa para xingar a filha que nem esperou que fôssemos embora. Na nossa frente, mesmo, continuou a brigar com nossa amiga.

Nós sabíamos que Margarida era retraída, e levar uma bronca dessas dos pais, na nossa frente, a deixaria pior. Ela se sentiria muito humilhada, teria muita vergonha quando nos encontrasse de novo.

No entanto, nós três ficamos ali, paralisados, observando a cena. Não sabíamos o que fazer ou o que falar para Margarida. Só conseguíamos assistir à cena e ver nossa amiga quieta, sem falar nada, sem se defender. Seu olhar era tão triste que ficamos desconsolados com a situação.

Sou criança! Não sei o que fazer, não sei como ajudá-la. Só fico triste com ela — era só o que eu conseguia pensar.

Angélica e Meraki estavam tão abalados quanto eu. Continuamos ali, paralisados, e nem sabíamos o que ainda veríamos.

Os pais de Margarida não paravam, continuavam a gritar e xingar cada vez mais.

Então, de repente, algo inesperado e misterioso começou a acontecer.

Cada vez que a mãe ou o pai criticava a filha, um pingo marrom de uns 10 centímetros surgia no ar, em cima da cabeça de Margarida. Flutuava e caía no chão. A cada momento que eles jogavam uma praga nela, apareciam aqueles pingos marrons que flutuavam, depois caíam e entravam na terra.

Comecei a sentir calafrios ao ver os pingos marrons. Fiquei prestando atenção para enxergar melhor, contando, acho que foram pelo menos nove. Aquilo era muito estranho, eu não conseguia entender o significado do que estava acontecendo.

Então, outra coisa ainda mais assustadora e horripilante aconteceu. No chão, onde os pingos marrons caíram, começaram a brotar pequenos monstrinhos, de mais ou menos 10 centímetros de altura, barulhentos e também de cor marrom. Eles eram redondos, com alfinetes espetados na cabeça. Tinham olhos grandes, três línguas caídas para fora da boca e uma minúscula orelha.

Os monstrinhos horrorosos foram brotando da terra, um após o outro, sem parar. Começaram a pular e grudar na Margarida como carrapatos. Quando grudavam nela, a alfinetavam com a cabeça, fazendo muitos sons irritantes, como um burburinho. Colavam-se no cabelo de nossa amiga e ficavam fazendo aquele barulho em seu ouvido. As línguas caídas, gosmentas, balançavam de um lado para o outro, jogando baba para todo lado.

Podíamos ver Margarida ficando ainda mais triste, desesperada com as alfinetadas e os ruídos irritantes. Ela arrancava os monstrinhos e os jogava longe, mas eles saltavam de volta em cima dela. Nossa amiga mostrava-se cada vez mais aflita. O burburinho era persistente.

O desespero de Margarida aumentou. Nesse momento, a felicidade foi se esvaindo dela. Margarida empalideceu. É isso mesmo! Ficou pálida!

Era difícil acreditar no que estávamos vendo. O mais impressionante é que não podíamos fazer nada. Ver a aflição e o sofrimento dela, sem poder ajudá-la, me deixava muito angustiado.

Todos os pingos marrons que haviam entrado na terra tinham se transformado em monstrinhos violentos.

— Calib, o que é isso? O que são esses monstrinhos marrons? O que vamos fazer? — Angélica me perguntou, chorando. — Ela é nossa amiga, precisamos ajudá-la! Calib! Pense numa solução!

Margarida nem se despediu de nós. Foi se afastando, cada vez mais pálida, entrando em casa. Subiu os quatro degraus da escada de mármore e, na porta, cabisbaixa, acenou um pequeno tchau para nós. Estava muito triste e desesperada com tantos monstrinhos pulando em cima dela. O mais preocupante era estar ficando pálida.

Aquilo era muito esquisito!

Nós ficamos parados na frente da casa de Margarida, tentando encontrar uma solução.

— O que vamos fazer? Precisamos ajudá-la — disse Meraki. — Calib, você sempre tem boas ideias. Pense em alguma coisa!

Fiquei pensando... pensando... Não conseguia ter nenhuma ideia do que fazer. Nunca tinha visto nada igual nos meus 9 anos de vida. Mas minha amiga estava sendo atacada por monstrinhos e estava muito pálida. Eu tinha de fazer alguma coisa, descobrir uma forma de ela sobreviver a esse ataque.

Eu precisava me acalmar. Então respirei fundo. Fechei os olhos. Aquietei os pensamentos, tranquilizando minha mente, e procurei a raiz do problema. Deixei que, por um momento, uma sensação de serenidade me envolvesse. Estava admirado com tudo aquilo. Mas permaneci em silêncio, pensando um pouco.

Quando cheguei a uma conclusão, perguntei para os meus amigos:

— Vocês querem ajudar a Margarida?

Meraki e Angélica logo responderam:

— Claro que queremos, Calib.

— Então é isso. Está decidido. Nós vamos ajudá-la! Vamos pensar, juntos... Como tudo isso começou?

— Começou com o vaso quebrado. A mãe dela ficou muito brava, bem brava mesmo, e começou a gritar — respondeu Meraki. — Os gritos eram pra valer! Sempre achei a mãe da Margarida meio azeda.

— Então, essa é a raiz do problema — falei. — Nós podemos juntar dinheiro para comprar outro vaso, daí damos o dinheiro para a mãe da Margarida. Ela compra outro vaso e tudo se resolve.

— Calib, que ótima ideia! Uma ideia brilhante! — Angélica exclamou. — Acho que vai funcionar. Será que assim aqueles monstrinhos vão embora?

— Espero que sim! — respondi. — Agora vamos para casa, já está ficando tarde. Amanhã conseguimos o dinheiro para o vaso novo e tudo vai voltar ao normal com a Margarida. Acho que os monstrinhos irão embora se os pais dela pararem de xingar e criticar a nossa amiga.

Deixamos Angélica na casa dela primeiro, porque era bem perto, na mesma rua, no número 18. Depois, eu e Meraki nos separamos e fomos para casa. Conforme Meraki se afastava na direção da casa dele, pude ouvi-lo assobiando.

O que havia acontecido com Margarida tinha sido espantoso, misterioso. No dia seguinte, porém, resolveríamos a situação. Tínhamos uma tarefa importante pela frente.

Quando eu estava na frente da igreja, passou uma moto bem barulhenta, mas eu estava tão pensativo que seu ronco nem me incomodou. O motoqueiro parou perto de mim para conversar com uma mulher que estava parada na calçada. Eles não perceberam que eu estava escutando. No entanto, pude ouvir o que conversavam.

— Aquele ali é o Calib. Ele não sabe ainda, mas vai ser muito famoso! As crianças do mundo todo vão conhecer o nome dele. No futuro, as pessoas escreverão livros sobre o Calib. Ele será uma lenda — disse o motoqueiro.

— É mesmo, milhares de pessoas vão saber tudo a respeito dele — afirmou a amiga do motoqueiro. — O que ele nem imagina é que muitos adultos estão reunidos em segredo, em várias partes do mundo, rezando por ele nesse momento. Que o Criador abençoe o Calib. Boa sorte para ele!

Ao terminar de falar, a mulher subiu na garupa da moto e, rapidamente, os dois foram embora. Fizeram um barulho danado com a moto e sumiram de repente.

Senti um aperto no coração. Quase dei um pulo para trás, sentindo um grande nervosismo. Pensei: *O que foi isso? O que aconteceu? Quem eram aquelas pessoas? Falaram meu nome! Como me conhecem? Nunca vi aqueles dois!*

Achei tudo muito estranho e fiquei com muitas dúvidas e preocupações. Notei que alguma coisa estava acontecendo, mas não conseguia entender direito o que era. Inocentemente, continuei seguindo para casa.

E foi assim que iniciei meus desafios, minha *Jornada do Caminho*.

QUANDO SURGIR UM OBSTÁCULO NA JORNADA DO CAMINHO, RESPIRE FUNDO, PENSE, ACALME-SE E PROCURE A RAIZ DO PROBLEMA.

CAPÍTULO 2

GANHANDO MUITO DINHEIRO!

Na sexta-feira bem cedinho, meus amigos chegaram em casa. Tinham acordado às 6 da manhã. Estavam ansiosos e apressados para conversar. Juntos, começamos a pensar em como conseguiríamos o dinheiro para ajudar Margarida.

— O que podemos fazer para arranjar o dinheiro? — perguntei.

— Meu pai trabalha muito para ter dinheiro — disse Angélica.

— Mas onde nós vamos trabalhar para ganhar dinheiro? — indagou Meraki. — Somos crianças! Temos só 9 anos.

Foi aí que sugeri:

— O que cada um de nós sabe fazer? Quais coisas fazemos bem? No que somos bons?

— Eu sei jogar bola e ajudo meu pai a lavar o carro — respondeu Meraki.

— Eu assisto a muitos filmes e ajudo minha mãe a fazer bolos — declarou Angélica. — Tiro notas boas em biologia e desenho bem.

Então, foi a minha vez de falar:

— Eu danço bem. E escrevo bem, até ganhei o prêmio de melhor redação da escola. Sou bom em matemática e bom vendedor. Vendi muitos convites da festa junina. Quais dessas nossas qualidades podemos usar para ganhar dinheiro?

— Acho que podemos lavar carros e juntar algum dinheiro.

— Sim, Meraki! Essa é uma forma de ganhar dinheiro. Mas não por muito tempo, porque as pessoas não lavam o carro todos os dias — argumentei. — Precisaríamos esperar até a próxima semana para lavar os carros de novo. É muito tempo! Nossa amiga está muito pálida, precisamos ajudá-la rapidamente.

Angélica deu uma sugestão:

— Podemos vender bolos. Eu faço os bolos com a minha mãe, e vocês dois podem vendê-los.

— Boa ideia! Vamos tentar isso! — exclamei. — Como estamos de férias, podemos vender bolos hoje e amanhã, mudando o tipo de bolo para podermos vender nos dois dias. Se juntarmos o dinheiro de dois dias, vamos ter a quantia necessária para a mãe da Margarida comprar outro vaso.

Assim, organizamos a nossa produção de bolos. Escolhemos o sabor: o do primeiro dia foi de brigadeiro, que todo mundo gosta. No segundo dia fizemos de morango. A mãe da Angélica ajudou bastante. Ela concordou com a nossa ideia e fez os bolos com muita alegria.

Fomos fazendo as vendas. Modéstia à parte, sou simpático. As senhoras mais velhas compravam toda a nossa produção. Meraki e eu vendemos todos os bolos feitos por Angélica e sua mãe. Conforme recebíamos o dinheiro, enchíamos os bolsos.

Durante os dois dias só pensávamos em ir logo vender os bolos. Ficamos surpresos por vendermos tanto e tão rapidamente.

Até meu pai comentou, brincando:

— Vocês venderam tudo isso? Ganharam tanto dinheiro tão rápido assim? Dessa forma vocês vão ficar bilionários! Parabéns!

Tínhamos vendido muito mesmo! Lucramos bastante. Ganhamos um montão de grana. Bem mais dinheiro do que precisávamos. Ia até sobrar. Conseguiríamos guardar uma boa soma. Mas nem prestei atenção nos comentários do meu pai, meus amigos e eu só pensávamos em resolver logo a situação de Margarida.

Pesquisei na internet quanto custava um vaso. Como já tínhamos mais do que o valor necessário, nós três fomos direto para a casa de Margarida levar o dinheiro para a mãe dela comprar outro.

Angélica ainda tentava fazer as contas e entender como havíamos juntado tanto dinheiro. Ela não gostava nada de matemática. Antes das provas, eu sempre ia para a casa dela para ajudá-la a estudar.

Costumo tirar notas muito boas em matemática, mas Angélica me ajuda com biologia.

Nós não víamos Margarida desde quinta-feira, o dia em que os pais brigaram com ela na porta de casa. Ela estava de férias e não atendia o celular, estávamos sem notícias dela. E já era sábado. Nem quando fomos jogar videogame, na sexta-feira à noite, ela apareceu.

Conforme nos aproximávamos da casa de Margarida, percebi que estava muito animado por termos conseguido todo o dinheiro para resolver a situação.

De repente, Meraki perguntou:

— Calib, é você que vai falar com a mãe da Margarida? Porque eu vou ficar longe!

— Nem olhem para mim! — Angélica foi logo falando.

— Está bem! Eu falo com ela — afirmei.

Toquei a campainha. A mãe de Margarida apareceu logo e veio abrir o portão, dizendo:

— Vocês ainda são amigos dela? Não sei como vocês a aguentam! Minha filha é muito chata e insuportável! Ainda querem vê-la? Margarida está na cama. É uma preguiçosa, mesmo! Fica inventando que está doente. É uma acomodada!

Depois, olhando para dentro de casa, a mulher gritou:

— Margarida! Seus amigos estão aqui!

Angélica comentou em voz baixa:

— Que voz aguda! Por que será que a mãe da Margarida fala nesse tom com ela?

Eu também não conseguia entender por que a mãe falava com ela daquele jeito. Margarida era uma amigona, eu gostava muito dela. Às vezes era um pouco chatinha, sim, mas todas as pessoas têm defeitos.

Subimos a escada de mármore e entramos na casa. Mesmo com a mãe de Margarida tentando nos convencer a ir embora e abandoná-la ali, fomos visitá-la.

Quando passei pela sala, vi um porta-retratos com uma fotografia de Margarida com os pais. Ela, que é filha única, estava muito feliz na foto.

Bati três vezes na porta do quarto. Assim que entramos, vimos nossa amiga. Ela usava um pijama roxo, que ganhou de aniversário quando fez 9 anos. Ela havia ganhado vários presentes da família no aniversário. Nós estávamos na festa e a ajudamos a abrir os presentes, contamos 25 pacotes.

Uma tia lhe deu um relógio de ouro. Essa mesma tia, no ano anterior, havia feito uma viagem com ela para a Itália.

A família de Margarida tinha muito dinheiro. Meraki costumava brincar que eles tinham um tesouro enterrado na casa.

Nossa amiga estava deitada, muito triste e sem forças. Parecia mais pálida do que antes.

Procurei animá-la:

— Margarida, temos uma boa notícia! Conseguimos dinheiro para a sua mãe comprar outro vaso igual àquele que você quebrou.

Nessa hora, Meraki tirou o dinheiro do bolso e deu para ela.

Margarida não conseguiu se levantar da cama. Estava tão fraca que nem pegou o dinheiro direito, colocando-o imediatamente na mesinha de cabeceira. Ela, que é boa em matemática, nem quis contar o valor.

Eu e Margarida somos muito bons com números, costumávamos representar o colégio nas Olimpíadas de Matemática. E agora ela estava assim, apática.

Chamamos a mãe dela para entregar-lhe o dinheiro.

Quando a mãe se aproximou, Margarida falou, esperançosa:

— Mãe, meus amigos conseguiram dinheiro para comprar outro vaso! Meus amigos conseguiram! Você vai poder ficar contente! Pode comprar um vaso novo e ficar feliz comigo outra vez.

O que aconteceu, porém, foi inesperado para mim e para os meus amigos.

Eu estava animado e me achando um sucesso, porque tinha resolvido a situação. Mas a mãe de Margarida começou a gritar ainda mais com ela:

— Isso foi ideia sua? Acha que isso vai resolver o que você fez? Você quebrou uma coisa muito importante para mim. Nenhum dinheiro no mundo vai substituir aquele vaso.

— Mas você pode comprar outro, mãe!

— Você não entende, Margarida? Eu não quero outro! Quero aquele! Aquele é que era importante para mim. Outro não vai ser igual. Você é muito burra, mesmo, para achar que resolveria as coisas assim! E ainda foi dar trabalho para os seus amigos. Você é uma folgada mesmo! Uma abusada! Fica atrapalhando a vida dos seus amigos.

Decidi entrar na conversa:

— A ideia foi minha, não da Margarida. Ela não tem culpa de nada.

A mãe dela me ignorou e continuou:

— Sua inútil! Cada vez aprontando uma nova. E não adianta ficar aí na cama, fingindo que não está bem. Sei que você é uma folgada!

Nessa hora, a mãe começou a criticar e gritar pra valer... E nós vimos novamente os pingos marrons aparecerem. Já sabíamos o que aconteceria em seguida.

Angélica, que estava sentada ao lado de Margarida, deu um salto, se afastou rapidamente e segurou a mão de Meraki. Os dois, mais que depressa, já estavam do lado de fora do quarto, perto da porta.

Os pingos marrons continuaram surgindo. Flutuavam e caíam no chão, os monstrinhos não demorariam a aparecer.

Muito rapidamente, dos pingos marrons que caíam no chão foram brotando os monstrinhos horripilantes.

Como eu estava mais próximo de Margarida, alguns pularam e grudaram em mim. Isso me assustou bastante. Meraki e Angélica estavam junto à porta, mas vieram em minha direção para me ajudar, se esforçando para arrancá-los de mim.

Até uns dias atrás, eu não sabia da existência dos monstros. Depois de tê-los visto, descobri quanto medo tenho deles. Parecia que eles estavam mais fortes, pois naquele momento não atacavam só a Margarida, mas todos que chegavam perto dela.

Angélica olhava apavorada para os monstrinhos, torcendo para não grudarem nela também. Naquele momento, fiquei com muito medo.

A mãe de Margarida continua brava, xingando e gritando, e os pingos marrons continuavam aparecendo. Quanto mais a mãe gritava com a filha, mais pingos caíam no chão, formando outros monstrinhos. A quantidade era muito grande e os monstrinhos atacavam de todos os lados.

Vários deles pularam em Margarida, grudando nela, se amontoando na cama, espetando nossa amiga. Ela foi ficando mais apática e abatida, cada vez mais pálida.

Meraki puxou um tapete do chão, usando-o para bater nas criaturas.

Fui ficando com muito medo daquilo! Os monstrinhos perceberam isso e mais deles começaram a pular em cima de mim. Meraki tentou me ajudar, empurrando alguns e batendo em outros, mas pularam nele também.

Antes que eles pulassem na Angélica, gritei:

— Fuja! Fuja logo!

Rapidamente peguei todo o nosso dinheiro que ainda estava na mesinha de cabeceira, e saímos todos correndo de lá, tentando nos livrar dos monstrinhos.

A mãe de Margarida parecia não perceber nada do que estava acontecendo. Enquanto corríamos, ela falou para a filha:

— Olha lá os seus amigos! Fugindo de você! Não aguentaram ficar cinco minutos do seu lado. Eles não gostam de você, mesmo. Ninguém gosta de você.

Olhei para trás e vi Margarida virando para a direita e para a esquerda, lutando contra os monstros violentos, tentando escapar.

Na hora, eu quis voltar e falar para a Margarida que a mãe dela estava errada, que eu, Angélica e Meraki gostávamos muito dela, por isso éramos seus amigos. Mas não consegui. Tentávamos nos livrar dos monstrinhos, que estavam nos atacando também. E quando nos alfinetavam, doía pra caramba. O barulho que eles faziam nos ouvidos era um tormento irritante.

Já do lado de fora da casa, Meraki e eu começamos a tirar alguns alfinetes do corpo. Angélica havia conseguido escapar ilesa, sem nenhum monstrinho ou alfinete.

— Angélica, você que foi esperta, conseguiu fugir a tempo — comentou Meraki.

Angélica se aproximou de Meraki e tentou tirar um dos alfinetes espetados no braço dele. Ele deu um berro:

— Aiiii! Vai devagar! Isso dói! Você não tomou nenhuma espetada dessas, então não sabe como é. Dói pra caramba.

Fomos tirando os alfinetes restantes, nos acalmando.

— Que cheiro horrível esses monstrinhos têm! Cheiro de fumaça de cigarro mofado — disse Meraki.

Quando conseguimos nos livrar dos alfinetes, Angélica falou:

— Calib, o que aconteceu lá? O que foi aquilo? A mãe da Margarida não viu os pingos marrons? Não viu os monstrinhos? A cama da Margarida estava lotada daquelas coisas e a mãe dela nem percebeu! E agora, Calib? A Margarida vai achar que nós não somos amigos dela, que não gostamos dela. Mas isso não é verdade! Ela é nossa amiga. Nós a adoramos.

— Angélica, a mãe dela não vê mesmo os monstrinhos — respondi. — Por isso ela acha que nós saímos de lá fugindo da Margarida. Mas a Margarida é nossa amiga. Ela também viu os monstrinhos nos atacando. Sabe que fugimos deles, não dela.

— Não sei... Ela estava muito mais pálida do que no outro dia, Calib. Será que ela consegue acreditar que gostamos dela?

— Eu tentei voltar para o quarto, mas um dos monstros grudou na minha orelha e ficou fazendo aquele barulho insuportável. Parece que o barulho ainda está dentro da minha cabeça. Mas acho que Margarida sabe que nós a amamos — Meraki falou.

— Acho que não, Meraki! — discordei. — Ela estava muito pálida. Com a mãe gritando com ela... Os monstrinhos atacando... E nós fugindo daquele jeito... Margarida não vai acreditar que nós a amamos. Precisamos encontrar outra forma de ajudá-la.

— Dar o dinheiro para comprar um vaso novo não funcionou — comentou Meraki. — Então vamos pensar numa nova solução.

Tentei me acalmar, esquecer as alfinetadas que levei e achar outra maneira de ajudar. Tinha conseguido mais dinheiro do que jamais tivera na vida toda, na esperança de que desse certo.

Mas o desafio era maior do que eu tinha imaginado, ainda que eu quisesse muito encontrar uma solução! O mundo não girava à minha volta.

Parei. Respirei um pouco mais fundo! Quando me acalmei, pensei que não tinha sido bem-sucedido dessa vez. No entanto, continuaria procurando uma forma de ajudar minha amiga, tentando e persistindo até conseguir. Até descobrir como me defender daquelas coisas horríveis. Devia existir um modo de vencê-los, de fazer nossa amiga acreditar que gostamos dela. Eu não sabia como ainda. Mas tinha de encontrar uma solução.

MESMO QUE VOCÊ QUEIRA MUITO,
NA JORNADA DO CAMINHO O MUNDO
NÃO GIRA À SUA VOLTA.
DURANTE O CAMINHO, MESMO QUE ALGO
TENTE IMPEDIR VOCÊ DE ATINGIR SEU
OBJETIVO, CONTINUE TENTANDO E **PERSISTA**.

CAPÍTULO 3

ENCONTRO COM O SR. MILTON

No dia seguinte, domingo, Meraki e Angélica foram lanchar em casa.
— E aí, meninos? Tiveram alguma ideia? — Angélica quis saber. — Eu fiquei pensando em como ajudar a Margarida e a única ideia que tive foi falar com a minha mãe.
— A única coisa que eu pensei foi ficar bem longe daqueles monstrengos barulhentos — respondeu Meraki.
— Eu tive uma ideia — declarei. — Às vezes, quando tem alguma dúvida, meu pai fala com um amigo dele, o sr. Milton, o Jardineiro.
Meraki e Angélica estranharam:
— Um jardineiro?
— Sim. Ele sabe das coisas e sempre ajuda meu pai a pensar melhor. Ele recebeu o apelido de Jardineiro porque vive cuidando do jardim, mas na verdade é professor de biologia e escreveu vários livros. Parece que fez até uma pesquisa importante sobre como purificar a água.
— Que tipo de coisa ele sabe? — perguntou Angélica.
— Não sei, mas meu pai fica feliz quando conversa com ele. Por isso, acho que ele pode nos ajudar.
— Calib, você acha que o sr. Milton vai falar com a gente? Ele conversa com o seu pai porque os dois são amigos e são adultos. Mas nós somos crianças! — argumentou Meraki.
— Acho que ele pode conversar com crianças também — respondi. — E com uma coisa grave assim, ele vai ajudar.

Meraki tinha suas dúvidas:

— Será que ele vai acreditar que monstrinhos marrons estão atacando e alfinetando Margarida, deixando-a doente? A mãe dela não percebeu, Calib. Quando ela começou a brigar com a filha, aqueles bichos apareceram e começaram a grudar na Margarida.

— A mãe dela não vê os monstrinhos! — disse Angélica. — Um deles pulou no ombro dela antes de pular na Margarida e ela não sentiu nada. Acho que os adultos não veem, não escutam e não sentem aqueles bichos!

— Fiquem calmos! O Jardineiro vai nos ajudar! — afirmei.

Mesmo sendo uma situação perigosa, eu não tinha certeza se o Jardineiro realmente nos ajudaria. Peguei o endereço dele com meu pai e, em seguida, eu e meus amigos fomos até lá, na rua João Poirot, número 14. Fomos caminhando porque era bem perto de casa.

Assim que nos aproximamos, vimos o carro do sr. Milton na frente da casa. Isso foi bom, porque dessa forma soubemos que ele estava lá.

Quando chegamos perto do portão, pudemos ver o sr. Milton. Ele era bem alto, tinha pele negra e um lindo sorriso. Estava cuidando de um jardim enorme.

Comentei:

— Pessoal, meu pai disse que, além do jardim de flores, o sr. Milton tem uma horta orgânica e um pomar muito organizado.

Assim que o sr. Milton nos viu, acenou.

— Oi, Calib! Tudo bem? — Aproximou-se e abriu o portão, que tinha uma placa com letras douradas onde estava escrito "Professor Milton". — Seu pai falou que vocês iam passar aqui. Sejam bem-vindos! É uma grande honra conhecê-los. Podem entrar.

Eu disse:

— Oi, sr. Milton, esses são meus amigos Meraki e Angélica.

— Sejam bem-vindos! Querem conhecer o meu jardim?

— Sim! — respondemos os três juntos.

— Então venham. Vocês vão adorar.

Meraki olhou para mim com uma cara como quem diz: "Como assim adorar?".

Realmente, o jardim era enorme. Tudo muito bem-organizado. Todo colorido e com flores de diferentes espécies. O Jardineiro era muito simpático, alegre, sorridente, e foi mostrando o jardim, dizendo o nome de várias flores. Estava segurando um tipo de faca nas mãos sujas de terra. Ele falava como se nós conhecêssemos todas aquelas flores. Mas algumas a gente nunca tinha visto nem escutado o nome.

— Estes aqui são os lírios — disse o sr. Milton. — Aqueles ali ao lado são girassóis. Temos também hortênsias, azaleias, tulipas, violetas...

— Aquelas ali! — apontou Angélica.

— Sim. E aqui temos as grandes rosas vermelhas.

— Ahhh! — suspiramos.

— Aqui, as minhas preferidas, as orquídeas. Já nesta parte mais reservada do meu jardim... — O sr. Milton abriu um portãozinho. — Esta parte eu separo para algumas espécies mais raras e especiais. Como esta aqui, a trepadeira-jade de cor azul. Seus cachos floridos em forma de pendente estão agora com 3 metros de altura.

— Olha, sr. Milton! Um beija-flor! — exclamou Angélica.

— Beija-flores gostam muito da trepadeira-jade! Essa planta é nativa de países asiáticos, e vive principalmente nas florestas das Filipinas. Lá, os morcegos são os polinizadores naturais da trepadeira-jade. Por falar em morcegos... Vejam esta planta aqui! Seu nome é flor de morcego preto porque, além da cor preta, o formato das flores também lembra um morcego. Vejam, esta flor está com quase 15 centímetros de diâmetro. As folhas são bem verdes e grandes. É preciso regá-la com muita água. Ela é bem rara e tem origem na Oceania.

Meraki cochichou no meu ouvido:

— Essa flor de morcego é tão esquisita quanto esse amigo do seu pai!

O sr. Milton chamou nossa atenção para um outro vaso.

— Crianças, sintam o cheiro dessa flor!

— Que cheiro bom! — falei.

Angélica e Meraki também se aproximaram para sentir o aroma dela.

O sr. Milton explicou:

— Esta planta é a cosmo chocolate. Suas flores se abrem à noite e, de manhã, têm um aroma maravilhoso de baunilha. Elas são comestíveis. Vejam, o caule desta aqui tem 40 centímetros de altura. A cosmo chocolate é nativa do México, onde ainda pode ser encontrada, mas está em extinção. Reparem, a flores são de um vermelho-escuro misturado com marrom e têm essa área elevada no centro. Por causa da cor e do aroma de baunilha das flores, essa planta foi associada ao chocolate. Mas uma flor que realmente tem cheiro de chocolate é a orquídea *Oncidiun sharry baby*.

Meraki até fez uma cara simpática para a flor com cheiro de chocolate.

— E, agora, a flor que eu acho mais especial! — O Jardineiro sorriu. — A flor mais rara do mundo, a camélia middlemist vermelha.

Angélica arregalou os olhos.

— Sr. Milton, eu li nos meus livros sobre plantas que hoje, no mundo todo, só existem dois exemplares desse tipo de camélia!

— Isso mesmo, Angélica. A camélia middlemist vermelha é nativa da China, foi levada para o Reino Unido em 1804. Um exemplar está num jardim botânico na Nova Zelândia e o outro está numa estufa na Inglaterra. O que as pessoas não sabem é que tenho cultivado um aqui, secretamente, no meu jardim...

— Angélica, eu não sabia que você comprava livros sobre plantas! — estranhou Meraki.

— Eu gosto de comprar livros. E livros sobre plantas e flores são bem bonitos e coloridos. Acho divertidos! Até já falei desses meus livros para a Margarida. Posso mostrá-los para você também, quando for lá em casa!

— Não sei se quero colocar as minhas mãos nesses livros, Angélica. Você está parecendo tão esquisita quanto esse professor!

— Você é que está chato hoje!

Angélica tinha razão, Meraki estava diferente naquele dia. Parecia impaciente e desconfiado de tudo. Acho que ele estava muito preocupado com a Margarida, mas não queria demonstrar e ficava tentando disfarçar. Só que, no fundo, estava mesmo ficando chato.

— Não ligue para o Meraki! — falei para Angélica.

— Angélica, no seu aniversário já sabemos que tipo de livro podemos comprar de presente para você.

Eu ri:

— Meraki vai te dar um livro de presente de aniversário, amiga!

O sr. Milton começou a nos conduzir para outro lugar:

— Vou levá-los até o pomar, para vocês verem a cerejeira. Suas flores estão entre as mais bonitas do mundo. As cerejeiras têm origem no Japão e são consideradas tão especiais naquele país que existe um festival anual dedicado a elas, o *Hanami*, que significa "observar as flores" em japonês.

Angélica parecia se sentir muito à vontade, como se conhecesse a maioria daquelas flores e se sentisse mais familiarizada. Chegou a colher algumas para levar para casa.

Meraki estava com a mesma cara esquisita que eu, sem entender nada. Ele disfarçou e veio me perguntar:

— Você acha de verdade que esse aí, com essas flores todas, vai mesmo poder nos ajudar?

Nem tive tempo de responder e o sr. Milton falou:

— Venham! Vou mostrar agora a minha horta orgânica, que é o meu grande orgulho! — Ele começou a apontar para os canteiros. — Aqui estão elas, as alfaces! Ali eu cultivo espinafre, agrião, couve, rúcula e brócolis. Tenho vários pés de tomates, cenouras e mais alguns legumes e verduras. Tudo muito bem cuidado, sem agrotóxico!

Meraki chegou bem pertinho de mim e sussurrou:

— Como alguém pode ter orgulho de alfaces? Esse cara é esquisito!

Tentei disfarçar para que o sr. Milton não percebesse as dúvidas de Meraki sobre ele.

Angélica parecia estar adorando. Fazia perguntas sobre todas as plantas. Ela é muito curiosa, interessa-se por tudo.

Depois da horta, o Jardineiro mostrou o pomar. Havia pés de laranja, maçã, ameixa, jabuticaba, goiaba, lichia, figo, tangerina. E, também, morango, melancia e abacaxi.

Angélica comentou:

— Vejam os morangos! São a fruta preferida da Margarida!

Quando passamos pelo pessegueiro, o sr. Milton falou:

— Bom dia, pessegueiro! Olá, meu grande amigo! Você está bem hoje?

Na hora, Meraki olhou para mim e fez uma cara de assustado. Bateu com a palma da mão direita na testa e fez uma careta.

Mas, quando passamos pelos pés de manga... Meraki adora mangas! Ele parou embaixo de uma mangueira e ficou por ali. Nem foi ver as outras árvores. O Jardineiro foi em uma das torneiras próximas e lavou uma pequena faca que tirou do bolso. Colocou a mão no bolso do avental e tirou um rolo de papel toalha. Entregou a faca e o rolo de papel para Meraki.

Como o sr. Milton era bem alto, esticou um pouco o corpo e, com facilidade, colheu algumas mangas. Escolheu uma manga enorme, bem rosada e cheirosa, entregando-a para Meraki. Só aí nosso amigo relaxou um pouco. Ficou lá comendo a manga, feliz.

O sr. Milton continuou conversando comigo e com Angélica, explicando as técnicas que usava em sua plantação. Ele realmente tinha muito orgulho do seu trabalho. A abundância de espécies incomuns era bem interessante. Ele realmente era brilhante nas suas pesquisas com as plantas.

— Aquela é a cerejeira que comentei com vocês! — indicou o Jardineiro.

— As flores são bem bonitas, mesmo! — encantou-se Angélica. — Sr. Milton, o senhor tem um verdadeiro tesouro escondido na sua casa! Já pensou em ganhar dinheiro com tudo isso?

Ele riu.

— Minha grande fortuna é outra! Minha verdadeira riqueza não está em um cofre. Um dia, com mais calma, eu conto pra vocês.

Depois de nos ter mostrado o jardim, a horta e o pomar inteiros, o que durou uns vinte minutos, o sr. Milton nos convidou para entrar, dizendo:

— Vamos conversar mais um pouco.

Chamamos Meraki. Ele limpou as mãos num pedaço de papel toalha e nos acompanhou.

Quando entramos na casa, um sininho tocou. Lá dentro havia várias frutas recém-colhidas, cheirosas. Quando nos sentamos, o Jardineiro apareceu com uma cesta repleta de frutas de todas as cores. Acho que tinha umas 25 frutas, bonitas e suculentas.

Já eram 13h10, tínhamos ido direto da minha casa para a do sr. Milton. Então, aproveitamos para comer as frutas como sobremesa.

— Nada por aqui é para atividade comercial — declarou o Jardineiro. — Tudo o que produzo é para consumo próprio e para pesquisas.

Nesse momento, olhei pela janela e era possível ver, um pouco mais afastada, uma plantação de uvas. Essa ele não tinha mostrado. Estranho. Ele não havia nos levado até lá. Por que será?

Vi uma fotografia do sr. Milton com meu pai e meu avô paterno.

Ficou claro o quanto o Jardineiro se dedicava ao jardim e às plantações. Ele parecia muito feliz cuidando daquilo tudo.

Angélica estava tão animada com as flores que, por um momento, relaxou em relação ao problema dos monstrinhos.

Meraki, então, nem se fala! Ainda estava com o rosto lambuzado depois de sua aventura com as mangas.

Foi quando o Jardineiro nos perguntou:

— Então, pessoal, o que vocês querem de mim?

Só então comecei a contar o que tinha acontecido com Margarida. Que não sabíamos como ajudá-la e que eu tinha um monte de perguntas.

Contei que ganhamos muito dinheiro vendendo bolos. Mas disse que a mãe de Margarida nem quis saber disso. Expliquei que não entendíamos o que eram os pingos marrons e como eles se transformavam em monstrinhos barulhentos.

— Estou muito interessado nessa história! — afirmou o sr. Milton, que ficou pensativo, em silêncio, por uns cinco minutos. De repente, olhou muito assustado para nós e perguntou: — Vocês viram o bradadorrr?

— O bradadorrr?!? — nós três exclamamos juntos.

— O que é um bradadorrr? — indagou Meraki.

— Algo terrível! — respondeu o Jardineiro. — Os pingos marrons que vocês viram são criados pelas críticas e desqualificações, pelos gritos dos adultos dirigidos às crianças. Conforme os pais e outros adultos xingam e diminuem as crianças com berros e comparações, os pingos marrons aparecem.

Depois de uma pausa, ele prosseguiu:

— Os pais vão julgando e censurando os filhos e os pingos marrons vão surgindo no ar, flutuando por um tempo. Se, enquanto ainda estiverem no ar, flutuando, os pais ou outros adultos pararem de criticar as crianças e começarem a fazer algum tipo de elogio, os pingos estouram no ar, como bolhas de sabão. Só deixam um cheirinho ruim no lugar. Mas logo passa.

— Isso eu sei! — afirmou Meraki. — Fica um cheiro de fumaça de cigarro mofado.

— Mas... — O sr. Milton fez um segundo de suspende e continuou: — Se, mesmo depois que surgirem os pingos marrons, os pais continuarem com críticas e censuras aos filhos, e forem aumentando os berros... Aí os pingos marrons caem no chão, onde penetram, e brotam como murmus.

— Murmus são aqueles bichinhos cor de terra com alfinetes na cabeça que nós vimos? Mas o que são essas coisas? — Angélica quis saber.

— Sim, murmus são as criaturas que vocês viram. Eles têm uns 10 centímetros de altura. São bolotas marrons com alfinetes na cabeça, porque gostam de usá-los para espetar as crianças. Também fazem as crianças relembrarem todos os seus defeitos e todas as críticas que os adultos já fizeram a elas.

— Ahhh, as alfinetadas eu conheço bem! Senti algumas delas — disse Meraki.

— Eles têm olhos grandes porque estão sempre atentos a qualquer errinho que as crianças cometem. Eles percebem qualquer pequena falha com seus grandes olhos. E têm duas orelhas minúsculas porque não sabem escutar. Daí, quando as crianças querem se defender ou argumentar, não adianta nada. Eles não conseguem ouvir. Eles têm três línguas caídas para fora da boca, com uma saliva gosmenta que escorre, porque sempre têm coisas ruins para falar. Quando estouram, soltam uma fumaça com cheiro de terra fedida.

— Eu bem que vi aquela gosma escorrendo das línguas, caindo em cima da Margarida — Angélica lembrou. — Ahh, que nojo!

O sr. Milton continuou:

— Os monstrinhos fazem um barulho, chamado murmurus, o tempo todo. São muito irritantes. Eu os conheço, consigo vê-los. Mas a maioria dos adultos não enxerga os murmus e não percebe quanto mal eles fazem para as crianças. Quando os murmus surgem, grudam nas crianças. Começam a alfinetá-las e a fazer barulhos truculentos em seus ouvidos. Quando isso acontece, as crianças são incapazes de pensar direito. Acabam ficando nervosas e erram ainda mais.

Depois de uma pausa para tomar fôlego, o Jardineiro prosseguiu:

— Além da situação de críticas que vocês viram, os murmus também surgem em outros momentos. Por exemplo, quando os pais cometem agressões físicas contra os filhos, ou quando se agridem fisicamente ou começam a se criticar, ou ficam falando muito mal um do outro ou da família do outro. Aí os murmus também aparecem, um montão deles. E então acontece algo que não é nada bom.

— O quê? — perguntei.

— A doença do palidamento, que foi o que vocês viram acontecer com a sua amiga Margarida.

— Foi muito triste! — disse Angélica. — Cada vez a Margarida ficava mais pálida, triste e sem força. Ela não conseguia reagir. E os pais dela não percebiam e continuavam com as críticas.

— Foi um horror! — exclamou Meraki.

— Mas tem um perigo maior, mais grave — declarou o sr. Milton. — Se a doença não for tratada logo, sua amiga não vai ficar pálida, mas vai adoecer fisicamente e poderá até morrer. Porque, quando existe uma quantidade muito grande de murmus, eles chamam o bradadorrr, que é o chefe deles. Ele faz as crianças adoecerem. Quando uma criança fica com muitos murmus, enfraquece progressivamente, e os murmus fazem tantos rosnados que o bradadorrr é chamado.

Senti até um arrepio na nuca. Aquilo parecia apavorante.

— O bradadorrr tem a aparência de uma sombra escura, assustadora — explicou o sr. Milton. — Tem olhos de fúria infernal. É um espectro que solta gritos fortes e uivos tenebrosos ao redor das crianças, além de berros de lamentação. Sua forte ira o torna cruel e atormentador. Ele quer destruir as crianças, fazendo com que adoeçam.

— Como o bradadorrr adoece as crianças? — quis saber Angélica.

— Ele aprisiona a alma delas, é assim que as deixa doentes. Ele quer sempre destruir as crianças — o sr. Milton suspirou. — Enquanto só tem os murmus, os pais ainda podem mudar a situação. Mas depois... Precisamos livrar Margarida deles rapidamente, antes que eles atraiam o bradadorrr. Quanto mais berros e reclamações dos pais, mais murmus aparecem.

— Sr. Milton, como podemos combater os murmus para curar a doença do palidamento da Margarida?

— Para tratar o palidamento, vocês vão precisar dos bluguis azuis, Angélica.

— O que são bluguis azuis? — perguntou Meraki. — Acho que não vimos nenhum desses por lá. Como eles são?

O Jardineiro começou a descrevê-los:

— São redondos e azuis como bolhas de sabão, têm uns 15 centímetros de diâmetro e dois olhos bem pequenos. Enxergam pouco os defeitos das crianças e perdoam facilmente. Têm braços grandes e muito compridos, para abraçar as crianças com muito carinho. São perfumados e fofos, têm cheirinho de amaciante de roupas para bebês. Leves, flutuam dançando no ar. Suas grandes orelhas servem para escutar e dar atenção às crianças. Os bluguis têm muita paciência e tempo para ficar ouvindo histórias. Quando os adultos elogiam, valorizam e admiram as crianças, os bluguis começam a surgir. Eles aparecem e flutuam em volta da criança, dançando, quando os pais fazem carinho nos filhos, dão atenção e reconhecimento a eles.

Depois de uma breve pausa, o sr. Milton continuou:

— Quando os pais começam a elogiar os filhos e sentir admiração por eles, surgem os bluguis azuis. Para destruir um murmus são necessários três bluguis. Os três juntam seus longos braços, formando uma trança enorme. Eles envolvem o murmus com essa trança e apertam... Apertam... E fluf! Estouram o murmus, que soltam uma fumaça com cheiro de terra fedida e se desintegram.

— Foi aquele cheiro ruim de fumaça de cigarro mofado que eu senti! — disse Meraki.

— Isso mesmo! — concordou o sr. Milton. — Mas... Se existem muitos murmus e eles já fizeram tantos ruídos que atraíram o bradadorrr, é sinal de que o palidamento já deixou a criança muito doente. Então, é necessária uma quantidade extra de bluguis azuis, que os pais já não conseguem criar sozinhos.

— O que podemos fazer quando os murmus já chamaram o bradadorrr? — Angélica quis saber.

— Nessa situação, só quem pode curar as crianças é o Criador dos bluguis azuis. Só ele pode criar infinitos bluguis, só ele sabe como curar uma criança controlada por um bradadorrr. Os pais e as mães não percebem o poder negativo que têm quando criam os murmus. Assim, acabam autorizando, sem saber, que o bradadorrr controle a vida dos filhos, deixando-os doentes.

— Então é só pedir ajuda para o Criador dos bluguis azuis? — perguntou Meraki.

— Como falamos com ele? — indagou Angélica.

— Ele vive na Montanha do Discurso — respondeu o Jardineiro. — Mas o caminho até lá é muito arriscado, cheio de perigos e desafios.

— Que tipo de perigo?

— Do tipo perigosíssimo, Meraki! Só o Criador dos bluguis azuis pode explicar como curar uma criança que foi capturada pelo bradadorrr.

— Então precisamos ir logo para essa montanha e falar com o Criador dos bluguis — disse Angélica.

— Calma, Angélica! Fique calma! — pediu Meraki.

— É, Angélica! — eu complementei. — A Margarida estava só com um início de palidamento. Não tinha nenhum bradadorrr controlando nossa amiga quando fomos lá. Ela só estava de cama. E parecia estar saudável, ainda. Ela vai ficar bem.

— Essa tal montanha… Parece melhor não chegar muito perto dela! — concluiu Meraki.

— Com certeza, Meraki. A montanha é muito perigosa — concordou o sr. Milton. — Mas vocês precisam resolver logo o caso da sua amiga. Precisam agir imediatamente para reverter a situação, antes que os murmus atraiam o bradadorrr.

— Vamos à casa de Margarida agora, então! — exclamou Meraki.

Estávamos curiosos e muito preocupados para saber qual era o estado da Margarida. Será que ela já tinha melhorado?

Respirei fundo e tentei me acalmar, lembrando de como vi os pais dela agirem, porém eu não tinha muita esperança de que tivessem mudado em apenas um dia. Nem comentei isso com Meraki e Angélica porque não queria preocupá-los ainda mais. E não estava interessado em ir para a montanha perigosa.

— Relaxem um pouco antes de ir para a casa da Margarida — sugeriu o sr. Milton. — Venham, quero mostrar como são os bluguis, para que vocês os reconheçam. Angélica, vou começar por você!

Para fazer uma demonstração dos bluguis azuis, o sr. Milton começou a elogiar Angélica:

— Você é uma amiga muito atenciosa. É bonito ver sua dedicação para ajudar a Margarida. Você é sempre amorosa com ela, e dá para perceber o quanto você é culta e interessada pelas coisas, sempre fazendo muitas perguntas. Além disso, Angélica, você é muito charmosa e elegante. Faz tudo com bastante delicadeza, mas é firme quando precisa e bem determinada. Você desenha muito bem e faz bolos saborosos. Tenho de confessar que comprei um dos seus bolos, estava delicioso!

Enquanto ele conversava com Angélica, Meraki e eu pudemos perceber os bluguis azuis aparecendo.

Foi um momento muito especial. Foi a primeira vez que eu os vi. Vou me lembrar daquele momento para sempre. Conforme o Jardineiro elogiava Angélica, surgiam os bluguis, que eram exatamente como o sr. Milton havia descrito: redondos, azuis, com olhos bem pequenos, orelhas grandes, braços compridos. Eles ficaram flutuando no ar, dançando todos juntos, e eram muito perfumados. Tinham cheiro de amaciante de roupa para bebês.

Angélica só sorria, encantada de ver os bluguis azuis que flutuavam à sua volta, espalhando um aroma suave no local.

— Que bacana! — ela exclamou.

Conforme o sr. Milton continuou dando atenção e reconhecendo as qualidades de Angélica, mais bluguis foram surgindo, flutuando. Foi muito divertido!

— Calib, venha cá! Agora é sua vez!

Rapidamente, me aproximei do sr. Milton, que me disse:

— Admiro muito sua inteligência e sua criatividade, Calib! Você é muito capaz e competente. Todos reconhecem o seu carisma, dá para perceber que as pessoas podem contar com você. Quando necessário, você é muito valente, rápido e audacioso. Seu pai tem muito orgulho de você. E você sabe liderar com muito equilíbrio. Você é um grande guerreiro!

Essa hora foi muito engraçada. Vários bluguis azuis surgiram e flutuaram em volta de mim. Dei muita risada.

Eu podia ver Angélica gargalhando e brincando com os bluguis dela, se divertindo muito.

— E aí, Meraki? Vai ficar só olhando? Venha aqui, você também!

Meraki estava um pouco desconfiado do sr. Milton, mas foi mesmo assim.

— Você é um menino muito bom, Meraki — afirmou o Jardineiro. — É afetivo e protetor. Muito alegre e divertido. Você é bem esperto, um menino confiável, as pessoas podem contar com você. É um excelente amigo, é muito bom estar perto de você. Você é um homem muito corajoso e nem imagina o quanto! Você vai precisar muito dessa sua coragem.

Os bluguis azuis apareceram para Meraki. Angélica e eu estávamos animados e felizes. Pude perceber que Meraki tentava disfarçar, mas também estava aproveitando.

Todos os bluguis azuis fizeram um círculo à nossa volta, dançando; depois, foram subindo, pairando no ar, se juntando cada vez mais no alto. Flutuaram a uns 3 metros acima do chão e então foram estourando, um a um, deixando no ar um aroma delicioso de banho tomado.

— Se tiverem a oportunidade de elogiar alguém e criar os bluguis, aproveitem — aconselhou o sr. Milton —, porque eles fazem as pessoas felizes.

— Um bebê bem pequeno também é afetado pelos murmus? — perguntei.

— Um bebê ainda não entende o que é uma crítica, mas sente as agressões físicas ou a ausência dos pais — explicou o Jardineiro. — E quando os murmus começam a alfinetá-lo, ele também percebe.

— Bluguis azuis também aparecem quando crianças elogiam outras crianças? — perguntou Angélica.

— Sim, também aparecem. Mas os que as crianças geram são mais fracos. Duram menos tempo e estouram rapidamente.

— Minha tia Zefa é bem falsa! Ela faz elogios falsos — contou Meraki. — Quando alguém faz esse tipo de elogio falso, isso também cria os bluguis azuis, sr. Milton?

— Não, Meraki, elogios falsos não produzem bluguis azuis.

Foi minha vez de perguntar:

— E quando crianças criticam outras crianças, também produzem murmus?

— Sim, produzem murmus. Mas eles também são mais fracos do que os murmus feitos pelos pais, Calib.

— Já pude observar que existem crianças que criticam outras crianças, e elas também produzem murmus. Essas são as crianças que tiveram muitos murmus gerados pelos pais na vida delas. Algumas nunca receberam elogios e nunca viram bluguis azuis criados pelo reconhecimento verdadeiro dos pais. A falta dos bluguis deixou o coração delas dominado pelo bradadorrr. Então, elas prejudicam outras crianças, sem perceber o que estão fazendo. Isso acontece porque elas estão sendo dominadas pelo bradadorrr. São crianças infelizes que querem deixar outras crianças infelizes.

— Coitadas! — suspirou Angélica. — Elas criticam outras crianças, zombam delas. Mas são elas que precisam de muita ajuda, de muito amor verdadeiro.

— Exatamente! — concordou o sr. Milton. — Elas precisam que os pais mostrem o quanto gostam delas, mas precisa ser um amor verdadeiro, incondicional. Porém, se os pais não conseguirem fazer isso, outros adultos próximos precisam acolher essas crianças com bluguis azuis, para que se fortaleçam e não se submetam ao bradadorrr.

— Ahhh... Acho que crianças assim são malvadas, mesmo! — afirmou Meraki. — Na minha rua tem três meninos desse tipo! Acho que eles são ruins de verdade!

— Não, Meraki! Nem sempre! — explicou o Jardineiro. — Às vezes, crianças que maltratam outras crianças são muito abandonadas.

— E quando nem os pais nem outros adultos cuidam direito dessas crianças? — eu quis saber. — Como elas podem ser ajudadas?

— Nesses casos, talvez o Criador dos bluguis possa ser uma boa ajuda.

— Então, para combater o bradadorrr precisamos mesmo do Criador dos bluguis azuis? — perguntou Angélica.

— Sim! — respondeu o sr. Milton. — Quando uma criança já está sob o controle do bradadorrr ou está com a doença do palidamento, como a Margarida, só o Criador dos bluguis sabe como resolver o problema. E ele vive lá na Montanha do Discurso.

— A maioria dos adultos também não vê os bluguis azuis, não é? — perguntei.

— Isso mesmo, Calib. São poucos os adultos que conseguem ver os murmus e os bluguis. — O sr. Milton olhou para o relógio de pulso e falou: — Já são 14h30. Acho que agora vocês precisam ir correndo ver como está Margarida.

Com apertos de mão, nos despedimos do sr. Milton e do seu jardim extraordinário. Assim que saímos da casa dele, Meraki me perguntou:

— Vocês escutaram aquela coisa que ele falou, que eu sou corajoso e vou precisar usar muito a minha coragem?

Angélica riu:

— Corajoso!!! Desde quando você é corajoso? Eu não ouvi nada disso.

— Ele falou sim! — confirmei. — Você é que estava envolvida com os seus bluguis azuis e não escutou. O sr. Milton disse que Meraki é corajoso!

Meraki acrescentou:

— Ele disse "um *homem* muito corajoso"!

Angélica riu outra vez:

— Certo! Muito corajoso!

— O sr. Milton acredita em mim, ele me aprova. E ele disse que eu ia precisar usar muito a minha coragem. Por que será que ele falou isso?

— Falou por falar! — disse Angélica. — Onde é que vamos precisar da sua coragem, Meraki?

— Muita coragem, Angélica!

— Está bem! Muita coragem!!!!!

— O sr. Milton também falou que o Calib é carismático. Até parece! De onde ele tirou essa ideia? Também... Quem leva a sério um cara que tem orgulho de alfaces e fala com um pessegueiro? Ele é amigo do seu pai, Calib, eu sei, mas parece meio esquisito. Um desses caras estranhos que não têm muitos amigos, aí fica esquisitão e começa a conversar com árvores. Um homem assim... Será que ele pode ser perigoso?

Ri e nem dei bola para essas ideias do Meraki. Mas... O comentário do sr. Milton sobre Meraki precisar usar sua coragem me intrigou. Por que ele tinha dito isso?

Quando saímos da casa do Jardineiro, conforme caminhávamos para a casa da Margarida, fui relembrando o que tinha entendido.

Os murmus se formam quando os adultos criticam as crianças injustamente, as desqualificam ou as agridem fisicamente. Mas podem surgir também quando os pais brigam entre si, um falando mal do outro ou reclamando da família do outro. Tem até alguns murmus que surgem quando os pais são muito ausentes.

No entanto, existe uma saída! São os bluguis, que surgem quando os pais elogiam e amam as crianças. São necessários três bluguis para desmaterializar um murmus, porque as crianças ficam com muitas mágoas no coração.

O problema é que, quando existem muitos murmus, surge o bradadorrr, e as crianças ficam com palidamento, uma doença grave. E só o Criador dos bluguis azuis sabe como curar o palidamento grave. O Criador vive na Montanha do Discurso, onde há perigos perigosíssimos.

Então, caso o bradadorrr apareça, é só ir até a Montanha do Discurso e perguntar para o Criador dos bluguis o que fazer. Parece simples... Não fosse o detalhe dos perigos perigosíssimos!

De repente, pensei na plantação de uvas. Por que será que o sr. Milton não a mostrou para nós?

FIQUEI PENSANDO:

» Por que é preciso três bluguis azuis para destruir um murmus?

» Qual a importância do número três na bíblia?

NA JORNADA DO CAMINHO, QUANDO PRECISAR, PEÇA AJUDA. BUSQUE INFORMAÇÕES. DURANTE O CAMINHO, QUANDO GOSTAR DE ALGUÉM, APROVEITE A OPORTUNIDADE PARA ELOGIAR A PESSOA E CRIAR BLUGUIS AZUIS. VOCÊ PODE FAZER A PESSOA FELIZ!

"Estes eram os três filhos de Noé. É por eles que foi povoada toda a terra".
Gênesis 9:19

"Três vezes por ano celebrarás uma festa em minha honra".
Êxodo 23:14

"Daniel. Três vezes ao dia, ajoelhado, como antes, continuou a orar e a louvar a Deus".
Daniel 6:11

"*Eis que magos vieram do Oriente a Jerusalém*".
Evangelho Segundo São Mateus 2:1

"*As três provações de Jesus no deserto.*" "*Adorarás o Senhor, teu Deus, e só a ele servirás*".
Evangelho Segundo São Mateus 4:1-11

"*Do mesmo modo que Jonas esteve três dias e três noites no ventre do peixe, assim o Filho do Homem ficará três dias e três noites no seio da terra*".
Evangelho Segundo São Mateus 12:40

"*A fim de que toda a questão se resolva pela decisão de duas ou três testemunhas*".
Evangelho Segundo São Mateus 18:16

"*Antes que o galo cante, três vezes me negarás*".
Evangelho Segundo São Mateus 26:34

"*Pedro entristeceu-se porque lhe perguntou pela terceira vez: Amas-me? e respondeu-lhe: 'Senhor, sabes tudo, tu sabes que te amo'*".
Evangelho Segundo São João 21:17

"*Mas Deus o ressuscitou ao terceiro dia e permitiu que aparecesse*".
Atos dos Apóstolos 10:40

"*Por ora subsistem a fé, a esperança e a caridade – as três. Porém, a maior delas é a caridade*".
Primeira Carta aos Coríntios 13:13

"*Pelo depoimento de duas ou <u>três testemunhas</u> se resolve toda a questão*".
Segunda Carta aos Coríntios 13:1

"*Ide, pois, e ensinai a todas as nações; batizai-as em nome do Pai, do Filho e do Espírito Santo*".
Evangelho Segundo São Mateus 28:19

CAPÍTULO 4

DECISÃO DA JORNADA DO CAMINHO

— Calib! Meraki! Apressem o passo! Precisamos chegar logo na casa da Margarida. Estou muito ansiosa para saber se ela está melhor e se já está livre daquela coisa. Aquela coisa que vocês sabem, nem quero falar o nome! — Angélica falou enquanto andávamos.

— Sim, acho melhor nos apressarmos — concordei, para acalmá-la.

Chegamos à casa de Margarida e logo vimos a empregada. Conforme nos aproximamos do portão, ela falou:

— Não adianta nem entrar! O que vocês estão fazendo aqui? A Margarida não está! Foi para o hospital com a mãe dela.

Quando escutei isso, tomei um susto. Um calafrio percorreu todo o meu corpo. Sabe aquele arrepio que às vezes a gente sente? Estremeci na hora, aterrorizado. Não quis comentar nada, mas já sabia o que isso significava. Olhei para Angélica e os olhos dela estavam cheios de lágrimas. Meraki ficou em silêncio, olhando para baixo, pensativo. Eu bem podia imaginar o que ele estava pensando.

Angélica, trêmula, sussurrou:

— O bradadorrr...

Meraki e eu olhamos para ela e nós três repetimos ao mesmo tempo, em voz baixa:

— O bradadorrr!

Respirei fundo e disse:

— Então, gente! Vamos para o hospital.

Perguntamos onde ficava o hospital, e a empregada explicou o caminho. Como não era muito longe, resolvemos ir até lá de bicicleta.

Fomos pedalando o mais rápido que podíamos. Enquanto pedalava, eu só conseguia pensar em uma coisa: *será que o bradadorrr já estava controlando Margarida?*

Chegamos ao hospital em menos de quinze minutos. Quando nos informaram onde era o quarto da Margarida, saímos correndo, passando por um enfermeiro. Entramos no quarto da nossa amiga sem bater na porta e tomamos um grande susto!

Vimos um monstro escuro, enorme, perto dela. Era uma grande sombra preta, um bicho horroroso, sem forma nem rosto. Uma massa escura, apenas com dois olhos brancos enormes. Os olhos tinham uns 10 centímetros. Era uma aberração. Soltava um cheiro de fumaça de escapamento de carro velho e fazia ruídos parecidos com gemidos, que doíam nos ouvidos. Os adultos que estavam no quarto, médicos e enfermeiras, não escutavam nem enxergavam o monstro. A primeira coisa na qual pensei foi nos bluguis azuis.

Chamei:

— Meraki! Angélica! Vamos criar bluguis!

Começamos a elogiar Margarida, como o sr. Milton havia nos ensinado. Alguns bluguis azuis lindos apareceram. Por um momento eles se aproximaram de Margarida e ela esboçou um sorriso. Mas eram poucos bluguis, e, como haviam sido feitos por nós, crianças, duravam menos tempo que os criados pelos adultos.

A cama e o quarto de Margarida estavam repletos de murmus.

Margarida levantou a mão direita, fazendo um sinal para mim, e falou baixinho:

— Calib, me ajude! Preciso da sua ajuda!

Foi triste ver Margarida daquele jeito. Ela tem olhos amendoados e é loira. Sofisticada, tem bom gosto e costuma estar sempre muito bem-arrumada. Agora, porém, estava descabelada e superpálida, sem expressão.

Quando ela pediu minha ajuda, tentei me aproximar, mas o bradadorrr percebeu a minha intenção de ajudá-la e veio para cima de mim. Começou a gritar nos meus ouvidos, gritos intensos. Conforme chegava mais perto, me provocava arrepios insuportáveis, eu sentia muito frio com a presença dele.

O bradadorrr se aproximou ainda mais de mim. Nessa hora, meu corpo inteiro ficou gelado. Minha mão ficou tão fria que eu não conseguia nem mexer os dedos direito. Precisei sair correndo do quarto.

Enquanto corria, sem falar nada para Meraki e Angélica, pensei: *Não quero ir para a Montanha do Discurso procurar o Criador dos bluguis azuis. Mas acho que não vou poder escapar desse desafio... Vou precisar ir para a tal montanha e achar uma solução para salvar a Margarida dessa situação. Porque nós, crianças, sozinhas, não vamos conseguir ajudá-la.*

Meraki e Angélica me seguiram, correndo também. Quando saímos do hospital, estabanados, vimos os pais de Margarida sentados num banco do jardim que cercava o prédio. O pai de Margarida estava chorando, mas a mãe continuava reclamando da filha, criticando-a. Eles nem imaginavam que haviam causado a doença de Margarida. Não sabiam o que precisavam fazer para ajudá-la.

Lembrei-me do dinheiro que estava comigo. Coloquei a mão no bolso, eu podia falar de novo com a mãe dela sobre comprar outro vaso. Mas pensei: *Agora já não adianta mais. Vou encontrar outra forma de usar bem esse dinheiro.*

Meraki comentou:

— A mãe da Margarida é azeda, mesmo! É fútil e só se preocupa com as aparências.

Passamos por eles correndo, mas eles nem notaram nossa presença. Voltamos para a casa do Jardineiro. Eu já tinha tomado uma decisão.

Tocamos a campainha da casa do sr. Milton e fomos logo abrindo o portão e entrando. Nem esperamos que ele abrisse a porta direito, já entramos correndo e fazendo perguntas.

— Como encontramos o Criador dos bluguis azuis? Como fazemos para falar com ele? Onde fica a Montanha do Discurso? — indaguei.

— Calma, calma! — disse o sr. Milton. — O que aconteceu com vocês? Por que essa agitação toda?

Angélica foi logo contando sobre o susto que tomamos quando encontramos o bradadorrr:

— Ele é assustador mesmo! Horroroso!

— Ele ficou bem pertinho de mim, sr. Milton! — contei. — Fez um ruído insuportável nos meus ouvidos. Tinha cheiro de fumaça de escapamento de carro velho e gelou os meus ossos.

Meraki acrescentou:

— Ele é assustador, do tipo assustadoríssimo!

— O ruído insuportável que ele faz é o som *sis briz*, característico do bradadorrr — explicou o Jardineiro. — Quando escutarem esse som repetidamente, *sis briz, sis briz, sis briz*, fujam, porque o bradadorrr pode estar próximo.

Em seguida, o sr. Milton nos levou para a biblioteca para conversarmos. Era uma sala luxuosa. Ele pegou um lápis com um cogumelo verde na ponta e falou:

— Crianças, isso é importante! Assim que vocês saíram, comecei a pesquisar como poderíamos encontrar o Criador dos bluguis azuis. Durante a pesquisa, encontrei um livro que explica o modo de encontrá-lo.

Ele foi até uma estante cheia de livros maravilhosos, no canto direito da biblioteca, perto da janela. Chamou-nos para perto da estante. Tirou uma Bíblia de uma das prateleiras e a mostrou para nós, dizendo com entusiasmo:

— Este é o meu livro mais valioso. Sabiam que é a obra mais vendida e mais lida no mundo? É o maior *best-seller* da história. Já foram vendidos cerca de cinco bilhões de exemplares em todo o mundo! Mas vejam este outro livro aqui! Este aqui também é bem interessante... Este outro fala sobre Gerthard Ert, um físico alemão, ganhador do Prêmio Nobel de Química em 2007. Ele conquistou o prêmio com seus estudos de processos químicos em superfícies sólidas. Uma pessoa extraordinária! Ahhh... Mas o que nos interessa agora é este aqui!

O sr. Milton colocou a Bíblia de volta na estante, afastou o notebook que estava na prateleira e usou o lápis com o cogumelo verde para apontar para um livro.

— É deste que vamos precisar agora: *O Tratado de Enkamesh*. É um livro extremamente raro, existem apenas quinze exemplares espalhados pelo mundo. Cinco deles foram impressos em pergaminho, só dez foram impressos em papel. Este aqui foi um amigo meu que comprou, por 134 mil reais. Quando ele se mudou para o exterior, me presenteou com este exemplar. Nunca imaginei que este livro seria tão importante e útil! É um dos poucos que explica como encontrar o Criador dos bluguis azuis.

Ele separou o livro com cuidado. Ficamos atentos, prestando bastante atenção à explicação.

— Acho que descobri o segredo lendo este livro, crianças. Primeiro, é preciso ir para a cidade de Barbados e procurar um tal de CL. Diz aqui que CL é quem tem o mapa para a Montanha do Discurso, e que é na montanha que fica o Criador dos bluguis azuis. O livro explica que essa busca pelo Criador é chamada de Jornada do Caminho e quem faz essa jornada recebe o nome de caminhante. O livro diz também que para fazer a Jornada do Caminho é preciso levar o livro de jade verde.

O sr. Milton foi até outra estante do lado esquerdo da biblioteca, perto da porta, ao lado de um cofre. Empurrou para o lado um relógio antigo que estava na estante, parado na hora 7h14, e pegou outro livro, de capa verde e brilhante.

— Vocês vão precisar deste outro livro aqui também. É o livro de jade verde.

— Que tipo de livro é esse? — perguntei.

— É um livro especial, Calib! Anos atrás, quando comecei a dar aulas, o seu avô paterno veio até aqui conhecer meu jardim e me trouxe este livro. Minhas árvores de frutas ainda eram bem pequenas. Seu avô pediu que eu guardasse este livro de jade verde, para que um dia eu colasse nele os selos verdes brilhantes. Ele falou que um dia eu saberia como usá-lo, e o deixou aqui comigo. Nas orientações sobre como fazer a Jornada do Caminho, menciona-se que o caminhante deve levar um livro de jade verde.

Eu peguei o livro, que parecia bem normal. Mas, quando o abri com entusiasmo, as páginas estavam todas em branco.

Meraki pegou o livro da minha mão e o folheou também, exclamando:

— Sr. Milton, o livro é muito bonito, mas não tem nada escrito nele!

Angélica pegou o livro e comentou:

— Está em branco, mesmo!

— Por que precisamos levar na Jornada um livro que não tem nada escrito? — indaguei o Jardineiro.

— Seu avô nunca me contou isso, Calib. Algumas vezes, quando se encontrava comigo, ele perguntava: "Você ainda está guardando o livro de jade verde?". Eu respondia que sim e sempre perguntava: "Mas o que vou fazer com ele? Como usá-lo?". Seu avô respondia que no momento certo eu descobriria, e ficaria surpreso. Nunca me explicou muita coisa além disso. Parece que o momento certo para usá-lo é agora. Só ainda não sei como.

Eu falei:

— Se já temos o livro de jade verde, precisamos do mapa que mostra o caminho para a Montanha do Discurso.

— Então, precisamos ir para a cidade de Barbados? — quis saber Meraki. — Mas e se o Calib não souber como usar o livro de jade verde?

— Meraki, pare com isso! — pediu Angélica.

— Mas onde fica essa cidade? Nunca ouvi falar dela — admiti. — Como chegamos lá?

— Uma das pouquíssimas coisas que o avô de Calib disse antes de me entregar o livro foi que para chegar à cidade de Barbados deve-se ir para um ponto de ônibus em uma praça e esperar o motorista de Barbados chegar — respondeu o sr. Milton.

Sem entender nada, perguntei:

— Como assim, esperar o motorista de Barbados?

— Não sei, Calib, também achei essa orientação sem sentido. Mas parece que, quando você quiser ir para lá, é só ir para um ponto de ônibus em uma praça qualquer que o motorista da cidade de Barbados aparece para buscá-lo.

O Jardineiro fez uma pausa antes de prosseguir:

— Agora, me diga, você quer mesmo encontrar o Criador dos bluguis? Se quiser, precisa ir para a cidade de Barbados, achar o tal CL e pegar o mapa que está com ele. O livro de jade verde vai com você. Se decidir ir mesmo, deve estar ciente dos riscos. Você terá de enfrentar muitos perigos e desafios. Essa Jornada é para corajosos e valentes! Você acha que está preparado?

Mesmo com certo receio, respondi:

— Sei que não sou dos mais valentes. Mas Margarida é minha amiga e ela precisa de ajuda! Então, devo fazer o possível para ajudá-la. Se só quem pode ajudar é o Criador dos bluguis, preciso encontrá-lo.

— Calib, o bradadorrr não quer que ninguém encontre o Criador. Ele vai fazer de tudo para atrapalhar a sua busca. Vai tentar fazer você desanimar e desistir. Pode criar distrações pelo caminho, induzir você a fazer desvios e perder tempo. Ele vai usar de todas as trapaças e mentiras para que você não alcance seu objetivo. Vai gerar perigos e obstáculos. Além disso, o bradadorrr tem escravos. Eles podem aparecer ao longo do caminho, criando contratempos e dificuldades para você. Existem muitos riscos, Calib! Você realmente quer encontrar o Criador dos bluguis azuis?

— Quero! — respondi com firmeza. — Em certo momento da Jornada do Caminho é preciso definir um propósito. Fiz minha escolha, e as escolhas têm riscos. Tive tempo para fazer a minha. Quando um problema dura muito tempo, não adianta fingir que ele não existe. Ele continua lá, aumentando e criando raízes.

O Jardineiro sorriu.

— Muito bem, Calib! Já que você está mesmo decidido...

O assunto todo começou a me dar calafrios, embora nada parecido com o que eu havia sentido quando estava diante do bradadorrr. Só sei que já decidi ir para a batalha de qualquer forma. Mas que fiquei inseguro, fiquei.

Angélica entrou na conversa:

— Sr. Milton, isso tudo é muito perigoso! O Calib não pode ir para essa Jornada sozinho.

— Ele não vai sozinho. Eu vou com Calib. Vou estar com ele quando as dificuldades aparecerem.

— Ahhh, então eu vou junto também! — declarou Meraki. — Não vou deixar meu amigo enfrentar os perigos sozinho.

— Tudo bem, Meraki, pode ir conosco.

— Ah, então eu também vou! — afirmou Angélica.

— Você não pode ir — argumentou o sr. Milton. — Alguém precisa ficar perto da Margarida. Vocês duas são melhores amigas. Vamos precisar ter notícias dela. Se Margarida achar que todos os seus amigos se assustaram com o bradadorrr e sumiram, vai ficar ainda mais triste. Ela gosta de você e vai se sentir feliz de saber que você está perto dela.

— Isso é coisa de Jornada perigosa, e é de verdade — disse Meraki. — Não é jogo de videogame. Não é coisa de menina!

Angélica fez uma careta para Meraki.

Eu ri deles. No fundo, porém, estava com muito medo. Aquela situação toda me deixava apreensivo. Mas, quando me lembrava de Margarida toda aflita, pedindo minha ajuda, sabia que tinha de fazer algo para ajudá-la. E saber que o sr. Milton iria comigo me tranquilizava. Quanto a Meraki... A presença dele não diminuía meu medo, mesmo o sr. Milton dizendo que ele era muito corajoso. No entanto, seria divertido tê-lo por perto.

Angélica estava chateada por não ir. Sabia, contudo, da importância de ficar perto de Margarida.

Quando gostamos de alguém e queremos que essa pessoa seja feliz, fazemos o possível e o impossível por ela.

— Angélica, às vezes precisamos sair do nosso mundinho para nos dedicarmos às pessoas que amamos. Você terá outras oportunidades de se encontrar com o Criador — o Jardineiro a consolou. — Quanto a vocês, Calib e Meraki, ainda dá tempo de mudarem de ideia. Se mudarem, me avisem. Agora vou fazer mais algumas anotações sobre a Montanha do Discurso. E vocês, crianças, vão para casa. Calib e Meraki, conversem com seus pais e pensem melhor, a Jornada é arriscada! Angélica, fale com a sua mãe sobre dar mais atenção para a Margarida no hospital. Amanhã cedo, nós todos nos reencontraremos.

Assim, eu e meus amigos fomos para casa. Cada um com a tarefa de se preparar e refletir.

Enquanto caminhava, fui pensando: *Qual é o meu propósito nessa Jornada? Minha Jornada agrada o Criador? Minha Jornada respeita a natureza? Ela é útil para alguém? Esse é o melhor momento para realizá-la?*

Escutei um ronco forte e conhecido de motocicleta. Era aquele motoqueiro do outro dia. Ele parou a moto do outro lado da rua. Ficou olhando direto para mim. Depois, acelerou e foi embora. Quem seria o cara? O que ele queria comigo?

Quando cheguei em casa, resolvi falar com meus pais só no dia seguinte. Então fui escrever uma carta para meu tio Jonas, irmão do meu pai. Ele está fora do país. Meu pai e ele brigaram recentemente, tio Jonas ficou chateado e decidiu viajar para longe.

Não é fácil conseguir me comunicar com ele. Ele não tem celular, e não usa nenhum tipo de tecnologia. Por isso, eu lhe escrevo cartas e depois de algum tempo recebo a resposta dele. Sei que vai demorar até eu conseguir ler alguma carta dele agora. Mas só o fato de escrever para ele já me acalma.

Me perdi em pensamentos por um tempo:

Sou feliz!
As borboletas giram em torno de mim.

Os pássaros cantam para me alegrar.
Até o sol brilha para mim.
Mas ouvi dizer que existe um Criador inteligente, que criou tudo.
Quero encontrá-lo e quero falar com ele.
Eu anseio conhecê-lo e saber como ele fez todos esses desenhos coloridos.
Eu decidi fazer a Jornada do Caminho.
Então agora sou um caminhante.
Eu desejo encontrar o Criador para poder brincar com ele.

EXISTE UM MOMENTO NA JORNADA DO CAMINHO EM QUE VOCÊ PRECISA DEFINIR SEU PROPÓSITO. O CAMINHANTE FAZ ESCOLHAS E PODE ASSUMIR OS RISCOS E AS RESPONSABILIDADES POR ELAS. NO CAMINHO, QUANDO GOSTAMOS DE ALGUÉM E QUEREMOS QUE ESSA PESSOA SEJA FELIZ, FAZEMOS O QUE FOR NECESSÁRIO! DURANTE O CAMINHO, TOME CUIDADO! QUANDO UM PROBLEMA DURA MUITO TEMPO, CRIA RAÍZES.

"O povo pôs-se a murmurar amargamente aos ouvidos do Senhor".
Números 11:1

"Todos os israelitas murmuraram contra Moisés e Aarão".
Números 14:2

"Todos vós que fostes recenseados da idade de vinte anos para cima, e que murmurastes contra mim".
Números 14:29

"Então o povo <u>murmurou</u> contra Moisés: 'Que havemos de beber'?"
Êxodo 15:24

"Toda a assembleia dos israelitas pôs-se a <u>murmurar</u> contra Moisés e Aarão no deserto".
Êxodo 16:2

"Não é contra nós que <u>murmurastes</u>, mas contra o Senhor".
Êxodo 16:8

"Estes são <u>murmuradores</u> descontentes, homens que vivem segundo as suas paixões, cuja boca profere palavras soberbas e que admiram os demais por interesse".
Carta de São Judas 1:16

"Fazei todas as coisas sem <u>murmurações</u> nem críticas".
Carta aos Filipenses 2:14

"<u>Murmuravam</u> então dele os judeus, porque dissera: 'Eu sou o pão que desceu do céu'".
Evangelho Segundo São João 6:41

"Exercei a hospitalidade uns para com os outros, sem <u>murmuração</u>".
Primeira Carta de São Pedro 4:9

"Meus irmãos, não <u>faleis mal</u> uns dos outros. Quem fala mal de seu irmão, ou o julga, fala mal da lei e julga a lei".
Carta de São Tiago 4:11

"Não vos <u>queixeis</u> uns dos outros, para que não sejais julgados".
Carta de São Tiago 5:9

CAPÍTULO 5
CONHECENDO A CACATUA

No dia seguinte, segunda-feira, acordei apressado. Avisei minha mãe que precisava conversar com ela e com meu pai. Mamãe pediu que eu esperasse meu pai, que estava na cozinha.

Eu tinha tido sonhos muito bons, me sentia feliz. Acho que foi porque escrevi a carta para tio Jonas. Falar com ele, mesmo que por carta, me deixava contente.

Como que lendo meus pensamentos, minha mãe me entregou uma carta que tinha chegado do tio Jonas, contando as coisas divertidas da sua viagem.

Enquanto eu lia, mamãe colocou uma música para tocar e falou:
— Essa música é para você.

Era o concerto "A primavera", das *Quatro Estações*, de Vivaldi.

Fiquei ouvindo a música e lendo a carta. Assim, fui me acalmando enquanto aguardava meu pai.

Papai tinha algumas especialidades na cozinha. Um prato que ele costumava preparar sempre era um cozido de cenoura, brócolis e couve-flor, com batatas assadas e ovos fritos. Naquela manhã, porém, estava fazendo uma outra especialidade sua, bolo de chocolate com recheio de nozes, e usava uma colher de pau amarela para espalhar a cobertura.

Enquanto esperava papai terminar, fiquei me lembrando das perguntas do sr. Milton.

Quando meu pai finalizou o bolo, veio para a sala e nós três começamos a conversar. Contei tudo o que tinha acontecido com Margarida e a decisão que eu tinha tomado.

Conforme falava, vi minha mãe ficar preocupada com a história.

Eu disse ao meu pai:

— Quero achar a cura do palidamento para ajudar Margarida.

— É isso mesmo que você quer? Então descubra a cura! Você é capaz! Siga a sua decisão e a sua escolha. Siga a sua Jornada e tenha sucesso, filho!

Mamãe mostrou-se temerosa:

— O que o nosso filho vai fazer não parece perigoso?

— Claro que é perigoso! Mas o sr. Milton vai com eles — respondeu papai.

Depois, ele se dirigiu a mim:

— Você é capaz, Calib! Você vai conseguir! Você pode realizar isso! Ache uma solução e ajude sua amiga. Acreditamos em você, e sei que o sr. Milton vai dar todo o apoio necessário. Seu avô sempre confiou muito nele.

— Mas... Pai... Que direção eu tomo? — perguntei, hesitante.

— Calib, os pais, inicialmente, apontam a direção. Mas você vai aprender que, a partir de agora, é você que define sua própria direção.

Mamãe pediu:

— Lembre-se de pegar sempre o Caminho da Vida, filho! Porque "Jesus é o Caminho, a Verdade e a Vida".

Ela foi até o quarto e pegou um "colete de tricô". Entregou-o a mim, dizendo:

— Eu e seu pai fizemos isto juntos para você. Use este colete durante a sua Jornada do Caminho, mas somente enquanto for necessário. Tenha coragem e siga em frente sempre.

A conversa me encorajou. Fiquei surpreso com as respostas da minha mãe e do meu pai. Eles acreditavam na minha capacidade, reconheciam o meu potencial.

Fui me preparar para a viagem à cidade de Barbados. Peguei minha mochila e organizei algumas roupas dentro dela, junto com o livro de jade verde e o colete que recebi da minha mãe. Tinha tudo de que precisava. Ao mesmo tempo, ainda tinha tantas dúvidas...

Pouco tempo depois, Meraki chegou em casa. Ele era bastante organizado e já estava com tudo planejado. Foi me mostrando tudo que tinha escolhido para levar. Várias guloseimas, com certeza, e seu travesseiro preferido, com uma fronha com estampa de estrelas.

— Meraki, você vai levar seu travesseiro? — estranhei.

— Claro! Ele vai me ajudar muito. Este não é qualquer travesseiro! É meu travesseiro preferido, o Buruko. É fofinho, cheiroso e me traz bons sonhos.

— Não sei como um travesseiro vai te ajudar! Mas a mochila é sua, você é que sabe o que é importante para levar na sua Jornada.

Meraki mudou de assunto:

— Calib, fiz uma pesquisa na internet e descobri que o amigo do seu pai é professor de biologia mesmo! Sabia que ele tem um canal no YouTube com muitos vídeos e mais de um milhão de seguidores? Assisti a alguns dos vídeos. Ele fez uma pesquisa sobre maneiras de purificar a água e deixá-la potável. Parece meio esquisitão, mas é um professor renomado, muito famoso! Tem vários livros editados, que vendem muito e são conhecidos no mundo todo. Você acredita que o Jardineiro já vendeu mais de oitenta milhões de exemplares dos livros dele? Acho que as vendas renderam muito dinheiro. Um dos livros dele até virou filme, outro virou um documentário. E você já reparou naquele anel que ele usa, de ouro, com um grande brilhante? Ele parece simplesinho, mora naquela casa cheia de alface, mas é um cara cheio da grana!

Sempre desconfiado e cauteloso, Meraki havia pesquisado a vida do sr. Milton, e isso me lembrou de quando o conheci e de como ele era um amigo de verdade.

Eu estava me sentindo mais seguro na Jornada porque Meraki estava comigo. Tinha esse jeito particular dele, mas era um ótimo amigo.

Quando o sr. Milton chegou em casa, cumprimentou todo mundo, e já foi perguntando:

— Meninos, já pediram autorização para os seus pais?

Respondemos que sim, cada um pegando sua mochila.

— Calib, nós abençoamos a sua Jornada do Caminho — disse papai. — Estaremos aqui quando vocês voltarem. Agora vocês são caminhantes e esperamos que tenham muitos aprendizados durante a Jornada.

Minha mãe gostava muito do Meraki, ela sempre falava que ele e eu éramos muito parecidos. Nós dois temos praticamente a mesma altura e pele clara, com cabelo bem escuro. A diferença é que o cabelo de Meraki é meio cacheado, e o meu é mais liso. Às vezes, as pessoas me confundem e me chamam pelo nome dele.

Mamãe nos abraçou, dizendo:

— Façam uma boa Jornada. Estou tranquila porque o sr. Milton vai acompanhá-los e ele é uma das pessoas mais especiais da cidade.

Abracei a minha mãe de volta e partimos. Um arrepio percorreu meu corpo todo. Eu estava apavorado, mas decidido a seguir viagem.

Fomos ao hospital para nos despedirmos das meninas. Fazia algum tempo que Angélica estava no quarto com Margarida. Naquela hora, o bradadorrr não estava lá, então entramos tranquilos.

Angélica já havia explicado para Margarida tudo o que tinha acontecido e por que ela estava com a doença do palidamento.

Ao nos ver, Margarida falou:

— É perigoso vocês irem! Não precisam correr esse risco por mim.

— Amiga, aceite o amor das pessoas por você. Aceite a ajuda e o carinho que temos por você.

— Quem gosta de você tem bom gosto! — brincou Meraki, sorrindo.

— Estou muito triste com meus pais e essa mágoa deixou o meu coração fechado — lamentou Margarida. — Não sei se consigo abrir meu coração. Só com uma chave muito especial, talvez.

Então ela tirou o colar que usava e o colocou no meu pescoço, dizendo:

— Isto é para vocês se lembrarem de voltar em segurança. Eu gostaria muito de poder conhecer o Criador também...

Angélica permanecia ao lado dela, sempre muito amorosa e paciente. Gostava muito de Margarida. E como ficava sempre elogiando a amiga e lhe dando atenção, criava bluguis azuis. Dessa forma, ia controlando um pouco os murmus. Angélica era a pessoa certa para essa tarefa. Apenas quando o bradadorrr aparecia é que ela fugia correndo, pois contra o bradadorrr só o poder do Criador dos bluguis azuis tinha efeito. Só ele podia explicar como curar o palidamento e vencer o bradadorrr.

Ficando no hospital, Angélica ajudaria Margarida e nos ajudaria também, nos passando notícias de nossa amiga.

— Você é uma menina com muita pureza, traz harmonia e paz para as pessoas, Angélica — elogiou o sr. Milton.

— É verdade! — concordou Meraki. — Ela sempre tenta deixar Calib e eu felizes.

— Um dia, quem sabe, você e Margarida também poderão conhecer o Criador, Angélica — completou o sr. Milton.

Os olhos dela brilharam. Sabíamos o quanto ela gostaria de participar conosco da Jornada.

Depois de mostrarmos nossas mochilas para as meninas, nos despedimos delas e deixamos o quarto.

Quando estávamos saindo do hospital, vimos os pais de Margarida. Fui falar com eles, queria tentar explicar o que estava acontecendo e o que pretendíamos fazer. Mas, quando me aproximei, eles nem prestaram atenção em mim, e comecei a escutar um som: *sis briz, sis briz, sis briz...*

Na hora, o bradadorrr apareceu e começou a me atacar, sem me deixar chegar perto dos pais de Margarida. Saímos todos correndo do hospital.

Se alguém no hospital reparasse em mim, acharia que sou um menino meio estapafúrdio, porque saio correndo toda vez que vou lá!

Já na rua, perguntei ao Jardineiro:

— E agora, como vamos para a cidade de Barbados?

— Seguiremos a instrução do seu avô. Tem um ponto de ônibus aqui perto, na praça Batista Esdras. Lá esperaremos o motorista que nos levará à cidade de Barbados.

Meraki chegou bem perto de mim e falou baixinho, para que o sr. Milton não ouvisse:

— Calib, essa cidade de Barbados... Será que só tem barbados por lá? Será uma boa ideia ir para esse lugar?

— Deixa de história, Meraki!

— A cidade de Barbados não é uma cidade famosa, nem memorável, mas com certeza é o lugar de que precisamos agora! — disse o sr. Milton, como se houvesse escutado as palavras de Meraki.

Chegamos ao ponto de ônibus e ficamos esperando. Depois de uns sete minutos, do nada, surgiu um ônibus esquisito, de dois andares, meio velho e surrado. Era todo vermelho, com janelas bem grandes e muitos arranhões na lataria. Tinha também um pouco de terra nas rodas. E, na placa, estava escrito: "Cidade de Barbados".

Quando entramos, vimos que o ônibus estava vazio, não havia nenhum outro passageiro. Estávamos só nos três e o motorista. Apesar de estar todo surrado por fora, por dentro, o ônibus era novinho. Os assentos eram de cetim branco, bem limpinhos. Aliás, toda a parte interna era branca. Que incomum! Porque por fora parecia velho e estava cheio de marcas, mas por dentro era bem novo, sofisticado, claro, limpo e cheiroso.

Perguntei ao motorista:

— Esse ônibus vai mesmo para Barbados?

O motorista ficou olhando e movimentando os olhos para cima e para baixo. Depois arregalou bem os olhos! Piscou várias vezes e estremeceu todo, como se tivesse tomado um choque. Não olhou para mim, nem respondeu nada.

Achei isso mais bizarro ainda. O motorista não queria saber de conversa!

— Que esquisito esse cara aí! — Meraki sussurrou. — E eu que ainda estou me acostumando com as esquisitices do sr. Milton e as alfaces dele...

— É esquisito mesmo! — respondi.

— Será que ele pelo menos tem carteira de motorista? — riu Meraki.

— Por que não tem mais ninguém no ônibus? — perguntei para o sr. Milton.

— Porque esse é um caminho para poucos, Calib.

— O motorista tem algo de esdrúxulo — comentou Meraki, como que pensando alto. — Ele é até meio engraçado!

De repente, o ônibus partiu em alta velocidade e logo depois o motorista pisou bruscamente no freio. Balançamos todos para a frente e para trás.

O motorista piscou os faróis do ônibus duas vezes e avisou:

— Chegamos à cidade de Barbados! Eu volto quando precisarem. Nós nos veremos em breve!

Na sequência, ele abriu a porta e praticamente nos empurrou para fora do ônibus.

A brecada forte e rápida tinha levantado muita poeira, o que nos fez tossir um pouco. Estávamos numa rua de terra, o que explicava a terra que eu tinha visto nos pneus do ônibus antes de embarcarmos.

Olhei ao redor, achando tudo muito curioso. Como tínhamos chegado tão rápido? A viagem parecia ter durado apenas cinco minutos. Tive a sensação de que havia sido só uma volta no quarteirão... Quando virei para trás para dar tchau para o motorista e agradecer... Nem deu tempo! Ele já tinha ido embora, sem uma palavra de despedida. Só vi as luzes do ônibus piscando, já bem distantes.

Como ele vai voltar quando precisarmos? Como ele vai saber que tem que vir nos buscar?, pensei, intrigado.

O sr. Milton estava tranquilo, parecia ter certeza de que nos encontrávamos na cidade certa. Ele se mostrava tão confiante, que achei melhor relaxar e confiar que ele sabia mesmo onde estávamos.

Conforme fomos caminhando, Meraki e eu percebemos que a cidade estava abandonada. O sr. Milton parecia já saber disso, achando natural.

Andamos, andamos, e não vimos ninguém. Era uma cidade deserta, sem dúvida. Todas as casas estavam vazias. Havia muitas lojas, mas todas desocupadas. Não havia ninguém naquele lugar. O silêncio reinava, tudo era muito quieto e parado. Parecia que nada acontecia por ali há muito tempo. Caminhamos uns vinte minutos sem encontrar ninguém.

— Olá! — chamei em voz alta. — Olá! Tem alguém por aqui?

Nada! Ninguém apareceu.

Eu só pensava em encontrar o tal CL para ele me dar o mapa e explicar como chegar à Montanha do Discurso.

— Sim, esta é mesmo a cidade de Barbados! — afirmou o sr. Milton, enquanto caminhávamos. — Estão vendo essas árvores por todo o caminho? São figueiras! Existem muitas dessas por aqui. Barbados tem esse nome por causa da aparência do tronco dessa espécie de figueira. O nome científico dela é *Ficus barbata*, daí vem o apelido Barbados. E não porque os homens daqui têm barba!

Ele olhou para Meraki ao terminar de falar. Sim, o Jardineiro tinha escutado o comentário de Meraki.

Estávamos sozinhos e tudo estava deserto. Eu estava pensando no que faríamos para achar CL. Alguém por ali poderia conhecê-lo? Mas para quem poderíamos perguntar se não tinha ninguém por perto? E se o tal CL não fosse do bem?

Andamos pela cidade toda. Entramos em várias casas, todas vazias. Procuramos alguém que pudesse dar algum tipo de informação. Já estávamos cansados de tanto procurar e não encontrar ninguém, nem mesmo uma pista do tal CL.

Continuei gritando:

— Olá! Tem alguém aqui?

Nada. Nem um som. Ninguém respondeu.

Então, de repente, ouvimos um som vindo do céu, acompanhado de um "vento impetuoso", que encheu todo o lugar.

O vento era fortíssimo, fez girar nuvens de terra, levantando muita poeira que foi entrando em nossos olhos. Fiquei com os olhos secos. Mas... Mesmo assim, com certo esforço, consegui ver um chapéu voando. Formou-se um redemoinho bem forte à minha frente, com o chapéu girando no meio dele. Estiquei a mão para pegar o chapéu e ele voou mais para a frente, caindo no chão. Fui até o chapéu, mas o vento soprou de novo e ele flutuou no ar, afastando-se mais para a frente. Quando o vento parou, eu estava sacudindo a poeira e limpando os olhos quando vi o chapéu no chão, agora bem perto. Agi rápido, peguei o chapéu e o coloquei na cabeça.

Então escutei uma voz:

— Olá... Olá... Bem-vindos, forasteiros! O que vocês querem? O que vocês querem? O que vocês querem?

Levei um susto! Minha pele ficou toda arrepiada. Olhei com receio na direção da voz. Não sabia se continuava com o chapéu ou se tentava me aproximar da voz, que vinha de dentro de uma loja de móveis. Comecei a escutar um piano tocar lá dentro. Era uma loja bem antiga, com um saguão de mármore. A porta estava aberta.

Nós três fomos até lá. Quando entramos, vimos, em cima de um piano que tocava uma música sem que ninguém encostasse em suas teclas, uma ave que parecia uma cacatua branca.

— Esse bicho é um papagaio? — perguntou Meraki.

— Não, é uma cacatua branca — explicou o sr. Milton. — Parece um papagaio, mas não é. Essa ave não é brasileira, é um animal considerado exótico, porque não é encontrado na nossa fauna nativa, faz parte da fauna de outro continente. Tem origem na Austrália, nas Filipinas e na Indonésia. As cacatuas são sempre bem animadas, engraçadas, charmosas e divertidas. Elas são inteligentes e aprendem diversos sons e brincadeiras.

— Elas são dançarinas também! Eu me lembro de ter visto uns vídeos de cacatuas dançando — comentei.

— Isso mesmo, Calib. Essa ave no piano é um macho, deve ter uns 40 centímetros de altura. Que magnífico! Vocês sabiam que é imensamente importante para esse animal *se sentir amado*? Cacatuas são muito carentes. Carinhosas, elas se apegam aos donos. E, quando não se sentem amadas e não recebem carinho, começam a arrancar as próprias penas e a se mutilar, por depressão e tristeza.

— Ainda bem que os pais da Margarida não são os pais dessa ave aí, senão ela ia ficar toda depenada — disse Meraki.

A cacatua tinha no pescoço um colar com um pingente bem pequeno e diferente. O pingente tinha no centro um quadrado prateado com o desenho de dois arcos. Um arco para cima e outro para baixo, formando o desenho de um peixe. Eu percebi que dentro do desenho do peixe havia algo escrito, mas não consegui identificar as letras.

A cacatua se aproximou de nós e falou:

— Olá!

— Você fala? — perguntei, surpreso.

— É logico que falo. Sou Aspi! E vocês, quem são?

— Eu sou Calib, este é meu amigo Meraki. Aquele é o sr. Milton, o apelido dele é Jardineiro.

— Mas... O que vocês querem nesta cidade?

— Procuramos o CL.

Sem falar nada, Aspi voou para fora da loja de móveis. Saímos todos atrás dela, o piano parou de tocar.

Lá fora, Aspi disse:

— Mas... O que vocês querem com o CL?

— Precisamos falar com ele! — respondi.

— Mas... O que vocês querem falar com ele?

— Precisamos que ele nos dê um mapa de como encontrar a Montanha do Discurso.

— Mas... O que vocês querem na Montanha do Discurso?

— Precisamos encontrar o Criador dos bluguis azuis.

— Mas... O que vocês querem com o Criador dos bluguis azuis?

Meraki começou a se irritar com as perguntas que a cacatua fazia e falou:

— Calib, nós é que temos que fazer perguntas. Precisamos achar o CL, pegar o mapa, ir até a Montanha do Discurso. E essa cacatua irritante fica fazendo perguntas o tempo todo! O tempo está passando...

A ave virou-se para Meraki e perguntou:

— Mas... O que você quer de mim?

— Calib, acho que esse Aspi é um bobão que só fica repetindo as coisas.

Nessa hora, a ave deu um berro:

— Um bobão?!

Aspi voou para cima de Meraki e começou a bater as asas na cabeça dele, bagunçando seu cabelo. Meraki tentou segurá-lo pelas asas, mas ele insistia em bagunçar o cabelo do meu amigo.

— Calma! Calma! Meraki estava brincando! — eu disse. — Precisamos da sua ajuda, Aspi! Precisamos muito encontrar o CL.

A ave parou de atacar Meraki e indagou:

— O que vocês querem que eu faça para ajudar?

— Ai ai ai... Estou ficando nervoso. Essa cacatua fica repetindo o que a gente fala — reclamou Meraki. — Sabe o que eu quero que você faça para me ajudar, ave esquisita? Que você suma daqui!

E, então... Pufff! Aspi desapareceu. E o chapéu que eu havia pegado também sumiu. Coloquei a mão na cabeça e o chapéu não estava mais ali.

Meraki e eu ficamos olhando para o nada.

Viramos para todos os lados, procurando Aspi. Fiquei tentando ver para onde ele tinha ido. Mas o bicho não estava em lugar nenhum.

— Onde foi parar aquela criatura irritante? — indagou Meraki.

— Não sei, foi você que a mandou embora — respondi, bravo. — Muito inteligente da sua parte. Aspi estava quase nos ajudando a dizer onde encontrar o CL. Agora estamos aqui sozinhos e não tem mais ninguém nesse lugar. Você mandou embora o único ser que poderia nos ajudar.

— Meraki, por que fez isso? Eu não expliquei que essas aves são carentes e precisam se sentir amadas? — lembrou o sr. Milton. — Por que você mandou Aspi sumir?

Nós três ficamos andando de lá para cá, até que Meraki falou:

— Olha... Vamos pensar... Aspi apareceu na loja de móveis. Em cima do piano. Quem sabe não aparece lá de novo?

Fomos até a loja de móveis. Dessa vez o piano não estava tocando. Eu falei bem alto:

— Aspi, eu quero que você volte!

No mesmo momento, a ave reapareceu, mas não dentro da loja. Pudemos vê-la lá fora. Do outro lado da rua. Fomos rapidamente ao seu encontro, atravessando a rua.

E, ao nos ver, ela disse:

— Eu sou Aspi! Não me rejeiteis! Como posso fazer vocês sorrirem? O que vocês querem?

Quando ela fez mais uma pergunta, vi Meraki ficar vermelho de tanta raiva e falei baixinho:

— Calma! Seja paciente! Fique quieto dessa vez, não fale nada.

Em seguida, eu disse para a cacatua:

— Quero que você me diga onde eu encontro o CL.

— De onde vocês vieram?

— Viemos da cidade de Pedra Branca, um lugar de amor e acolhimento.

— O que vocês têm lá na cidade de Pedra Branca?

Olhei para o sr. Milton, sem saber muito o que responder.

O sr. Milton ficou em silêncio. Entendi que eu mesmo teria de responder.

— Nós temos muitos amigos — respondi, por fim.

— Se vocês tinham amigos no lugar de onde vieram... Então... Aqui vocês também vão encontrar amigos! — Alegremente, a cacatua bateu as asas. — Vou explicar para vocês, o CL não fica aqui na cidade de Barbados. Ele fica afastado daqui, no Condado das Libélulas.

— Como chegamos lá, Aspi? — quis saber o Jardineiro. — Você sabe o caminho?

— Sei! Já estive lá antes. O que vocês querem?

— Quero que você nos ajude a ir até lá — eu pedi. — Você pode nos ajudar? Precisamos muito encontrar o CL porque ele tem o mapa com o caminho para a Montanha do Discurso.

No momento em que pedi ajuda para a cacatua, um selo verde brilhante, no formato de uma folha, se materializou e ficou flutuando à minha frente. Era lindo e brilhava muito.

Quando tentei pegá-lo, ele subiu mais alto no ar. Dei um pulo para alcançá-lo. Ele subiu mais ainda. Fiquei pulando, pulando, mas o selo se movia de lá para cá e eu não conseguia pegá-lo. Foi quando me lembrei do livro de jade verde. *Será que é isso? Será que o selo tem a ver com o livro?*, pensei. Peguei o livro na mochila e, assim que o abri, o selo brilhante desceu rapidamente e se colou sozinho na primeira página. Pufff!

O Jardineiro se aproximou para olhar o selo verde brilhante e disse:

— Ele tem o formato de uma folha de árvore. Essa folha é de uma árvore chamada pau-brasil, nativa das florestas tropicais brasileiras. Tem uma madeira vermelha cor de brasa, é a nossa madeira símbolo, que deu origem ao nome do nosso país. O pau-brasil representa a primeira atividade econômica do Brasil. Era abundante na floresta, mas hoje está ameaçado de extinção. Do seu tronco é extraída a brasilina, um corante que antigamente era utilizado para tingir tecidos. Hoje em dia, sua madeira é empregada na confecção de arcos para violinos.

Depois de uma breve pausa, o sr. Milton apontou um dedo para o selo colado no livro e falou, empolgado:

— Calib! Esse é o seu primeiro selo verde brilhante. Você pediu ajuda. Pedir ajuda fez você ganhar o seu primeiro selo.

Fiquei olhando para o livro, encantado.

— Consegui, ganhei um selo! Os selos existem mesmo.

— É claro que existem, você acaba de conseguir um — disse Meraki.

— Como assim, claro que existem? E o que você falou antes?

— Falei... Mas falei brincando. Eu sabia que você ia conseguir, Calib.

Continuei a olhar o selo brilhante, colado na primeira página do livro. Não entendi muito bem o que isso significava, nem para que eu ia precisar dele. Mas fiquei feliz, embora estivesse mais preocupado em achar o tal CL.

Foi então que Aspi falou:

— Quando uma criança vai iniciar uma jornada de desafios, precisa do livro de jade verde. Todo caminhante precisa de um. Porque durante a Jornada do Caminho, sempre que você vence uma etapa, um selo verde brilhante é colado em uma das páginas do livro. É por isso que no início da Jornada as páginas estão todas em branco.

— Ahhh... É igual quando passamos de fase no videogame — comentei.

Aspi deu risada e falou:

— Sim, é mais ou menos isso. Cada vez que você vence uma etapa, recebe um selo verde brilhante e imediatamente ele se cola no livro. Quando você encontrar o Criador dos bluguis, Calib, ele vai pedir esse livro.

Não sei se fiquei surpreso ou apavorado com essa história. Mas, enquanto Aspi falava do livro, eu só ficava pensando: *E se eu não for vitorioso? E se não conseguir vencer os desafios e não ganhar mais nenhum selo verde?* Parece até que Meraki estava ouvindo meus pensamentos, porque ele logo perguntou:

— Aspi, e se der tudo errado e Calib não conseguir ultrapassar todos os obstáculos? E se ele não ganhar mais nenhum selo?

— Deixe de brincadeira, Meraki! — disse o sr. Milton. — Que pergunta mais sem propósito.

Essa era a pergunta que eu queria fazer, mas não tinha coragem.

— Essa parte eu não sei — respondeu a ave. — Vai depender do obstáculo. E de como Calib vai lutar e enfrentar cada desafio.

Meraki pegou o livro da minha mão e perguntou:

— Como o selo colou aí? Qual o significado do selo colado? Será que dá para arrancá-lo?

Meu amigo começou a puxar o selo para ver se saía. Olhei sério para ele.

— Foi só uma pergunta... — disse Meraki.

— Quem tem o livro de jade verde pode fazer a Jornada do Caminho. O CL fica no Condado das Libélulas. Dizem que ele tem um mapa e sabe como orientar o caminho para a Montanha do Discurso. Para chegar ao condado, porém, vocês vão precisar atravessar o labirinto das janelas — explicou Aspi, antes de indagar: — Calib! Você não perdeu nada?

— Não. Não perdi nada!

— Ahhh, perdeu sim! Você perdeu o chapéu. O que quer que eu faça?

Eu já havia entendido o jeito da cacatua! Aspi sempre fazia perguntas e queria que falássemos claramente o que queríamos. Então, fui logo pedindo:

— Quero que você encontre o chapéu para mim.

— Onde você me encontrou pela primeira vez?

— Encontrei você na loja de móveis.

— Lá você encontrará o chapéu novamente.

Meraki me apressou:

— Vamos, Calib, se mexa!

Fomos na direção da loja, do outro lado da rua. O chapéu estava mesmo lá. Bem no meio da rua, em frente à loja de móveis. E dessa vez ele estava parado, quieto.

Assim que me aproximei do chapéu... Zuuuup! Ele veio flutuando e se encaixou sozinho na minha cabeça.

— Venham, entrem! — convidou Aspi.

Assim que entramos na loja, a ave foi explicando:

— Calib, esse é o chapéu poctop. Ele leva a pessoa que estiver com ele para lugares diferentes, transportando-a. E quem estiver com a pessoa é transportado junto.

— Para que outros lugares o chapéu transporta as pessoas?

— Isso é o chapéu poctop que decide. O chapéu também decide quem vai usá-lo. E ele escolheu o Calib. Durante a Jornada do Caminho, é o Calib que poderá usá-lo. Quem usa o chapéu poctop consegue entender melhor o passado, porque percebe as situações com um novo olhar.

Nesse momento, observei melhor o chapéu. Era todo preto, em estilo caubói, e tinha um bóton com o mesmo símbolo desenhado no pingente da cacatua.

Aspi abriu a tampa do piano com as asas. Tirou dali de dentro uma caixinha branca e a entregou para Meraki, dizendo:

— Antes de encontrar o CL, vocês passarão pelo labirinto das janelas. Para atravessá-lo, vão precisar do giz das portas.

Meraki abriu a caixinha, que estava cheia de gizes. Retirou um da caixa para observar melhor. Era um giz branco, parecido com o que os professores usam.

— Não entendi! Se vamos atravessar um labirinto de janelas, por que vamos precisar do giz das portas?

Aspi não respondeu. Só voou para perto de Meraki e bateu as asas acima da cabeça dele, bagunçando todo o seu cabelo novamente. Depois, a cacatua foi para o canto esquerdo da loja e pegou de dentro de um armário um saquinho de cetim bege. Voltou e entregou o saquinho para Meraki. De novo ele escolheu Meraki para receber as coisas, e explicou:

— Aí dentro você encontrará sementes de mostarda amarela, muito pequenas. São sementes da fé, bastante preciosas e de muito valor. Vocês três precisam tomar cuidado com elas. As sementes devem ser colocadas nas janelas para abri-las. Quando se coloca uma semente dessas no peitoril da janela, ela se abre e mostra um destino. Mas, quando a semente cai no chão, vira um trucho gucho. E, quando cai na água, adormece os animais aquáticos.

Usando um tom de alerta, Aspi prosseguiu:

— Tomem cuidado com os truchos guchos! São bolas verde-escuras gigantes, parecidas com mamonas. Têm um metro de altura, espinhos por todos os lados! E giram em cima das pessoas com seus espinhos! Então, não desperdicem as sementes. Elas não devem ser usadas em vão.

Perguntei para a cacatua:

— E os animais aquáticos, como são?

— Não se preocupem com os animais aquáticos por enquanto — disse Aspi. — Pronto, acho que agora temos tudo. O chapéu poctop, o giz das portas, as sementes de mostarda e o livro de jade verde. Vou adorar participar da Jornada. Podemos ir!

— Como assim, você quer participar da Jornada? — indaguei.

— Se vocês vão até a Montanha do Discurso encontrar o Criador... Eu vou junto! Faz algum tempo que não viajo para lá. Acho que é uma boa oportunidade ir com vocês.

— Não sabemos se queremos que você vá com a gente — disse Meraki.

— Calma, Meraki! Acho que Aspi pode nos ajudar — disse o Jardineiro. — Você sabe como chegar ao Condado das Libélulas, Aspi?

— Sei.

— Você é um bom conselheiro e nos ajudará. Por mim, tudo bem você ir conosco.

— Se o sr. Milton acha que Aspi pode ajudar, talvez seja importante ele se juntar ao nosso grupo — argumentei.

— Eu sempre sou muito útil — afirmou Aspi.

— Não vejo muita utilidade — protestou Meraki.

— Mas o sr. Milton vê.

Era clara a implicância de Meraki com Aspi. Ele ainda estava tentando arrumar o cabelo depois de ter sido despenteado pela cacatua.

No fim, acabamos concordando e, então, nós três falamos juntos:

— Pode vir com a gente, Aspi!

— Por onde começamos? Como usamos o giz? Por que vou precisar do chapéu? — perguntei.

— E essas sementes? Não pretendo plantar nada! — Meraki indagou.

Aspi riu.

— Tenham paciência, a própria Jornada vai responder suas perguntas.

Com Aspi nos guiando, saímos de Barbados e seguimos pela estrada indicada pela ave.

Assim, começamos nossa caminhada.
Aspi falou:
— Que o Caminho te acompanhe.
Conforme andávamos, eu refletia. Já tinha conseguido um selo verde brilhante no meu livro de jade verde, mas será que seria capaz de conseguir os próximos? Onde ficava a Montanha do Discurso? Será que era um lugar bonito? Como seria o Criador dos bluguis azuis? Eu conseguiria encontrá-lo?

FIQUEI PENSANDO:

» O que será que Aspi pode simbolizar na bíblia?
» As sementes de mostarda estão associadas a qual parábola?

"QUE O CAMINHO TE ACOMPANHE."

"De repente, veio do céu um ruído, como se soprasse um vento impetuoso, e encheu toda a casa onde estavam sentados".
Atos dos Apóstolos 2:2

"De vossa face não me rejeiteis, e nem me priveis de vosso Santo Espírito".
Salmos 50:11-13 / 51:11

"Mas o Paráclito, o Espírito Santo, que o Pai enviará em meu nome, irá ensinar-vos todas as coisas e vos recordará tudo o que vos tenha dito".
Evangelho Segundo São João 14:26

"E eu rogarei ao Pai, e ele vos dará outro <u>Paráclito</u>,
para que fique eternamente convosco".
Evangelho Segundo São João 14:16

"Jesus lhe respondeu: 'Eu sou o <u>caminho</u>, a verdade e
a vida; ninguém vem ao Pai senão por mim'".
Evangelho Segundo João 14:6

"É como o <u>grão de mostarda</u> que, quando é
semeado, é a menor de todas as sementes".
Evangelho Segundo Marcos 4:31

CAPÍTULO 6

O LABIRINTO DAS JANELAS

Fomos caminhando todos juntos. Eu, Meraki, o sr. Milton e nosso novo amigo, Aspi.

Afastei-me um pouco, para vê-los com alguma distância. Eles caminhavam uns 5 metros à frente. Enquanto eles iam conversando pelo caminho, bem-humorados, pensei: *Essa é a minha turma de Jornada, agora*. Não tinha certeza se era a melhor turma, mas era o que eu tinha. Observei cada um deles separadamente, identificando suas qualidades. Eles tinham talentos que seriam úteis na caminhada. Preferi me concentrar nisso e esperar que os seus potenciais superassem qualquer obstáculo.

Escutando as gargalhadas deles, porém, de uma coisa eu tinha certeza: eram meus amigos. Sabia que gostavam de mim e estavam torcendo pelo meu sucesso. Saberiam sorrir junto comigo das minhas vitórias. Até Meraki já estava brincando com Aspi.

Escutei a ave falando:

— Somos todos caminhantes. Vamos! Precisamos chegar ao Condado das Libélulas. Lá encontraremos o CL, e ele vai entregar o que vocês precisam. Para chegar ao condado, só precisamos atravessar o labirinto das janelas. E é bem simples fazer isso!

— Não sei por que, mas tenho um pressentimento de que não vai ser tão simples assim! — comentou Meraki.

— Sr. Milton, como são as libélulas? — perguntei.

— As libélulas são insetos voadores e predadores que se alimentam de outros insetos.

— Predadores! — exclamou Meraki. — Ai! Isso não me parece bom. Eu disse que não ia ser simples...

— As libélulas comem principalmente moscas e mosquitos. Costumam voar de forma elegante e suas asas mudam de cor. Elas não ficam em lugares poluídos. Em algumas tradições, as libélulas representam a passagem da infância para a vida adulta, quando a criança deixa as ilusões e fantasias para trás e passa a ter maturidade para enfrentar a realidade com equilíbrio.

— Bem, como só comem moscas e mosquitos… Talvez seja fácil passar por elas! Talvez esse Aspi estrambólico tenha razão.

Chegamos a um muro enorme. Era um paredão muito alto, tão alto que, ao olhar para cima, não conseguíamos ver onde acabava. Olhei para a esquerda e vi que o muro também era muito comprido. Do lado direito, a mesma coisa. E havia muitas janelas no muro. Ficamos olhando para a direita e para a esquerda, tentando encontrar um jeito de seguir em frente.

— Como vamos atravessar esse muro de janelas? Todas estão fechadas! — observou Meraki. — E não há nenhuma porta! Parece difícil continuarmos a viagem.

As janelas eram enormes. Algumas chegavam a ter 3 metros de altura e 5 metros de comprimento. Outras eram minúsculas, com 5 centímetros de altura e 5 centímetros de comprimento. Algumas janelas eram modernas, outras eram muito antigas, de diversas épocas da história.

— Vejam, essa aqui é mais antiga que todas as outras! As janelas surgiram mais de 4.000 anos antes de Cristo — disse o sr. Milton.

— Pessoal, olhem essa aqui! Parece bem antiga também — falou Meraki.

— Essa aí parece com as do palácio de Knossos, da época do rei Minos, da Grécia. Ele inspirou a lenda do labirinto do Minotauro, por volta de 1900 antes de Cristo.

— Essa daqui já tem vidro! — reparei.

— Os romanos introduziram as janelas com vidro por volta do ano 100 depois de Cristo — mencionou o sr. Milton. — Vejam aquelas lá, bem no alto. São doze janelas, uma do lado da outra. Elas têm enfeites decorativos e já são redondas, provavelmente são da época barroca.

Mostrei uma que estava na parte mais baixa do muro. Parecia uma janela de igreja. Algumas eram mais elaboradas, com desenhos curiosos, algumas eram de PVC, outras de alumínio. Uma delas, muito sofisticada e original, parecia ser do futuro.

Havia janelas de várias cores. Uma tinha vários vasos de flores no peitoril. Cada janela parecia mostrar um lugar diferente.

Nessa hora, Aspi disse:

— Meraki, pegue as sementes de mostarda amarela.

Meraki pegou o saquinho de tecido, abriu-o e colocou na mão algumas das sementes. Eram bem pequenas.

— São as sementes da fé! — lembrou Aspi. — Mas só se deve usar uma de cada vez, e com bastante cuidado.

Meraki pegou uma. Só uma, pequenininha, e colocou-a no peitoril de uma das janelas. Assim que fez isso, todas as janelas começaram a se movimentar, de forma que o muro todo se mexeu. As janelas que estavam na parte de cima começaram a descer. As de baixo subiram. As da direita, foram para a esquerda, e as da esquerda, para a direita. Todas giravam e se movimentavam. De repente, o paredão se abriu em vários corredores, cada um partindo de uma janela.

Escolhemos uma janela ao acaso e avançamos devagar, apreensivos, com um pouco de medo do que poderíamos encontrar. O corredor onde estávamos se abria para muitos outros corredores, cheios de janelas por todos os lados, umas acima das outras. Quando chegávamos ao fim de algum dos corredores, surgia um novo paredão e não conseguíamos seguir em frente.

Aspi declarou o óbvio:

— Meninos, chegamos! Este é o labirinto das janelas!

O labirinto era enorme, cheio de corredores que pareciam infinitos de um lado para o outro, não conseguíamos enxergar o fim de alguns deles. Nas paredes gigantescas havia infindáveis janelas, umas sempre acima das outras, até o alto. As janelas do topo estavam tão distantes que mal conseguíamos vê-las. Seria muito fácil nos perdermos ali dentro!

Aspi nos chamou para perto dele e disse:

— É melhor deixar um pouco de sementes da fé com cada um de vocês.

Como Meraki já tinha recebido um saquinho de sementes, a ave deu algumas delas para mim e para o sr. Milton. Depois falou:

— As sementes movimentam as janelas, que vão se abrindo e mostrando paisagens de novos lugares. Mas tomem cuidado! Lembrem que vocês não podem deixá-las cair no chão. Elas precisam ser colocadas somente nos parapeitos das janelas. Todo cuidado é pouco porque, se as sementes caírem no chão, são desperdiçadas e então aparecem os truchos guchos, como já falei.

— Conte mais sobre o truchos guchos — pedi. — Eles são perigosos de verdade?

— Sim! Eles têm cerca de 1 metro de altura e são repletos de espinhos. Têm quatro olhos espalhados pelo corpo e conseguem olhar para todos os lados. Por isso é difícil fugir e se esconder deles, que vão começar a rolar atrás de vocês. Os truchos guchos são muito rápidos e espertos, e quando espetam... Ahh, espetam pra valer! Para vencê-los, vocês precisarão lutar com eles. São alguns dos monstros que aparecem no nosso caminho, para tentar nos impedir de encontrar o Criador. Assim, tentem não desperdiçar as sementes da fé.

Quando Aspi terminou de falar, o sr. Milton nos aconselhou, com ar sério:

— Meninos, já que Aspi é nosso guia, vamos seguir suas orientações. Ele já foi ao Condado das Libélulas, conhece o caminho. Sabe a melhor forma de chegar lá e sabe como nos tirar daqui.

Conforme continuamos caminhando pelos corredores do labirinto, Aspi apontava para uma e outra janela e pedia que colocássemos uma semente no parapeito. Pensando no que o sr. Milton tinha aconselhado, nem questionei nada. Fui colocando as sementes nas janelas do jeito que a cacatua pedia.

Assim que uma semente era colocada em um peitoril, o paredão todo se movimentava e uma das janelas se abria e mostrava uma paisagem. Aspi esticava o pescoço e espiava pela janela, virando a cabeça de um lado para o outro. Olhava por um tempo, depois dizia:

— Não é aqui!

Meraki tentava puxar conversa com a cacatua, sem lhe dar sossego. Mas Aspi não respondia, estava mais concentrado em encontrar a janela certa.

Então, Meraki se aproximou do sr. Milton, perguntando:

— O senhor sabe como é o Condado das Libélulas?

— Eu nunca estive lá, mas Aspi já esteve e me contou, num momento em que você estava mais afastado de nós. Também já li coisas a respeito do lugar. Parece que tem uma estrada ladeada de cerejeiras que leva até a entrada do condado. E as árvores estão repletas de cerejas bem grandes e saborosas, que deixam um aroma delicioso no ar. Já as casas das libélulas são como cogumelos verde-claros bem pequenos, espalhados no chão por todo o condado.

Meraki estava tão atento às explicações do sr. Milton que esqueceu o que tinha nas mãos e deixou cair algumas sementes da fé no chão.

Aspi viu isso e na mesma hora gritou:

— Corram, meninos! Corram...

Saímos em disparada, desesperados, sem nem saber direito para que lado correr. Assim que as sementes da fé caíram no chão, desperdiçadas, os truchos guchos começaram a brotar. Eram piores do que a cacatua tinha falado. Bolotas verde-escuras, enormes e repletas de espinhos, violentas e agressivas, vieram direto para cima da gente. Pulávamos e corríamos.

— Como vamos escapar deles? — perguntei, meio sem fôlego.

Aspi gritou:

— O que vocês querem?

— Escapar dos truchos guchos! — gritei de volta.

— Então pegue o giz e desenhe uma porta, Calib!

— Como assim, uma porta?

— Qualquer porta!

— Onde, Aspi?

— Desenhe uma porta por cima de uma janela e coloque o seu chapéu poctop!

Gritei para Meraki:

— Me dá um giz das portas!

Meraki rapidamente abriu a caixa branca de giz que estava com ele. Tirou um giz às pressas, derrubando três outros no chão. Jogou-o para mim, que peguei no ar.

Meraki apontou para uma janela e falou:

— Desenhe a porta em cima dessa janela!

Achei estranho desenhar uma porta por cima de uma janela fechada. Mas, obedecendo ao pedido do sr. Milton de seguir as orientações de Aspi, fiz o que a ave havia mandado. Desenhei uma porta sobre a janela que Meraki tinha escolhido e coloquei o chapéu poctop.

De repente, uma brecha abriu-se na janela e surgiu uma passagem bem no lugar em que eu tinha feito o desenho. A abertura aumentou. Era uma saída!

Aspi, vendo que eu já tinha colocado o chapéu, gritou:

— Vamos ficar todos juntos com o Calib e passar pela abertura todos ao mesmo tempo!

Ficamos os quatro bem perto uns dos outros. Comecei a contar:

— Um... Dois... Três... E... Já!

Pulamos juntos pela abertura.

Puft... Puft... Puft...

Foi assim que nos vimos no topo de um barranco bem alto! E fomos rolando encosta abaixo, sem parar.

Eu, que sou mais atrapalhado, fui caindo de um jeito mais desengonçado que os outros, me arranhando todo em pedras e plantas. Levantei uma poeira danada enquanto rodopiava e arranquei alguns cogumelos verdes do chão durante a descida. Finalmente chegamos a um terreno plano, no pé do barranco, e paramos de rolar.

Assim que passamos pela brecha, a passagem que eu tinha desenhado se fechou. Os truchos guchos não puderam nos seguir.

Fomos nos levantando, meio tontos.

Meraki gemeu:

— Ai... Estou todo arranhado...

Ahhh... Que exagerado esse Meraki! Eu também me arranhei inteiro, pensei.

— Onde estamos? — perguntei.

— Não sei, mas fico feliz de estar livre dos truchos guchos. — disse Meraki. — E obrigado por perguntarem como estou...

Olhei para ele e vi que eram só uns arranhõezinhos de nada. Eu estava mais preocupado em descobrir onde é que tínhamos ido parar.

Meraki pegou meu chapéu, caído no chão e todo empoeirado, e o colocou na própria cabeça. No mesmo instante o chapéu pulou para o chão.

— Não adianta, Meraki! — riu Aspi. — O chapéu poctop só fica na cabeça dos descendentes dos caminhantes.

— Eu sou descendente de algum caminhante? — perguntei, surpreso. Aspi não tinha mencionado isso antes, ao explicar como o chapéu funcionava.

— Provavelmente!

— Achei superlegal isso de abrir uma porta com um desenho feito com giz e usar o chapéu para ir para outro lugar. A gente pode ir até pro Egito, se quiser!

— Acho que sim — disse o sr. Milton.

Aspi corrigiu, em tom sério:

— Mas precisa abrir a porta certa. Se for a porta errada, a pessoa pode acabar parando no beleléu.

Às vezes, Aspi era bem bravo. Mas eu só queria saber onde estávamos.

— Aqui estamos! — exclamou Aspi. — Esse é o lugar! Vocês viram cogumelos verde-claros pelo chão? Então, chegamos ao Condado das Libélulas!

— Um pouco empoeirados e suados da correria, graças ao Meraki — observei.

— Foi o sr. Milton que ficou me distraindo com aquela história das casas das libélulas — reclamou Meraki. — Se não fosse eu, vocês estariam até agora procurando a janela certa. Fui eu que achei a janela certa.

— É, pessoal, foi ele que achou a janela certa — o sr. Milton assentiu. — Apesar de ter colocado todo mundo numa enrascada, foi ele que achou!

— Meraki, você que ficou atrapalhando o tempo todo — disse Aspi.

— Pessoal! — o sr. Milton exclamou, enquanto apontava para a frente. — Olhem que interessante!

Podíamos ver a Estrada das Cerejeiras, lá estava ela. Como o sr. Milton havia comentado, era realmente encantadora. A estrada estava repleta de cerejeiras por todos os lados. E o aroma no ar era delicioso. Elas lembravam a cerejeira da casa do sr. Milton, só que em quantidade muito maior.

Aspi declarou:

— Esta é a Estrada das Cerejeiras, que leva até a entrada do Condado das Libélulas.

Eu estava bem animado, porque estávamos no lugar certo. Além disso, a Estrada das Cerejeiras formava um cenário excepcional.

Nesse momento, começaram a surgir muitos insetos coloridos. Eram de várias cores, mas de cores diferentes das que estávamos acostumados a ver. Vimos joaninhas vermelhas, só que com bolinhas amarelas, e elas andavam por toda a vegetação. Acho que havia umas cinquenta delas espalhadas pelo campo.

Avistamos inúmeras borboletas coloridas. Algumas com listras de várias cores, outras com bolinhas verdes. Meraki deu um largo sorriso ao ver as borboletas, porque nos lembramos da nossa brincadeira preferida de final de tarde. Mas essas borboletas eram incomuns. Acho que ali havia dez vezes mais borboletas do que na nossa brincadeira.

Os percevejos também eram coloridos, com listras cor de laranja e cinza.

Até as abelhas eram diferentes. Enormes, chegavam a uns 15 centímetros de comprimento e tinham o corpo lilás e antenas roxas.

— Pessoal, olhem que abelhas gigantes, lindas e originais — Meraki chamou nossa atenção.

— As abelhas são insetos voadores que ajudam muito na polinização — o sr. Milton explicou. — Acho que essa grande plantação de cerejas existe graças ao trabalho delas.

Estávamos muito admirados com o lugar.

— As libélulas!!! — Meraki gritou, de repente, apontando para a frente. — As libélulas... Acho que estamos mesmo no lugar certo.

Ufa, enfim, uma boa notícia, pensei, aliviado.

Uma quantidade enorme de libélulas tinha aparecido. Elas voavam juntas. Os raios de sol se refletiam nas suas asas, e podíamos ver muitas cores. Elas voavam da forma elegante como o sr. Milton havia falado.

Quando começamos a entrar no condado, vimos as casinhas das libélulas. Eram os cogumelos verde-claros pelo chão. Avistei muitas plantas que desconhecia, todas coloridas, também. Era uma sensação de vitória e alegria.

— Sr. Milton, acho que estou com medo dessas libélulas — Meraki falou baixinho.

— Fique tranquilo — garantiu o sr. Milton. — Aqui é seguro.

— E que plantas diferentes são essas? — perguntou Meraki. — São muito cheirosas.

— Não sei, nunca as vi. São plantas diferentes, desconhecidas.

Aspi explicou na hora:

— São plantas doces.

— Doces? — Meraki perguntou.

— Sim, doces! Podem comê-las. São deliciosas.

Começamos a pegar algumas das plantas coloridas, um pouco desconfiados. Mas eram realmente doces e deliciosas. As folhas tinham gosto de framboesa, os galhos eram de casquinha de biscoito, recheados com doce de leite, e as cerejas, maravilhosas. Os troncos das árvores eram de bolo de nozes com cobertura de creme de chocolate. Pegávamos as cerejas, passando-as nos troncos, para que ficassem cobertas com creme de chocolate. Algumas das flores tinham pétalas de um suspiro bem fino e, no meio, eram recheadas com chantilly. Havia umas frutas diferentes, nos surpreendemos ao abri-las, pois tinham sorvete por dentro.

Fomos experimentando todas as plantas doces e saborosas.

Aspi sugeriu:

— Provem isso aqui! É o sorvete em pétalas, uma receita especial daqui.

O sorvete em pétalas era um sorvete em formato de rosa, e cada pétala era de um sabor diferente. Era realmente muito especial, eu nunca tinha experimentado algo tão gostoso assim.

Meraki até parou de fazer perguntas e elogiou:

— Isso não é bom! É *bótimo*, bom com ótimo!

O sr. Milton, antes de comer os doces, colocou a mão sobre eles e falou:

— Obrigado!

Aspi também estava calado, se deliciando com tantos sabores.

Adorei um que parecia uma flor copo de leite. A parte branca tinha gosto de coco, e a pequena espiga amarela, do miolo, era de quindim. O sabor era extraordinário.

Foi então que vi uma cereja enorme, num galho bem mais alto do que os outros. Havia muitos doces perto de mim, de vários tipos e sabores, mas senti vontade de pegar aquela cereja em especial. Sua tonalidade era de um vermelho intenso. Estava numa altura um pouco difícil de alcançar, mas eu queria muito aquela cereja grande. Só de pensar em como podia ser suculenta, fiquei com água na boca. Resolvi pegá-la, custasse o que custasse.

Fui me esticando para alcançá-la. Esticando… Esticando… Apoiei um dos pés sobre uma pedra e fui me esticando mais e mais…

De repente, clec!

— Que barulho foi esse? — perguntou o sr. Milton.

Não pude acreditar. Eu havia pisado num dos cogumelos verdes, achando que era uma pedra. Olhei para a ponta do meu tênis. Vi a casinha de uma das libélulas, toda despedaçada.

— Calib, veja o que você fez! — exclamou Meraki.

Eu não sabia o que falar ou fazer, como resolver aquilo. A libélula dona da casa em que eu tinha pisado chegou e, quando o viu o acontecido, começou a chorar, desesperada.

Me aproximei e tentei acalmá-la:

— Vou tentar corrigir o que eu fiz. Construirei outra casa para você.

A libélula parava de chorar brevemente, olhava para mim e recomeçava a chorar, abrindo o berreiro. Muitas libélulas se aproximaram, voando ao redor de mim. A libélula da casinha destruída parecia ser muito famosa por ali e ter muitos amigos.

— Acalme-se, vou reconstruir a sua casa — falei.

Naquele instante, toquei o colete que minha mãe tinha me dado. Senti saudade dos meus pais. Como gostaria que eles estivessem ali para me ajudar! Eu não sabia como lidar com a situação.

— Você não vai pedir desculpas? — perguntou Aspi. — Olha o estrago que você fez na casa da libélula!

—Foi sem querer — respondi, aflito.

— Mesmo tendo sido sem querer, existem consequências. A libélula ficou muito triste.

Para mim, era um pouco difícil pedir desculpas, considerando que eu havia pisado na casinha por acidente. Mas, como Aspi insistiu, acabei cedendo. Criei coragem e indaguei à libélula que chorava:

— Olá! Como é o seu nome?

— Meu nome é Oak.

— Você me desculpa, Oak? Fui pegar aquela cereja enorme e não vi a sua casa.

— Sim, eu desculpo você.

Aspi cutucou meu ombro com a ponta da asa, dizendo:

— Você pediu desculpas, mas não foi do fundo do coração. Ela perdooou você, mas isso não muda a consequência do que você fez. A libélula ficou sem casa. Às vezes não basta pedir desculpas. É preciso reparar o mal que foi feito.

— Vou construir uma casa nova para você, Oak. Uma casa maior e melhor do que antes — prometi, assim que Aspi terminou de falar.

— Vamos todos ajudar Calib a reconstruir a casa da libélula — afirmou o sr. Milton.

Todos me ajudaram a fazer uma nova casa para Oak. Isso atrasou um pouco a nossa Jornada, mas foi necessário. Perdi tempo, mas dessa forma poderia seguir viagem com a consciência tranquila.

Enquanto trabalhávamos, conversei com o sr. Milton sobre o acidente:

— Fiquei pensando que a causa disso tudo foi a minha gula. Há tantos doces aqui! Mais doces do que eu poderia comer. E são tão deliciosos! Por que eu tinha que ser guloso e querer pegar aquela cereja gigante? Por causa da minha gula, a libélula Oak ficou triste.

— Já estamos construindo uma nova casa para ela, Calib. Vai ficar tudo bem.

Angustiado, argumentei:

— Mas perdemos muito tempo. Só por causa da minha gula, estou atrasando a cura da Margarida.

— Às vezes, pode ser uma opção ir um pouco mais devagar, mas fazer a coisa certa.

Trabalhamos todos juntos sem parar, até ficar tudo em ordem de novo. Quando terminamos, chamei Oak e mostrei a nova casinha para ela. Todas as amigas da libélula aplaudiram e comemoraram. A casa nova era três vezes maior que a anterior. Oak ficou radiante.

Pedi desculpas novamente. Dessa vez, porém, me desculpei de verdade, com sentimento. Eu estava arrependido de verdade.

Naquele momento, surgiu o segundo selo verde brilhante, que ficou girando no ar, na minha frente. Oak e Aspi começaram a voar perto dele. Com o selo verde surgiram vários bluguis azuis sorridentes.

Quando olhei melhor para o selo brilhante, vi que tinha um formato diferente do primeiro.

O sr. Milton gritou:

— Pegue logo o livro!

Peguei o livro de jade verde e, assim que o abri... Clec, clec!

O segundo selo pulou dentro do livro e se colou numa das páginas. Olhei para o livro, encantado. Havia conseguido mais um selo! Estava surpreso comigo mesmo, não tinha certeza da minha capacidade de conseguir outro daqueles.

— O novo selo tem o formato de uma folha de café — observou o sr. Milton. — Existem indícios de que o consumo de café tenha se iniciado em 575 depois de Cristo. O início do cultivo de café tem origem nos monastérios islâmicos no Iêmen, na Península Arábica. Depois, foi levado para o Egito e, posteriormente, para a Turquia. No século XVII, o café foi introduzido na Itália e na Inglaterra. — Ele fez uma pequena pausa antes de continuar a explicação. — As árvores de café foram muito importantes para o Brasil no início da colonização. Hoje em dia, o Brasil é um dos maiores produtores e exportadores mundiais de café, seguido pelo Vietnã e pela Colômbia. O estado de Minas Gerais é o maior produtor brasileiro de café. Um dos significados da palavra café é força.

Depois de nos dar essas informações, inspiradas pelo formato do segundo selo, o Jardineiro prosseguiu:

— Calib, quando você pediu desculpas do fundo do coração, ganhou mais um selo. A libélula o perdoou, mas você sofreu as consequências da sua gula. Da mesma forma, às vezes as crianças também se sentem assim. Algumas crianças amam demais os pais e se sentem rejeitadas por não se sentirem amadas como acham que mereciam e, por causa disso, ficam magoadas com eles. Podem até entendê-los e desculpá-los, mas isso não muda o estrago causado. Alguns pais criam uma quantidade enorme de murmus em volta das crianças. Quando se desculpam e tentam reparar os danos... Isso já muda muita coisa. Mas se, além de pedir desculpas, eles agirem e fizerem algo para reconstruir... Isso vai ser muito melhor. Como você fez, reconstruindo a casa de Oak. Quando os pais pedem desculpas e tentam reconstruir bons laços com os filhos, muitos bluguis azuis são criados.

Após uma pausa, o sr. Milton continuou a falar:

— A reconstrução cria bluguis azuis muito especiais. Mas existem pais que nunca vão pedir desculpas. Não enxergam os murmus que criaram e não têm consciência do que fizeram. Ignoram as mágoas que causaram. Então, as crianças podem decidir que não é porque os pais agiram assim com elas que precisam ser tratadas com murmus por outras pessoas também. As crianças podem escolher encontrar ao longo da vida pessoas que as tratem bem, que as valorizem, que as façam se sentir amadas, reconhecidas e cuidadas. Podem procurar pessoas que as elogiem, criando muitos bluguis azuis em volta delas.

Ficamos todos calados por alguns instantes, refletindo sobre as palavras do Jardineiro. Logo em seguida, peguei a pequena chave da porta de entrada da casa de Oak e entreguei para a libélula, dizendo:

— Oak, pode entrar na sua casa nova.

Ela pegou a chave e apertou-a entre as duas patas dianteiras. Mostrando-se muito feliz, chamou suas dezessete irmãs para comemorar. Todas entraram na casa.

— Estou realizada! — exclamou Oak momentos depois, aparecendo numa das janelas. — Olhei tudo aqui por dentro e fiquei encantada! Está tudo muito lindo, bem melhor que na casa anterior. Esta é a melhor casa do mundo! Estou muito feliz, obrigada!

Ela saiu da casa e nos chamou:

— Vamos comemorar! Quero que vocês conheçam uma pessoa. Essa é a minha avó, NoaNoa, ela chegou agorinha! É ela que faz os nossos doces, é a única que tem as receitas de alguns dos doces especiais.

Meraki logo se interessou:

— NoaNoa! É você que faz esses doces deliciosos!? Pode me dar algumas das suas receitas?

— Estou muito agradecida pela casa maravilhosa que fizeram para Oak, mas ainda me lembro de como vocês chegaram aqui! — respondeu a idosa libélula.

Meraki ficou sem graça e mudou de assunto. NoaNoa era meio brava, não era fácil fazer amizade com ela.

— Mas... Produzo doces para fazer as pessoas felizes — explicou a avó de Oak, e chamou Meraki para mostrar como fazia o sorvete em pétalas. — Meraki, você sabe que o Condado das Libélulas fica no hemisfério sul e gira no sentido horário?

Ela começou a fazer o sorvete em pétalas no sentido horário e falou:

— Vou colocar as cores dos sabores dos sorvetes na sequência do arco-íris: violeta, azul índigo, azul-claro, amarelo, verde, laranja e vermelho.

NoaNoa suspirou e fixou seu olhar bem firme nos meus olhos. Depois, sorriu, repetindo:

— Vou fazer mais uma camada de sorvete, com as cores na sequência do arco-íris.

Ela continuou olhando firmemente para mim enquanto dizia:

— Violeta, azul índigo, azul-claro, amarelo, verde, laranja e vermelho.

Meraki deu um grito:

— O amarelo está no lugar errado!

— O quê? — perguntou NoaNoa.

— O amarelo! Depois do azul-claro é o verde, e só depois é que é o amarelo — afirmou Meraki.

— Isso mesmo, Meraki! Na Jornada do Caminho, fiquem atentos! É muito importante que você e seus amigos prestem muita atenção em tudo. Fiquem sempre atentos a todos os detalhes. Não deixem que os outros façam vocês pensarem no que eles querem que vocês pensem. Às vezes, uma situação surge só para saber se vocês estão prestando atenção — disse NoaNoa.

Ela nos ofereceu casquinhas de chocolate, com uma única bola de sorvete na cor lilás.

Meraki e eu aceitamos. O sr. Milton não quis, já tinha provado doces demais.

Quando experimentei, fiquei surpreso, era uma delícia. Nunca tinha tomado um sorvete tão gostoso.

Meraki elogiou:

— NoaNoa, isso é uma delícia!

— Esse é o meu sorvete secreto, o spliss splass — disse a libélula idosa. — Tem sabor de tutti-frutti com frutas vermelhas. O segredo dessa receita eu não conto para ninguém!

Como eu já estava de bem com Oak, perguntei:

— Você conhece alguém chamado CL? Sabe como encontrá-lo? Pode nos levar até ele?

— Eu posso! — respondeu Oak. — O CL é o nosso conde, o conde das libélulas! Mas ele é muito bravo. É bem mais bravo do que a minha avó NoaNoa. Vocês têm certeza de que querem falar com ele?

— Só CL tem o mapa para encontrar a Montanha do Discurso. Por isso, vamos precisar falar com ele de qualquer forma — explicou o sr. Milton.

— Então vou levá-los. Venham comigo!

Quando chegamos ao local onde estava o conde das libélulas, achei que ia encontrar um castelo medieval ou algum tipo de palácio magnífico. Mas era só mais um cogumelo verde-claro, um pouco maior do que os outros. Não era nenhuma mansão. Só ficava flutuando ou voando, sustentado por suas asas elegantes.

Cheguei perto do conde falando que precisava de sua ajuda e pedindo emprestado o mapa da Montanha do Discurso, porque tinha de encontrar o Criador dos bluguis azuis.

Muito bravo, o conde das libélulas disse:

— Olá! Primeiro, boa tarde! Vocês acham que não sei das coisas que acontecem no meu condado? Acham que as notícias não correm rapidamente por aqui?

Depois, me encarando fixamente, ralhou:

— E você, garoto! Chegou aqui sem marcar hora. Entrou sem pedir licença. Rolou com seus amigos pela minha rampa, arrancando parte da vegetação e alguns dos cogumelos verdes. Foi logo comendo os meus melhores doces. Você e esses seus amigos! Achou que a sua chegada passaria despercebida? Você comeu várias das minhas cerejas com chocolate. Quis comer a minha cereja especial e ainda destruiu a casa da Oak. Você não acha que a sua presença já está muito marcante no meu condado? E ainda quer minha ajuda! Que bagunça você e seus amigos fizeram por aqui!! Por que eu confiaria em você e emprestaria meu mapa da Montanha do Discurso? Você, um destruidor de residências! Como posso saber se você vai voltar e me devolver o mapa? Que credibilidade você tem?

Oak tentou me defender:

— Conde, ele já construiu para mim outra casa novinha, melhor que a anterior. Ah, e pediu desculpas também.

O conde não deu muita bola para essa informação. Então, o sr. Milton sugeriu:

— Calib! Conte para ele qual é o seu verdadeiro propósito.

— Realmente, conde, a minha chegada aqui não foi das melhores. Mas eu preciso muito encontrar o Criador dos bluguis azuis para salvar uma amiga. Para encontrá-lo, preciso do mapa. E só você pode me ajudar.

Quando o conde ouviu falar do Criador dos bluguis, sua expressão mudou. Ele olhou para mim, agora sem braveza, e falou:

— Bem, qualquer um que realmente queira encontrar o Criador dos bluguis azuis, desejando isso do fundo do coração, merece minha ajuda. Mas espero que você tenha verdade nesse seu propósito.

Ele abriu uma caixa, pegou um pedaço de bambu e de dentro dele tirou o mapa feito de tecido bege e desenhado com tinta azul-escura. Quando o desenrolou, vimos que o mapa tinha 50 centímetros de largura por 40 centímetros de comprimento.

— Aqui está o mapa de todo o Reino de Cidron — disse o conde, entregando-o a mim.

Quando peguei, senti uma esperança crescendo em mim. Ficamos todos muito alegres por podermos ler o mapa juntos, foi realmente inesquecível. Agora tínhamos uma chance de salvar a Margarida.

O conde das libélulas falou:

— Este mapa mostra todas as regiões e caminhos do Reino de Cidron. Existem vários percursos e passagens secretas que só são revelados nesse mapa. Se vocês o seguirem, vão conseguir chegar aqui! — Ele apontou para uma área do mapa. — Aqui fica a Montanha do Discurso, onde vocês vão encontrar o Criador dos bluguis azuis.

Olhei para Meraki e perguntei:

— O que você está pensando?

— Em sorvete em pétalas... E em como voltar para cá depois para tomar aquele sorvete novamente.

O conde voltou a falar:

— O mapa do Reino de Cidron vai mostrar o caminho a vocês. Mas, para chegar à Montanha do Discurso, primeiro vocês precisarão da sela dos cavalos. Quando a encontrarem, levem-na com vocês. Sem ela, os Cavaleiros de Cidron não vão permitir que vocês continuem e atravessem a ponte.

Agora, com o mapa da Montanha do Discurso em mãos, era só continuarmos nossa Jornada do Caminho.

Meraki me perguntou, bem baixinho:

— Calib, como será que estão as meninas? Estou pensando nelas. Será que Angélica está conseguindo criar muitos bluguis azuis para ajudar a Margarida? Nós precisamos ser rápidos. Sozinha, Margarida não vai conseguir controlar o bradadorrr. Precisamos encontrar o Criador dos bluguis o mais depressa possível.

Apesar de Meraki ter falado bem baixo, o conde das libélulas ouviu sua preocupação com as meninas. Então, bateu uma asa na outra e... Strachss! Como por encanto, muitas libélulas apareceram. Elas se juntaram no ar e começaram a dançar, girando todas na mesma direção, no sentido horário, em grande velocidade. Giraram e giraram, até que o sol se refletiu em suas asas e criou uma tela, como se fosse uma grande tela de televisão no ar. Nela, podíamos ver perfeitamente

Margarida e Angélica no quarto do hospital. Chegamos todos bem perto da tela.

— Sr. Milton, veja, as meninas no hospital! — exclamei.

Meraki, muito feliz, falou:

— Que legal poder ver as duas!

Angélica, do outro lado, se aproximou da tela e gritou de volta:

— Não precisa berrar, não somos surdas!

Meraki ficou sem graça. Não imaginava que elas podiam nos ver e ouvir do outro lado.

Ficamos felizes de poder vê-las e falar com elas.

— Como estão as coisas por aí? — perguntei.

Angélica respondeu:

— A Margarida ainda está com o palidamento. Estou tentando controlar a situação com os murmus. Os bluguis azuis têm me ajudado. Mas os pais dela não conseguem entender a situação. Então, não estão ajudando em nada. A Margarida tem confiança em você e nos meninos. Sabe que vocês vão conseguir fazê-la melhorar.

Deitada na cama do hospital, Margarida também conseguia nos ver pela tela. Esboçou um sorriso e deu tchau para nós. Claro que ficou feliz de nos ver. E perguntou:

— Calib, por que você está todo arranhado?

O conde das libélulas me olhou meio feio, porque sabia como eu tinha conseguido os arranhões.

— Não foi nada, depois eu conto os detalhes — respondi.

Aspi disse para Angélica:

— Tome cuidado com o bradadorrr, ele é astuto e enganador. É muito cruel e gosta de atormentar as crianças. Ele só quer saber de destruição!

Ouvir as meninas e saber que confiavam na gente era muito bom. Mas, ao mesmo tempo, me assustava perceber o tamanho da responsabilidade que eu tinha. Elas confiavam que nós seríamos os heróis e conseguiríamos encontrar o Criador dos bluguis azuis. Lembrei que, por causa da minha gula, perdemos tempo da nossa jornada. Mas também percebi que crescer era reconhecer meus erros e lidar com as consequências das minhas escolhas.

Angélica indagou:

— Quem é essa cacatua diferente aí? Aposto que é amiga do Meraki!

— Aspi não é meu amigo. Só está ajudando o Calib na jornada.

— Angélica, eu sou amigo do Meraki, sim. Mas ele ainda não sabe disso — Aspi interferiu.

— É uma longa história... — completei.

Angélica acenou para Aspi e disse olá.

Depois eu mostrei o meu livro de jade verde para elas. Mostrei também que já tinha ganhado dois selos verdes brilhantes.

— Que livro interessante! — Margarida exclamou.

O conde das libélulas interveio:

— Turma... Precisamos terminar essa conversa.

Assim, nos despedimos das meninas. A um novo comando do conde, todas as libélulas se dispersaram e a tela desapareceu. Como já estava tarde, passamos a noite no condado.

No dia seguinte, logo cedo, nos despedimos do conde das libélulas. Dei um abraço especial em Oak. Também nos despedimos de NoaNoa e agradecemos por toda a ajuda que tivemos.

O conde se despediu dizendo:

— Que o Caminho te acompanhe.

FIQUEI PENSANDO:

» Qual a sequência correta das cores do arco-íris?
» O que será que a Bíblia fala sobre o arco-íris?

NO CAMINHO, SÓ PEDIR DESCULPAS NÃO
BASTA! É PRECISO REPARAR O MAL CAUSADO.
NO CAMINHO, ÀS VEZES PODE SER UMA
OPÇÃO IR UM POUCO MAIS DEVAGAR,
MAS FAZER A COISA CERTA.
O CAMINHANTE RECONHECE OS ERROS
DE ALGUMAS DAS SUAS ESCOLHAS.
DURANTE O CAMINHO, PODEMOS RECONSTRUIR
AS COISAS DE UMA FORMA MUITO ESPECIAL.

"Quando eu vir o arco-íris nas nuvens, eu me lembrarei da aliança eterna estabelecida entre Deus e todos os seres vivos de toda a espécie que estão sobre a terra".
Gênesis 9:17

"...pois o ébrio e o glutão empobrecem e a sonolência veste-se com andrajos".
Provérbios 23:21

CAPÍTULO 7
OS COPOS

No dia seguinte, Oak nos guiou até a rampa onde tínhamos caído. Dali poderíamos voltar para o labirinto das janelas.

Era fácil saber por onde subir, porque, durante a queda, tínhamos arrancado boa parte da vegetação, deixando um rastro bem visível na terra. Nos despedimos das libélulas e fomos embora.

E lá estávamos nós diante do paredão de janelas outra vez.

Coloquei o meu chapéu poctop, peguei o giz das portas e desenhei uma nova abertura. Assim que a porta se abriu, ficamos todos juntos e pulamos pela passagem. Pluft, lá estávamos nós andando novamente pelo labirinto.

— Para onde vamos agora? — Meraki perguntou.

Peguei o mapa, vi o caminho que levava à Montanha do Discurso.

— Pessoal, acho que temos que seguir nessa direção — e indiquei um ponto no mapa.

— Calib, o conde das libélulas disse que precisaríamos da sela dos cavalos para poder ir para a Montanha do Discurso — disse o sr. Milton. — Então, primeiro temos que seguir nessa outra direção que leva até as selas. Olhe aqui esse desenho. — Ele apontou para uma sela de cavalo.

— Mas qual dessas centenas de janelas vai nos levar até esse lugar? — Meraki quis saber.

Fomos caminhando, olhando as janelas e procurando, esperando encontrar alguma pista. Pegamos as sementes da fé e fomos abrindo algumas janelas pelo labirinto.

Aspi olhava pelas janelas abertas e falava:

— Não é essa! Vamos continuar procurando.

Quando começamos a usar as sementes da fé, percebi que Meraki estava um pouco nervoso, mas não dei bola.

O Jardineiro me chamou para ver uma janela. Era bem diferente das outras e chamava atenção. Estávamos achando que poderia ser aquela.

Meraki começou a murmurar:

— Não posso derrubar isso no chão. Não posso derrubar. De forma alguma posso derrubar outra vez. O que vai acontecer se eu derrubar isso de novo? O que eles vão falar se eu derrubar mais uma vez as sementes no chão?

Ele estava tão nervoso, com tanto medo, e foi ficando tão estabanado que...

TIC. TIC. TIC.

Derrubou novamente algumas sementes da fé no chão.

Eu e o sr. Milton estávamos animados com a janela diferentona, achando que poderia ser a certa. Foi quando ouvimos a cacatua gritar:

— Corram! Os truchos guchos!

Quando ouvi o berro de Aspi, logo pensei: *Foi o Meraki de novo! Ele conseguiu derrubar as sementes mais uma vez.*

Aquilo me deu muita raiva. *Como é desastrado! Como pôde fazer isso de novo? Que raiva!*

Peguei o giz das portas para abrir uma nova passagem. Mas estávamos só eu e o sr. Milton. Meraki e Aspi tinham corrido para o outro lado. Os truchos guchos foram crescendo entre nós. Não daria para Meraki e Aspi correrem para o nosso lado, onde eu ia abrir uma porta.

Fiquei mais irado ainda e reclamei:

— Como Meraki é atrapalhado! Além de derrubar as sementes da fé, ainda correu para o lado errado! Por que ele correu para o lado errado?

— Calma, Calib, precisamos ficar calmos — disse o sr. Milton.

Vi Meraki virar num corredor à esquerda e desaparecer. Alguns dos truchos guchos foram atrás dele. Outros vieram na nossa direção para nos atacar.

O Jardineiro e eu saímos correndo. Os truchos guchos se aproximaram girando violentamente para cima de nós. Nos empurravam e nos espetavam.

Conseguimos fugir rapidamente, mas mesmo assim ficamos com alguns arranhões.

Conforme passávamos pelas janelas, fomos colocando as sementes nos parapeitos e construindo novos caminhos. Atravessamos uma passagem e despistamos os truchos guchos.

Quando percebemos que já estávamos seguros, voltamos para o labirinto para procurar Meraki e Aspi.

— Onde será que eles estão? Onde será que foram parar? — resmunguei. Estava tão bravo que comecei a gritar. — Que raiva! Que raiva! Meraki está atrapalhando tudo!

Bati o pé com força no chão, furioso.

— Calib, calma! Tente se controlar! — pediu o sr. Milton. — Você está deixando a sua ira transbordar. Isso não é bom, Calib. Tenha mais paciência. Meraki é um menino esperto e corajoso.

— Como assim, esperto e corajoso? Só o senhor para achar isso dele!

Ao mesmo tempo que trasbordava de raiva, também me sentia preocupado com Meraki. Como será que ele e Aspi estavam enfrentando os truchos guchos?

De tanta fúria, fui ficando meio tonto. Comecei a enxergar as coisas de forma estranha. Passei a ver tudo em branco e preto. Fui olhando em volta e tudo estava sem cor.

Ao notar o quanto eu estava bravo, o sr. Milton disse:

— Fique tranquilo, Calib. Vai ficar tudo bem. Respire e tente relaxar. Você pode se surpreender com a esperteza do Meraki.

Nem falei nada, apenas pensei que ele era bobo por achar que Meraki era esperto.

De repente, o sr. Milton exclamou:

— Nossa! Que cheiro é esse?

No mesmo instante escutei uma melodia. Era uma música que Meraki costumava assobiar!

Fomos nos aproximando do som e do cheiro ruim, que vinham da mesma direção... E tivemos uma grande surpresa.

Vimos Meraki sentado no chão, assobiando feliz ao lado de Aspi. Ele estava tranquilo, sossegado, com vários truchos guchos destruídos perto dele.

Os monstrinhos estavam derretidos e havia fumaça logo acima deles, que era de onde vinha o mau cheiro. Um cheiro ruim de repolho podre.

— Meraki, o que aconteceu aqui? — perguntou o Jardineiro.

— Eu perguntei para o Aspi qual era o ponto fraco dos truchos guchos. Ele respondeu que eram os espaços vazios que os monstrinhos têm por dentro. Eles não têm consistência! Então raciocinei, eles são mamonas verdes ocas! Seus espinhos estão só do lado de fora, por dentro eles não têm nada. Pensei que, se eu os espetasse, eles ficariam murchinhos. E foi o que aconteceu. — Meraki chutou os restos de um trucho gucho e riu. — Olha aí! Desmilinguiu!

Ouvi a história, mas estava tão bravo que não falei nada. Continuava enxergando tudo em preto e branco.

— Mas como você conseguiu espetá-los? — quis saber o sr. Milton.

— Foi uma luta terrível, violenta. Eu, muito corajoso e valente, enfrentei os monstros bravamente numa luta corpo a corpo. E, de forma heroica, venci uma batalha importante.

Aspi começou a rir.

— Não foi nada disso! Meraki apenas foi esperto. Chegou bem perto de um dos truchos guchos e, com jeito, o agarrou e o jogou por cima dos outros. Como uma bola de boliche, o trucho que Meraki jogou rolou por cima dos outros e, com os próprios espinhos, foi furando todos eles. Aí eles foram murchando, murchando e soltando fumaça.

Até que Meraki foi esperto, mas não vejo nada de coragem nisso, pensei.

Como se tivesse lido meu pensamento, Aspi comentou:

— Foi um ato muito corajoso, porque, para chegar perto de um trucho gucho e agarrá-lo com tanta firmeza, precisa ter muita coragem.

Naquele momento, vimos mais truchos guchos vindo em nossa direção. Não queríamos outros confrontos. Então, usei o giz das portas rapidamente. Verifiquei se estava com o meu chapéu poctop. Dessa vez ficamos todos juntos, corremos e pulamos bem depressa pela passagem que se abriu. E nem tinha dado tempo de combinar qual porta seria.

Quando pulamos, Meraki gritou:

— Lá vamos nós!

Escorregamos e fomos descendo. Mas dessa vez não tinha terra nem vegetação, e eu não estava me arranhando em nada. O chão era bem liso e quase vertical. Fomos deslizando e escorregando, escorregando... Como se estivéssemos num escorregador gigante, mas com um pouco de água escorrendo junto. Fomos descendo... Descendo... E nos molhando no caminho.

Descíamos rapidamente. Até que... Pluff! Caímos dentro da água.

— Glu glu glu.

Afundei. Fui bem lá no fundo, completamente coberto pela água. Nadei para cima aceleradamente, prendendo a respiração e, assim que cheguei à superfície, respirei bem fundo. Cheguei até a engolir um pouco de água, que estava muito gelada.

Vi que Meraki, o sr. Milton e Aspi também caíram na água. Pluff... Pluff... Pluff...

Estávamos dentro de uma espécie de piscina gigante em formato hexagonal, que é um polígono de seis lados e seis ângulos. As paredes eram de azulejo azul antigo. Nadamos até a beira da piscina, ofegantes. O bom era que estávamos livres dos truchos guchos.

Saí de dentro da água e fiquei de pé, ainda me sentindo furioso. Mesmo todo molhado e arrepiado de tanto frio, fui para cima do Meraki e comecei a gritar com ele. Xinguei-o e falei um monte. Chamei-o de parafuso sem cabeça, de minhoca fedida, de guarda-chuva furado. Ele ficou calado, só ouvindo.

— Por que você derrubou as sementes outra vez? Não prestou atenção? Você não faz nada certo! Estávamos na porta certa, mas você correu para o lado contrário. Você não faz nada direito!

Quando comecei a criticar o meu amigo, surgiram pingos marrons que flutuaram, caíram na terra e se transformaram em murmus. Os murmus passaram a atacar Meraki. E não havia como furá-los, pois eles são bem duros, sólidos e resistentes.

Aspi falou:

— Pare, Calib! Olha o que você está fazendo!

Quando vi os murmus, sabia o que aquilo significava. E, mesmo estando com raiva de Meraki, não queria que ele tivesse palidamento. Afinal, eu estava tentando curar uma amiga dessa doença. Não fazia sentido deixar mais uma criança adoecer. Além disso, eu não queria correr o risco de encontrar o bradadorrr.

Aspi me deu uma bronca:

— Percebe o que a sua ira causou, Calib? Você destruiu a casa de uma libélula desconhecida e ela desculpou você na hora. E agora você não pode desculpar um amigo de tanto tempo?

Então o sr. Milton e eu começamos a elogiar Meraki. Os bluguis azuis foram surgindo em quantidade suficiente para ajudar. Envolveram os murmus com seus longos braços e estouraram todos eles. Pluff. Pluft. Só sobrou o cheiro desagradável de terra fedida e fumaça de cigarro mofado que eles soltavam quando estouravam. Mas o cheiro ruim de repolho podre dos truchos guchos era bem pior.

Então, cheguei para o Meraki e falei:

— Eu desculpo você.

Ele sorriu, aliviado.

Minha ira sumiu na hora. Voltei a enxergar as cores das coisas. Nessa hora, flutuando no ar, outro selo brilhante surgiu. Eu já sabia como agir, então, assim que abri meu livro de jade verde, o selo grudou numa das páginas. Dessa vez ele não fez um barulho forte quando colou. Ele veio deslizando e colou suavemente no papel. Enquanto eu guardava o livro na mochila, o sr. Milton disse:

— O novo selo é no formato de uma folha de jacarandá de Minas. Essa é uma planta típica de Minas Gerais. É uma árvore ornamental, própria para paisagismo e muito usada na recuperação de áreas degradadas e na ajuda à preservação. Suas flores são arroxeadas e sua madeira pode ser usada para marcenaria. Ela é nativa do Cerrado e da Mata Atlântica, e é uma importante fonte de alimento para abelhas.

Depois da explicação, que ele costumava dar a cada novo selo conquistado, o Jardineiro me falou em tom mais sério:

— A ira não pode transbordar, Calib. Se deixar a raiva envolver você, ela vai aumentar e você perderá o controle. Pare antes de explodir de fúria. Você precisa saber o momento de parar antes que a ira domine você.

Meraki mudou o assunto da conversa:

— Onde será que estamos, Calib? O que diz o nosso mapa?

— Caímos na piscina hexagonal — afirmou Aspi. — Achem a piscina no mapa. Precisamos procurar a sela dos cavalos.

Não foi difícil achar a piscina em formato de hexágono no mapa do Reino de Cidron. Perto dela havia o desenho de uma encruzilhada com duas placas.

Apontei no mapa:

— Aqui é onde estávamos, o Condado das Libélulas. Aqui é o labirinto das janelas. Este ponto é onde estamos agora, a piscina hexagonal. Para encontrar a sela dos cavalos, acho que é nessa direção indicada aqui, vejam.

Conforme caminhávamos, lembrei-me do colete que a minha mãe tinha me dado e das coisas que meu pai havia falado. Será que o que eu estava fazendo daria certo? Será que tudo valeria a pena? Recordei que meu pai disse: "Você vai conseguir!", e, pensando nisso, criei coragem para continuar.

De repente, Meraki gritou:

— Olha lá, gente! Naquela direção! Duas placas enormes.

Nos aproximamos das placas. Era uma encruzilhada, havia dois caminhos possíveis. Em uma das placas estava escrito "Caminho da Vida" com um número embaixo: 14-6. Na outra lia-se "Caminho da Diversão Fácil", e tinha o mesmo número, só que escrito de cabeça para baixo.

— O que mostra o nosso mapa do Reino de Cidron? — perguntou Meraki.

— Só mostra as duas placas: "Caminho da Vida" e "Caminho da Diversão Fácil" — respondi.

— Qual vamos escolher? O que diz o mapa?

— Diz para seguir o Caminho da Vida, veja aqui. Está escrito "Siga o Caminho da Vida".

— Lembra que foi isso que os seus pais também disseram, Calib? — indagou o sr. Milton.

Toquei no colete dentro da mochila e lembrei que meus pais tinham dito isso mesmo, que era para eu seguir o Caminho da Vida.

Começamos a escutar uma voz cantarolando. De repente, como que saído do nada, um copo gigante se aproximou de nós, vestido de terno e gravata. Ele parecia honesto e foi logo nos convidando:

— Venham! Venham comigo pelo Caminho da Diversão Fácil!

— Um copo falante! — espantou-se Meraki.

Aproveitei para perguntar:

— Para onde levam esses caminhos? Nós precisamos achar a sela dos cavalos!

O copo arrumado e sofisticado respondeu:

— Tanto faz! Tanto faz! Qualquer caminho que vocês escolherem vai levá-los até a sela dos cavalos. Então é melhor que venham comigo pelo Caminho da Diversão Fácil. Venham... Venham... É por aqui! Esse é o Caminho da Diversão Fácil.

— E o outro caminho? — perguntou o sr. Milton.

— Ahh, aquele é o Caminho da Vida! — respondeu o copo. — Mas é um caminho para bobões! Todos os que vão por ali são chamados de bobões.

— Calib, olha o mapa! A seta indica que devemos seguir pelo Caminho da Vida. Além disso, seus pais também disseram para você seguir o Caminho da Vida — disse Meraki.

O copo deu risada.

— Hahaha! Você vai dar ouvidos para esse seu amigo? Ele já colocou você em enrascadas com os truchos guchos duas vezes.

— Calib, não dê ouvidos a esse copo! — pediu Aspi. — Ele quer sugestionar você para que siga o outro caminho. Mas não sabemos quem ele é. De onde veio? Como sabe que tivemos de enfrentar os truchos guchos? Como ele sabe que foi o Meraki que causou problemas? Preste atenção! Não confie nele!

— Calib, todos os caminhantes que passaram por aqui antes de você foram pelo Caminho da Diversão Fácil — argumentou o copo. — Você vai deixar essa cacatua esquisita mandar em você? Existe o Caminho da Diversão Fácil, que é bem mais rápido e muito mais alegre. Por que você seguiria o outro caminho? Por aqui também vamos encontrar a sela dos cavalos, só que com muita festa, música, dança, animação... E bastante diversão!

— Mas a seta no mapa aponta para o Caminho da Vida...

— Calib, sei muito bem o que estou falando! Conheço tudo por aqui. Já fiz esse caminho várias vezes, tenho vasta experiência. E posso afirmar com certeza que o Caminho da Diversão Fácil é infinitamente melhor.

— Mas meus pais disseram para eu ir pelo Caminho da Vida.

— Hahaha! Agora o bebezinho chorão vai fazer tudo o que o papaizinho falou! Seu pai e sua mãe não estão aqui, Calib. É você que tem que decidir.

Apontando um dedo para mim e com voz muito firme, o copo disse:

— Você errou pisando na casa da libélula, por isso perdeu tempo. Você está atrasado na sua Jornada.

Essa fala me preocupou. Eu ainda me sentia culpado por ter destruído a casa da libélula Oak. E estava aflito pelo tempo perdido. O copo parecia ter razão! Será? Fiquei em dúvida.

— Ele está manipulando você pela culpa, Calib — disse Aspi, nervoso. — Como o copo sabe que você pisou na casa da libélula? Por que ele está acusando você por seus erros? Vá pelo Caminho da Vida! No Caminho da Vida não há acusação nem julgamento.

— Não dê ouvidos a esse copo — pediu o sr. Milton. — Ele é todo chique e bem arrumado, mas quer manipular você. Ele está tentando colocar você contra seus amigos. Quer que você desobedeça aos seus pais.

— Eu sou muito rico e importante por aqui e sempre segui o Caminho da Diversão Fácil — afirmou o copo. — Esse sr. Milton aí? Hahaha, é apenas um professor, um jardineiro. Não entende nada dessa Jornada. Você vai deixar que alguém que não sabe nada diga que caminho você deve escolher?!

O copo parecia tão poderoso e confiável que foi me convencendo.

— Calib, vamos! — ele insistiu. — Estamos perdendo tempo com essa discussão. Sua amiga está doente. E se você pode ir mais rápido... Para que escutar essas pessoas? Você quer que sua amiga seja ainda mais prejudicada?

— Ele está te manipulando e gerando medo, Calib — disse Meraki. — Nós vamos conseguir salvar a Margarida, mas precisamos ir pelo caminho certo, o Caminho da Vida.

— Você vai querer ir pelo caminho onde muitos te chamarão de bobão? — o copo me perguntou.

Comecei a pensar no que ele tinha falado. Certas coisas eram verdade. A cacatua era mesmo uma ave um pouco esquisita. Meus pais não estavam ali. Eu estava atrasado. O sr. Milton era um professor, um cientista, era importante na sua área, mas o que ele entendia dessa jornada? E Meraki? Ele já tinha me deixado com muita raiva hoje.

Olhei para os três e disse:

— Vou com o copo! Como é um caminho mais rápido, vou poder compensar o erro que me atrasou.

E fui seguindo o copo importante pelo Caminho da Diversão Fácil.

Meraki e o sr. Milton não tiveram escolha e me seguiram pelo Caminho da Diversão Fácil. Eu estava mesmo decidido.

Só Aspi disse:

— Não é bom para mim ir nessa direção.

Vi no rosto dos três que eles não concordavam com a minha escolha, mas iam me apoiar de qualquer forma, não me deixariam ir sozinho.

Fui na direção da placa do Caminho da Diversão Fácil. Assim que passei pela placa, o clima mudou imediatamente. De repente fez-se inverno, tudo ficou muito frio, o chão se cobriu de neve. Era muito esquisito a estação do ano ter mudado de uma hora para outra. As árvores estavam congeladas. O ar gelado era arrepiante.

Sentindo um frio danado, fomos seguindo pelo Caminho da Diversão Fácil até chegarmos a um clube de festas.

Quando nos aproximamos, vários outros copos gigantes e tão bonitos quanto o primeiro logo me cercaram. Todos eram muito simpáticos e me deram bastante atenção, me convidando para entrar no clube. Estava frio do lado de fora, e eles me tratavam tão bem que me senti valorizado, com vontade de entrar.

Os copos foram me cercando cada vez mais de perto.

Antes de entrar, vi no telhado alguns bluguis azuis me pedindo para não fazer isso. Aspi se juntara aos bluguis azuis. Mas os copos estavam animadíssimos e pareciam tão amigáveis que entrei mesmo assim, tudo parecia superdivertido!

O sr. Milton e Meraki entraram comigo. Aspi ficou do lado de fora, no telhado, com os bluguis azuis; ele não podia entrar.

Quando já estava dentro do clube, vi que no meio do salão havia um bar. Ouvi música e percebi que estava acontecendo uma comemoração bem agitada. Havia muitas pessoas, todas muito alegres, se divertindo. Como o copo havia falado, ali tinha mesmo muita festa e diversão.

Os copos gigantes estavam em volta de mim, rindo. Do que será que riam tanto?

Aspi gritou tão alto que deu para ouvir dentro do clube:

— Não fique aí! Não escute os copos! Saia daí!

O sr. Milton apontou para uma das mesas do salão de bar e falou:

— Calib, veja quantos murmus sentados ali, rindo. O que será que eles estão comemorando? Não fique nesse salão de bar. Vamos embora!

Aspi continuava gritando do lado de fora:

— Não escute os copos! Saia daí, ainda dá tempo!

— Vamos embora daqui e seguir pelo caminho certo! O mapa mandava seguirmos o Caminho da Vida! — Meraki pediu.

Mas eu estava encantado por aquele lugar. Não ligava para o que meus companheiros diziam, só me sentia importante. Tudo ali era muito bonito e chique. Todos estavam rindo e festejando. Tanta folia! A festa era maravilhosa, com muita música. Todos ali me davam muita atenção, me elogiavam e me paparicavam. Eu me sentia importante. E eles riam tanto... Fui ficando e me divertindo com aquilo tudo.

Aspi gritou novamente:

— Não beba nada e saia daí!

Ignorei todos os avisos da cacatua.

Então Meraki disse para o sr. Milton:

— Não podemos deixar o Calib sozinho aqui. Precisamos ajudá-lo.

Na sua última tentativa, Aspi berrou:

— Não posso entrar aí. Eu não pertenço a esse lugar. Vou ajudar de outra forma.

Sem que víssemos, Aspi voou do telhado e foi embora.

Já estávamos dentro do clube fazia uns quinze minutos. Quando me aproximei do salão de bar, vi muitas luzes, muita fumaça. Havia muitas pessoas dançando, animadas. O copo poderoso me deu um copo com uma bebida com cheiro de castanha, de cor meio prateada. Resolvi experimentar, parecia não ter nenhum problema. E estava tudo tão divertido.

— Calib! Aspi disse para você não beber nada! — Meraki gritou.

Eu nem liguei para isso. Fui logo experimentando. Bebi um só gole, mas, no mesmo instante, fiquei tonto. Não conseguia mais enxergar as coisas direito. Estava bem zonzo. Fui ficando esquisito, sentindo algo estranho.

O copo importante falou:

— Você sabe o que estamos comemorando? Que convencemos você a vir até aqui e entrar no salão de bar. E agora comemoramos que você acabou de beber o que queríamos que você bebesse! Sabe de quem estamos rindo? É de você! Hahahah...

— Como assim? — murmurei, desorientado.

Fiquei ainda mais tonto e as cores foram sumindo. Tudo ficou branco e preto, do mesmo jeito que aconteceu quando estava com aquela raiva danada do Meraki. Fui me sentindo cada vez mais zonzo. Os sons pareciam longe, confusos.

Mesmo estando tonto, vi que alguns copos começaram a bater nos meus amigos. Um deles deu um soco no nariz de Meraki, fazendo sangue escorrer do nariz dele. Quis correr para ajudá-lo, mas minhas pernas estavam moles, eu não conseguia me mover. Um dos copos deu um chute no sr. Milton e outros pularam em cima dele e o derrubaram no chão.

Estavam amarrando, prendendo os meus amigos, e eu apenas pensava: *Não consigo ajudá-los, estou mole e com tontura.. O que foi que eu fiz?*

Fui sentindo muito sono. Muito sono... Mas vi a imagem do bradadorrr no salão do bar. Senti o cheiro de fumaça de escapamento de carro velho. Ouvi o som *sis briz, sis briz, sis briz* e senti um frio na espinha.

O bradadorrr, rindo da minha cara, falou:

— Sua ira transbordou! Você perdeu o controle das suas emoções! Você não pegou o caminho certo! Agora a luxúria está controlando você!

Ouvi, em meio às suas gargalhadas:

— Você fracassou! Hahaha...

O bradadorrr é acusador!

O que foi que eu fiz?, pensei. Aspi tinha me avisado que o bradadorrr era astuto e enganador, que ele tinha escravos espalhados pelo caminho. Os copos gigantes haviam recebido ordens do bradadorrr, eram seus escravos! Ouvindo os deboches e risadas, adormeci.

DURANTE A JORNADA, NA DÚVIDA, SIGA O CAMINHO DA VIDA.

"É ele que perdoa as tuas faltas, e sara as tuas enfermidades".
Salmos 102:3 /103:3

"O insensato desafoga toda sua ira, mas o sábio a domina e a recalca".
Provérbios 29:11

"Jesus lhe respondeu: 'Eu sou o caminho, a verdade e a vida; ninguém vem ao Pai senão por mim'".
Evangelho Segundo São João 14:6

CAPÍTULO 8

A AJUDA DE ZAMUKI

Senti água fria no meu rosto. Abri os olhos, que ardiam. Fiquei piscando, com a água escorrendo pela minha cara. Não sabia onde estava e me sentia um pouco tonto. Estava no colo de alguém, sendo carregado para algum lugar.

Olhei para um lado e para o outro e de repente percebi que estava no colo de uma grande xícara. Uma xícara! Uma xícara enorme vestindo uma armadura! Quando olhei para baixo, vi que na cintura ela carregava uma espada. O que a xícara estava fazendo comigo no colo?

Quando ela me colocou no chão, em um lugar seguro, pude enxergar melhor e percebi que a grande xícara tinha asas brancas!

Eu ainda estava meio atordoado, sem entender o que estava acontecendo. *Será que ainda estou dormindo? Acho que estou bem zonzo, mesmo. Que coisa mais estranha.* Não conseguia me lembrar do que tinha acontecido.

A xícara ficou parada, me olhando. Então, gritou:

— Pessoal, ele está acordando. Ele vai ficar bem!

Onde eu estava? O que tinha acontecido? O que, ou quem, seria essa xícara? Até que ela parecia simpática e sorridente. Eu estava bem confuso, mesmo. Achar uma xícara gigante simpática!

A xícara me trouxe uma xícara de chá, de tamanho normal, e falou:

— Agora, tome isso!

Quando tomei um gole do chá, fiz uma careta.

— Irkkkk! Que amargo!

A xícara gritou comigo:

— Beba tudo! Com tudo o que você aprontou, não tem conversa!

A grande xícara era sorridente, mas podia ser bem dura quando queria.

— Que dia é hoje? — perguntei.

— Hoje é quarta-feira.

Olhei para a direita e vi Meraki sentado num banco branco de jardim, com um machucado no nariz. Tinha uma outra xícara do lado dele, cuidando de seu ferimento. A xícara que estava com Meraki não tinha armadura, nem espada ou asas. Mas tinha uns desenhos bem bonitos.

Foi então que me lembrei. Um dos copos no bar do clube tinha dado um soco no Meraki.

Meraki sorriu para mim enquanto assobiava uma música. Ele tentou se levantar para vir na minha direção, mas a xícara que cuidava dele o segurou pelo braço e não deixou que se levantasse. Ela o obrigou a ficar parado até terminar o curativo no nariz dele.

Onde será que está o sr. Milton? Eu me lembro de vê-lo caído no chão, pensei.

Então vi que o Jardineiro se aproximava de mim. Alguns bluguis azuis ajudavam-no. Ele mancava e tinha uma faixa na perna, acho que por causa do chute que levou.

O sr. Milton parou do meu lado e disse:

— Está tudo bem, Calib?

Foi um alívio poder vê-lo em pé do meu lado.

— Você viu o Meraki, como está bonito com o novo visual? — brincou ele, rindo do curativo no nariz do meu amigo.

Olhei ao redor e fiquei triste com o que vi: muitas xícaras, todas machucadas. Algumas tinham asas, que estavam quebradas e lascadas. Outras colavam seus cacos, chorando. Várias tinham seus desenhos riscados. Alguns bluguis azuis estavam por perto, ajudando.

Algumas xícaras pareciam estar sendo levadas para um hospital, carregadas em macas. Muitas coisas em volta estavam destruídas, despedaçadas sobre a neve. Alguns lugares, porém, pegavam fogo. Os jardins próximos estavam todos pisoteados. As flores, arrancadas. Tinha muita fumaça.

— Quanto estrago! O que aconteceu por aqui? — perguntei para o sr. Milton.

— Você não lembra, Calib?

— Não! Eu adormeci.

— Quando nós três entramos no salão de bar, Aspi foi buscar ajuda. Ele sabia o que estava para acontecer. E sabia que podia pedir ajuda para as xícaras, suas amigas. Então, foi procurá-las e voou até onde estavam. Logo veio um exército delas para nos ajudar. Quando elas chegaram, ocorreu um grande confronto, um combate entre as xícaras e os copos. Uma guerra! Muitas xícaras foram machucadas.

— Quem venceu, sr. Milton?

— As xícaras! Elas fazem parte dos escolhidos do Senhor do Exército do Criador. As xícaras obedecem voluntariamente ao Criador dos bluguis azuis, por amor. Já os copos são escravos do bradadorrr. Só as xícaras guerreiras têm asas; as xícaras que não são guerreiras não têm asas, mas têm lindos desenhos.

— Então fui enganado de propósito por aquele copo? — quis saber.

— Foi, sim. Os copos descobriram que você queria encontrar o Criador dos bluguis azuis e sabiam que o bradadorrr não queria que isso acontecesse. As xícaras são mais numerosas que os copos, na proporção de 2/3 para 1/3. Mesmo sendo uma grande batalha, as xícaras venceram.

Quando olhei de novo para as xícaras machucadas, senti um certo arrependimento. Perguntei ao sr. Milton:

— Quem é a xícara que me carregou no colo?

— É Zamuki, o líder das xícaras. É o general do exército das xícaras. Ele veio em seu socorro!

De longe, Meraki apontou para a xícara que estava ao lado dele e disse:

— Acho que essa aqui gosta de mim!

Até parecia que a xícara gostava mesmo dele! Era só uma xícara, mas cuidava de Meraki com muito carinho.

Eu continuava confuso com a situação, com toda essa história. Nem consegui assimilar tudo, e Aspi chegou voando, já me dando uma bronca:

— Calib, quando uma criança está na Jornada do Caminho em busca do Criador, todos os reinos estão atentos aos acontecimentos! Tudo o que você faz reflete em todos os reinos. Quando você faz escolhas ruins e erra, muitos podem sofrer com isso. Suas escolhas não são só suas por aqui. Quando você cai... Muitos podem cair com você. Alguns podem ficar machucados e até ser destruídos. Todos os reinos sofrem junto. As feiuras afastam você do Criador, Calib!

A xícara que tinha me carregado no colo, Zamuki, fez sinal de que queria entrar na conversa. Aspi aproveitou para apresentá-lo a mim.

— Calib, este é Zamuki, um corajoso guerreiro e um grande amigo meu. É o protetor dos filhos do seu povo.

A xícara alada então me disse, com seriedade:

— Calib, você precisa ter mais cuidado! Não acredite nos fornecedores de diversão! Algumas coisas na vida precisam do seu tempo. Às vezes, na Jornada do Caminho, você vai precisar se esforçar e ter dedicação. E vai precisar seguir pelo caminho certo.

"Os fornecedores de diversão servem ao bradadorrr — continuou Zamuki. — Eles querem desviar você do caminho correto. Vão tentar convencê-lo de que você pode pegar atalhos e trapacear as leis da Jornada do Caminho. Mas o caminho até o Criador tem suas regras. Você cometeu um erro destruindo a casa da libélula, e ela foi capaz de desculpar. Mas o tempo gasto para reparar seu erro foi perdido. Você tem que assumir a responsabilidade por essa perda.

"Você pode desenvolver novas formas de ganhar mais tempo — Zamuki explicou. — Pode ser mais rápido, mais produtivo. Pode aprimorar suas estratégias, melhorar seu desempenho. Pode trabalhar mais e se dedicar, no entanto, quando os fornecedores de diversão vierem mostrar caminhos que pareçam mais rápidos e fáceis... Desconfie! Quando eles apresentarem trapaças e métodos desonestos...

Preste atenção! Fique atento! Questione: será que essa forma de agir está coerente com as leis da Jornada do Caminho?

Por fim, ele orientou:

— Escolha conviver com pessoas corretas em ambientes certos. Isso gera uma mente avançada. Você aprenderá a conviver com pessoas que o ajudarão a pensar e a tomar melhores decisões. Você pode se divertir e ser muito alegre, mas seguindo as leis da Jornada do Caminho. Tudo tem seu tempo.

— Nem sei o que dizer! — respondi, arrependido de meu comportamento.

— Quando não souber o que falar, fique em silêncio! — Aspi sugeriu.

Zamuki acrescentou:

— Calib, a luxúria venceu você. A busca excessiva da realização de desejos de uma forma desmedida acabou tendo consequências.

Em seguida, Zamuki falou para Aspi:

— Muitas xícaras estão feridas agora, não conseguiremos ajudá-las aqui. Precisamos levá-las para o Criador dos bluguis azuis.

Eu ainda estava meio tonto, além de triste por ter causado toda aquela situação. Mas, quando ouvi Zamuki dizer "levá-las para o Criador dos bluguis azuis", levantei-me imediatamente e perguntei para o general do exército das xícaras:

— Vocês vão para a Montanha do Discurso levar as xícaras feridas? Vão encontrar o Criador dos bluguis azuis? Podem nos levar junto?

— Você está com o seu livro de jade verde?

Mostrei o livro para ele, todo orgulhoso, achando que os meus três selos eram o máximo.

— Calib, você ainda não tem selos suficientes para ir com o nosso grupo — explicou Zamuki. — E a sela dos cavalos, você já conseguiu pegá-la?

— Ainda não...

— Você vai precisar ir por outro caminho, então. Seu livro de jade verde ainda não tem os selos necessários e, sem a sela dos cavalos, você não pode passar conosco pela ponte dos cavaleiros. É necessário mais tempo e mais recursos.

Peguei meu mapa, mostrei-o para ele e perguntei:

— Zamuki, por onde vamos, agora?

— Está vendo esse caminho que você pegou?

— Hmmmm — resmunguei meio envergonhado, e falei baixinho: — É o Caminho da Diversão Fácil.

— Sim! E qual é caminho certo que o mapa indica?

— O Caminho da Vida.

Zamuki falou, bravo:

— Pois bem, agora vocês têm que voltar para a encruzilhada onde as duas placas indicavam os dois caminhos. Vocês vão caminhar uns 5 quilômetros. E dessa vez precisam seguir pelo Caminho da Vida.

— Vamos ter que retornar? Perderemos mais tempo ainda!

— Vocês lembram o que o conde das libélulas disse? — perguntou o sr. Milton, entrando na conversa.

— Eu lembro! — afirmou Meraki, aproximando-se de onde estávamos. — Ele disse que o mapa nos mostraria o caminho, mas que precisaremos da sela dos cavalos para podermos chegar na Montanha do Discurso.

Zamuki pegou o mapa e mostrou:

— Estão vendo esse caminho? Para chegar na Montanha do Discurso, vocês terão de seguir por ele. É a trilha do Cânion Piabiru, o único caminho que leva à Montanha do Discurso. Piabiru significa "caminho que leva ao céu" em tupi-guarani. Para pegar essa trilha, vocês precisarão atravessar a Ponte dos Cavaleiros, e quem autoriza essa passagem é o cavaleiro Emanuel, chefe dos doze Cavaleiros de Cidron. Esse grupo de cavaleiros fica bem no início da trilha. É Emanuel que decide quem pode fazer a trilha do Cânion Piabiru e ele exige a sela dos cavalos. Se não tiverem a sela, ele não deixará vocês atravessarem a ponte. Por isso, antes de irem para a trilha, sigam primeiro para esse outro lado para pegar a sela. Ela está aqui, na casa do monstro Cifoseraptor!

Zamuki terminou sua fala batendo a ponta de um dedo num ponto do mapa.

— Não me fale de monstros! — reclamou Meraki.

— Repetindo, voltem ao ponto onde estavam as placas. E dessa vez peguem o Caminho da Vida! Seguindo em frente vocês verão a casa do monstro Cifoseraptor. Lá encontrarão a sela dos cavalos.

— O que essa sela tem de especial? — quis saber o sr. Milton.

— Ela era de um dos Cavaleiros de Cidron. E os cavaleiros a querem de volta — respondeu Zamuki. — Agora retornem ao local das placas. E sigam o Caminho da Vida! Quando entrarem no caminho, vocês vão ver bem adiante uma ponte. Mas, antes de irem para a ponte, desçam o morro e lá embaixo vocês verão uma grande casa com o desenho de um monstro na porta. Dentro da casa vocês encontrarão a sela dos cavalos. Peguem a sela. Quando já estiverem com ela, então poderão ir para a ponte encontrar os cavaleiros.

— Muito fácil! Entendi tudo! — disse Meraki. — É só descer o morro, ir até a casa de um monstro e dizer "Olá, monstro! Viemos tomar um café e pegar a sua sela dos cavalos!".

Zamuki olhou feio para Meraki, sem comentar nada.

— Não acho nada inteligente entrar numa casa que tem na porta de entrada o desenho de um monstro — resmungou Meraki.

— Mas só existe essa alternativa! — afirmou Zamuki. — É lá que está a sela dos cavalos. E, sem ela, Emanuel não permitirá que vocês atravessem a ponte para pegar a trilha do Cânion Piabiru.

— Então vamos logo! Já perdi tanto tempo com a gula, com a ira e agora com a luxúria! — comentei, chateado. — Precisamos recuperar esse tempo! Fico pensando em como estão as meninas...

— Por que a Margarida ficou tão chateada com os pais? — perguntou Zamuki.

— Os pais começaram a gritar com ela, xingando muito! — explicou Meraki.

— Mas ela poderia escolher não ficar magoada. Se não ficasse tão magoada, os murmus perderiam a força e se desintegrariam sozinhos.

— É que a Margarida é uma menina muito sensível — afirmou o sr. Milton. — Ela se magoa facilmente. Isso a deixa mais vulnerável aos murmus. Ela é muito amorosa e sentimental. Talvez outra criança não se ofendesse tanto.

— Realmente! Outra criança, com outra forma de pensar e sentir, não teria tantos problemas — disse Zamuki.

— Sim, mas... Esse é o jeito da nossa amiga — declarei. — E agora precisamos ajudá-la a ficar bem.

— Margarida não é sensível coisa nenhuma! Ela é brava pra caramba! — disse Meraki, rindo.

Zamuki pegou sua espada e chamou uma de suas amigas. A xícara que se aproximou era um pouco diferente das outras. Era bem larga e tinha desenhos de cisnes.

Zamuki colocou água nela, usando a espada, como se fosse uma colher, para mexer a água no sentido horário. Ele pediu para nos aproximarmos. Chegamos bem perto. Conforme a água foi parando de girar, a imagem de Margarida começou a aparecer no reflexo da água.

— Olha! Falando nela, olha ela aí! — exclamou Meraki. — Podemos ver as meninas.

— Vocês podem vê-las e ouvi-las. Mas elas não podem ver nem escutar vocês — disse Zamuki.

Observei que as meninas continuavam no quarto do hospital. Várias mulheres estavam com elas. Todas as mulheres pareciam animadas, conversando com a Margarida e fazendo carinho nela.

— Quem são essas mulheres? — indagou Meraki.

— Provavelmente é o grupo das AMP, ou grupo do Amor das Mães Próximas — explicou Zamuki. — As AMPs estão em todos os lugares do mundo. Elas sempre aparecem quando as crianças precisam de ajuda e, por algum motivo, as próprias mães não podem dar assistência a elas. Então, as AMPs se juntam e cuidam da criança que precisa de apoio. Quando uma criança não recebe amor da própria mãe, como é o caso da sua amiga Margarida, as AMPs vêm ampará-la. É o amor de todas as outras mães que preenche o coração da criança.

O sr. Milton falou:

— Essa é a força do feminino. São as avós, tias, primas, vizinhas e amigas. Todas juntas formam uma força suave. Elas celebram a vida. Unidas, transformam e curam o coração das outras mulheres. É a união das mulheres. Elas fazem orações ao Criador. É a força do amor e a fé das mulheres que cura.

— Foi a Angélica que achou essas mulheres? — indagou Meraki.

— Provavelmente, não. As AMPs sempre sabem onde está uma criança que precisa de ajuda. Elas descobrem sozinhas — disse Zamuki.

Aspi entrou na conversa:

— Em todas as épocas da história, o bradadorrr sempre quis destruir as AMPs, mas nunca conseguiu. Ele tem medo da força delas porque sabe o poder que o amor tem para reconstruir. Vejam, meninos, a Margarida já está metade colorida!

Meraki comentou:

— É mesmo, todo o lado esquerdo do corpo dela recuperou a cor. Mas o lado direito ainda está pálido.

— As AMPs ajudaram a Margarida e conseguiram curar metade dela. A metade pálida, porém, ainda está sob o controle do bradadorrr — disse o sr. Milton.

— Isso nos dá uma folga! — anunciou Aspi. — Como ela já está metade colorida, ganhamos mais tempo para voltarmos com a cura definitiva. As orações da força feminina ajudarão por um tempo, mas não resolverão o problema por completo. Margarida precisa do Criador.

Perguntei para Aspi:

— Então ela está curada pela metade? Só meio colorida?

— Margarida está só temporariamente meio colorida, Calib. O palidamento pode envolvê-la de novo por completo a qualquer momento. Ela precisa da cura verdadeira e definitiva do Criador dos bluguis azuis. Margarida e Angélica esperam que vocês voltem logo.

— Calib, lembra que Angélica estava sozinha enfrentando o bradadorrr? — indagou Meraki. — Quando ele perceber o que ela está conseguindo agora, vai reagir contra ela. Nós precisamos voltar logo.

— Angélica é muito esperta — disse Aspi. — Aceitou a ajuda da força feminina das AMPs! E agora não está mais sozinha. Mesmo que a mãe da Margarida seja incapaz de compreender, outras mulheres podem ajudar. E, se o bradadorrr atacar a Angélica, esse grupo a protegerá por um tempo.

— É, a Angélica é meio chatinha, mas até que está fazendo algo certo — Meraki brincou.

O sr. Milton protestou:

— Angélica é mesmo esperta, Meraki! Tem feito tudo o que está ao alcance dela. O bradadorrr estava adquirindo mais força, então ela usou todos os recursos que tinha. E temporariamente está vencendo o bradadorrr, enquanto espera o nosso retorno.

Mostrei para Zamuki a imagem na água:

— Olhe! As AMPs estão cantando.

— Hora de vocês seguirem viagem! — disse Zamuki.

Ele fez a imagem na água desaparecer e a xícara com desenho de cisne foi embora.

Quando as outras xícaras vieram se despedir de Aspi, me aproximei delas para me despedir também.

Vi muitas xícaras em volta de Meraki se despedindo dele. Elas lhe davam muita atenção e o paparicavam. Por algum motivo que não consegui entender, as xícaras tinham amado Meraki. Ficavam ouvindo e curtindo muito as suas histórias.

Aproveitei para agradecer. As xícaras tinham vencido os copos e resolvi valorizar a sua vitória. Achei que era importante reconhecer que venceram com dedicação e honestidade.

— Obrigado a todas vocês! Vocês venceram de forma justa. Foram vocês que me salvaram e salvaram meus amigos. Graças a vocês, vou poder continuar minha Jornada. Obrigado por cuidarem dos nossos machucados.

Nessa hora, a xícara que mais havia gostado de Meraki sorriu para ele e até deu um tchau.

— Obrigado! Estou muito agradecido por tudo o que vocês fizeram por nós. Sou muito grato! — afirmei.

Naquele momento, surgiu na minha frente um novo selo verde, flutuando no ar com seu brilho intenso. Ele se colou no livro, como os outros haviam feito.

Zamuki falou:

— Parabéns, Calib! Ganhou mais um selo. O agradecimento produziu um selo, porque saber agradecer é muito importante por aqui. Tome conta do seu livro de jade verde. Você vai precisar de todos os seus selos. Você ainda não encontrou o que precisa porque pegou o caminho errado, mas vai encontrar.

Chamei o Jardineiro:

— Sr. Milton! Venha ver esse selo. De que árvore é essa folha?

— Deixe-me olhar de perto, Calib... Ah, essa é uma folha da árvore chuva de ouro, nativa do Brasil, originária da Floresta Amazônica. Ela é muito bonita, dá vários cachos de flores amarelas. É uma árvore de crescimento rápido e sua madeira é utilizada na construção civil, marcenaria e carpintaria.

Agora eu já tinha quatro selos! Fiquei pensando onde iria usar o meu livro nessa jornada. Mas, como todos me diziam que esse livro era importante e que iria usá-lo em algum momento, apenas guardei-o na mochila com cuidado. Pensei em todas as coisas que estou carregando comigo, e no que realmente é importante levar em uma Jornada.

Enquanto voltávamos até onde estavam as placas, encontramos muito lixo pelo caminho. Os copos tinham deixado tudo sujo. Começamos, então, a recolher o lixo e limpar a trilha. As xícaras já estavam limpando o local, e nós nos juntamos para ajudá-las.

— O caminhante sempre limpa e ilumina o caminho por onde passa — comentou Zamuki, o general das xícaras. Em seguida, falou:

— Daqui para a frente, tenha cuidado, Calib! Fique atento a ciladas e distrações. Boa Jornada! Boa sorte! Que o Caminho te acompanhe!

Aspi disse para ele:

— Que o Caminho te acompanhe, também.

As xícaras começaram a cantar juntas e se despediram de nós.

Aspi me perguntou:

— O que você quer agora?

— Quero retomar o caminho da minha Jornada.

Fiquei pensando no que Zamuki havia falado sobre a Margarida: que talvez o que dê mais força para o bradadorrr não seja tanto as críticas e os julgamentos dos outros, mas a mágoa que as pessoas vão guardando no coração. E existem algumas mágoas que plantamos no nosso coração que os nossos descendentes é que acabam colhendo.

FIQUEI PENSANDO:

» O que será que os números nas placas da encruzilhada significam?

» Quantos lados e ângulos tem um polígono hexagonal?

» O que será que Zamuki pode simbolizar na Bíblia?

» Por que será que os "copos" são um grupo de um terço e as "xícaras" são um grupo de dois terços? Um terço é muito! Mas... dois terços é muito mais!

DURANTE A JORNADA, NÃO CONFIE
NOS FORNECEDORES DE DIVERSÃO.
A JORNADA PRECISA DE ESFORÇO E DEDICAÇÃO.
O CAMINHANTE SEGUE AS LEIS E REGRAS
DO CAMINHO ATÉ O CRIADOR.
NO CAMINHO, ÀS VEZES NÃO TEMOS SELOS
SUFICIENTES PARA O QUE QUEREMOS.
PRECISAMOS DE MAIS TEMPO E MAIS RECURSOS.

VOCÊ AINDA NÃO ENCONTROU O QUE PRECISA
PORQUE PEGOU O CAMINHO ERRADO.
O CAMINHANTE SEMPRE LIMPA E ILUMINA
O CAMINHO POR ONDE PASSA.
TUDO QUE PLANTAMOS PELO CAMINHO É
COLHIDO POR NOSSOS DESCENDENTES.
PARA MANTER O COLORIDO DA VIDA,
SIGA O CAMINHO DA VIDA.

"Eis o que te sucederá devido às tuas luxúrias com as nações e tuas depravações com os ídolos".
Ezequiel 23:30

"Ela inebriou os habitantes da terra com o vinho da sua luxúria".
Apocalipse 17:2

"Porque todas as nações beberam do vinho da ira de sua luxúria, pecaram com ela os reis da terra e os mercadores da terra se enriqueceram com o excesso do seu luxo".
Apocalipse 18:3

"O quarto anjo tocou. Foi atingida então uma terça parte do sol, da lua e das estrelas, de modo que se obscureceram em um terço; e o dia perdeu um terço da claridade, bem como a noite".
Apocalipse 8:12

"Varria com sua cauda uma terça parte das estrelas do céu, e a atirou à terra".
Apocalipse 12:4

"Houve uma batalha no céu, Miguel e seus
anjos tiveram de combater o dragão".

Apocalipse 12:7

"Porém, Miguel, um dos principais chefes, veio em meu socorro".

Daniel 10:13

"Naquele tempo, surgirá Miguel, o grande chefe,
o protetor dos filhos do seu povo".

Daniel 12:1

O nome Miguel do hebraico significa "Quem como Deus?" – o que quer dizer que ninguém é como Deus.

CAPÍTULO 9

O MONSTRO CIFOSERAPTOR

Estávamos fazendo o percurso de volta até a encruzilhada onde as placas indicavam os dois caminhos. Eu estava um pouco triste. Tinha cometido alguns erros: prejudicado a libélula, deixado minha ira transbordar, perdido tempo saindo do caminho correto. Não estava fazendo as coisas certas.

Com ajuda dos amigos, muito deles encontrados durante a Jornada, agora estava retornando ao caminho correto. Mas não me sentia um exemplo de vencedor. Minha mãe sempre falava: "Não faça feiuras, porque elas podem se sentar na sua frente". Pensei, tentando me animar: *Ainda vou conseguir vencer e meus pais vão ficar orgulhosos de mim.*

Aspi percebeu que eu estava triste e perguntou:

— O que posso fazer para você sorrir?

Eu sorri na hora. A forma engraçada como ele falava já me divertia. Ele acrescentou:

— Fique calmo, Calib! Todos cometem erros. Quando você encontrar o Criador, tudo isso vai ter um sentido. Não dê bola para as críticas dos copos. Você não é o que os copos falaram que você é. Você é o que o Criador dos bluguis azuis sabe que você é. Você é um menino digno. Somos todos filhos do Criador. Acredite que você vai ser vitorioso. A forma como você pensa na sua Jornada do Caminho é muito importante para conseguir realizá-la.

O sr. Milton, ouvindo a conversa e percebendo que eu estava chateado com meus erros, pediu:

— Calib, pegue o seu livro de jade verde.

Peguei o livro.

— Veja como ele está — disse o Jardineiro. — Quando saímos de casa ele estava vazio, só havia páginas em branco. Mas agora você já tem quatro selos. São as suas conquistas e os seus aprendizados. Ele ainda tem muitos espaços em branco, para selos que você ainda vai conquistar. Mas essas etapas aqui já foram superadas, são as que você já realizou e nas quais teve êxito. Esses selos são os seus sucessos e as suas vitórias até este momento. Pense em todos os amigos que já fez até aqui. Quantas pessoas estão torcendo por você? Quantos admiradores você tem? Muitas pessoas estão desejando a sua realização, querendo festejar com você as suas vitórias.

Olhei para o livro e vi meus quatro selos verdes brilhando. Gostei de ver como ele estava. Percebi que o sr. Milton estava certo. Eu tinha feito algumas bobagens pelo caminho, mas havia tido conquistas e triunfos também. Guardei-o de volta na mochila e continuamos em frente.

Depois que completamos os 5 quilômetros, chegamos à encruzilhada das placas e vimos os dois caminhos. Diante de um deles estava a placa que dizia "Caminho da Vida". Diante do outro, a placa que indicava "Caminho da Diversão Fácil". Paramos ali por um momento e olhamos as placas. Peguei o mapa e o examinamos todos juntos. O mapa mostrava claramente que devíamos seguir o Caminho da Vida.

Meraki apontou para o mapa e deu uma risadinha:

— Estão vendo aqui, a ponte? Acho que é a ponte que o Zamuki falou.

Respondi, também indicando um ponto no mapa:

— Mas antes tem essa casa, olhem. Precisamos primeiro passar aqui. É onde vamos pegar a sela dos cavalos.

— Só para lembrar, caso vocês tenham esquecido, é nessa casa que tem o desenho de um monstro na porta, porque ele mora lá. E ele não nos convidou para o café. Acho até que nós é que podemos ser o lanchinho dele!

— Não há outro jeito, Meraki, teremos de enfrentar o monstro — disse o sr. Milton.

— De novo, só para lembrar, eu não gosto nadinha de monstros. De nenhum tipo.

— Vamos, Meraki! Vamos em frente, deixe de medo — disse Aspi.

— Outra vez, só para lembrar, eu não tenho medo. Sinto só uma leve preocupação com algum tipo de monstro que eu não gostaria de encontrar. Uma preocupação bem leve. Levinha mesmo.

Eu tinha duas opções, precisava escolher uma. Às vezes não temos alternativa. Eu sabia o que devia fazer. Então, dessa vez escolhi o Caminho da Vida. Falei para Meraki:

— Então pegue a sua leve preocupação e vamos logo até a casa do monstro.

Seguimos pelo Caminho da Vida. Vi um dos copos escondido atrás de uma árvore. Assim que passamos por ele, o copo começou a sussurrar para mim:

— Você é um bobão, mesmo! Vá por esse caminho de bobões!

Nem me incomodei com a fala dele. Fui seguindo na direção que o mapa indicava.

— Que bom que você fez a escolha certa dessa vez, Calib — falou Aspi.

Quando nos aproximávamos da casa, vi um canguru no caminho. Ele usava um boné roxo com uma medalha. A medalha parecia uma bandeira de alguma região. O bicho também usava um cachecol quadriculado roxo e laranja.

Vi que ele pulou por cima de uma pedra, depois pulou por uma segunda pedra que estava na frente e, quando pulou a terceira, caiu num buraco. Saiu do buraco, voltou até a primeira pedra, pulou uma, duas, três vezes e caiu dentro do buraco de novo. Se machucou, e mesmo assim voltou. Pulou a primeira pedra, a segunda, a terceira e caiu no buraco outra vez. Achei aquilo esquisito.

Ao passar pelo canguru, falei:

— Não faça isso! Não repita isso! Você vai se machucar novamente.

Ele olhou para mim. Fez cara de que ouviu e entendeu. Balançou a cabeça para cima e para baixo dizendo:

— Sim! Sim! Ahhh, é! Você tem razão.

Achei que o canguru tinha entendido e ia parar com aquilo. Mas não... Ele pulou a primeira pedra, a segunda, a terceira e... Bummm! Caiu de novo no buraco e se machucou todo. Deixei de ter pena dele, concluí que era um canguru desmiolado. Aquilo era insano. Fiquei nervoso e falei, dessa vez de um jeito bravo:

— Pare com isso! Você não percebe que está repetindo o mesmo erro e se machucando cada vez mais?

Ele olhou para mim, balançou a cabeça para cima e para baixo em sinal afirmativo, e repetiu:

— Sim! Sim! Ahhh, é! Você tem mesmo razão! Mas, coitadinho de mim. Estou todo machucado e, além de tudo... Você não me entende! Não me entende!

E ele continuou. Pulou, pulou, pulou e caiu no buraco. E se machucou mais ainda!

O Jardineiro me aconselhou:

— Deixe o canguru pra lá, Calib! É a escolha dele.

— E eu que achava a Angélica esquisita! — comentou Meraki.

Perguntei para Aspi:

— O que acontece com esse canguru?

— Não se assuste! Ele é um dos cangurus da Procrastinândia. A Procrastinândia é um país. A medalha no boné dele é a imagem da bandeira do país deles. Eles são assim mesmo. Repetem sempre os mesmos erros, recusam-se a mudar o que fazem. Reclamam, reclamam, se machucam... Mas continuam fazendo tudo igual. Eles não terminam as coisas. Não concluem nada e não crescem. Eles costumam ser encontrados por aí, pelo caminho. Não perca tempo com eles. Não há como ajudá-los.

Continuamos pela trilha. Quando já tínhamos andado um pouco, fiquei curioso e olhei para trás. Vi o canguru da Procrastinândia pulando a primeira pedra, a segunda, a terceira e puff... Caindo no buraco. Fiquei inconformado com aquilo. Coloquei as duas palmas das mãos na testa e gemi. Mas virei as costas e deixei o bicho para trás. Resolvi fazer o que Aspi sugeriu. Não havia como ajudá-lo. No caminho, às vezes precisamos aceitar as escolhas dos outros, mesmo que pareçam matusquelas.

Assim que abandonamos o canguru, seguimos a trilha até o alto de um barranco, de onde era possível avistar uma casa. Aspi apontou uma asa na direção dela. Será que era a casa que procurávamos? Resolvemos descer o barranco e chegamos bem perto.

Ficamos olhando para a porta por um tempo. Era possível ver que nela estava escrito o número 477, além do desenho de um monstro. Era o desenho que Zamuki tinha mencionado. Devíamos estar na casa certa. Abaixo do desenho, em letras douradas, podíamos ler: "Não entre".

— Só para lembrar, continuo achando que não é uma boa ideia entrar numa casa que tem um monstro desenhado na porta. E ainda está escrito "Não entre"! — disse Meraki.

— Fiquem aqui e esperem. Vou verificar a parte de trás, depois volto para buscar vocês — o sr. Milton orientou.

Ficamos diante da porta da frente, esperando, enquanto o sr. Milton tentava entrar pelos fundos. O tempo foi passando, e nada do Jardineiro. Fiquei ansioso. Meraki percebeu e falou:

— O sr. Milton pediu para esperarmos aqui.

— Mas ele está demorando muito!

Naquele momento, ouvimos um barulho alto dentro da casa. Ficamos tão curiosos que decidimos entrar. Procuramos e achamos uma chave, que estava escondida no batente superior da porta. Após criarmos coragem, pegamos a chave e abrimos a porta.

Entramos por uma sala de visita. Parecia uma sala normal de uma casa normal, mas repleta de telefones. Havia telefones em todos os cantos, prateleiras e prateleiras de telefones. Telefones de vários tipos e formatos, de várias épocas, modelos e cores. Três aparelhos estavam no chão, parecia que tinham acabado de cair de cima de algum móvel, pois ainda balançavam.

Eu disse para Meraki:

— Você sabia que quem inventou o telefone foi Alexander Graham Bell?

— No momento, estou mais interessado em sobreviver ao monstro dessa casa! — ele respondeu.

Fiquei observando atentamente os telefones. Notei alguns modelos bem raros e interessantes. Cheguei perto de um bem bonito, que estava ao lado de um relógio que mostrava que eram 12h32. Segurei o telefone bonito com as duas mãos. Ele parecia ser bem especial. Comecei a girá-lo para vê-lo de vários ângulos. Enquanto mexia, tentando identificar de que época era, levei um susto!

O telefone se mexeu, deu risada, virou-se nas minhas mãos e disse:

— Olá... Olá...

Soltei o telefone na hora.

Ele continuou:

— Olá! Olá!

Outro telefone bem antigo, que usava uma bengala, pulou de uma das prateleiras e veio conversar com a gente.

— O que vocês vieram fazer aqui? Vocês estão procurando o monstro Cifoseraptor? — Ele bateu a bengala no meu ombro: — Ei! Ei! Responda!

Achando aquilo tudo muito bizarro, respondi:

— Nós viemos buscar a sela dos cavalos. Parece que ela fica com o monstro que mora aqui.

— Ah, sim. Ele está com a sela dos cavalos, costuma dormir em cima dela.

— Agora ficou tranquilo de fácil — resmungou Meraki.

Um telefone mais moderno, prateado, entrou na conversa e apontou:

— O monstro Cifoseraptor está lá.

Vimos uma porta que levava para outro ambiente. Nela havia uma pequena janela de vidro que permitia ver o interior do outro cômodo, um quarto.

Nós nos aproximamos da janelinha. Ao espiar, pudemos ver o monstro lá dentro.

Um telefone celular avisou:

— O monstro está dormindo!

— Seria bom que continuasse dormindo profundamente — disse Meraki.

— O Cifoseraptor é um monstro corcunda que não consegue mexer a cabeça para os lados — começou a explicar o telefone velho de bengala. — Ele só olha para a frente. É bem gordo, tem um barrigão. Usa óculos, tem uma mancha no rosto, veste uma camiseta preta e uma calça jeans bem velha. Usa sempre o mesmo chinelo preto e não fala direito, só geme. O Cifoseraptor ficou assim de tanto usar o celular. Suas costas foram entortando. Ele perdeu a memória, não se lembra mais de nada, nem da família. Agora, ele é controlado pelo bradadorrr.

Um telefone vermelho se aproximou e disse:

— Para pegar a sela dos cavalos, vocês vão precisar tirar o Cifoseraptor de cima dela. Quando fica sem contato com o chão, o monstro se desconecta e fica muito fraco. Essa é uma oportunidade para vocês tirarem dele a sela dos cavalos.

Começamos a escutar o toque do telefone. Trimmmmm! Trimmmmm! Trimmmmmm!

Foi quando notamos vários quadros na parede. Alguns pareciam obras de arte. Talvez fossem famosos e valiosos. Mas um deles em especial chamou nossa atenção. Naquele quadro, um homem telefonava para outro, que estava em outro quadro coberto por um pano preto.

O primeiro homem falava:

— Eles estão procurando o Cifoseraptor? Ele está dormindo. A sela dos cavalos está com ele. Eles precisam tirar o monstro do chão para enfraquecê-lo.

O homem do segundo quadro respondeu, muito bravo:

— Isso não é bom! O Cifoseraptor não pode ficar desconectado do chão. Isso vai fazer com que ele tenha liberdade e possa fazer as próprias escolhas.

O telefone antigo de bengala explicou:

— O homem telefonando no primeiro quadro é Graham Bell. O outro homem é do futuro. Não sabemos quem ele é.

Olhamos para o segundo quadro. Por causa do pano preto, não dava para saber com quem Bell estava conversando. Quem seria o homem no outro quadro?

Aspi foi espiar pela janelinha da porta do quarto e avisou:

— Estou vendo o monstro. Mas não vejo nenhuma sela de cavalo.

— Daqui não dá para ver nada. Vou entrar para ver se consigo achar — eu disse.

Abri a porta bem devagar e fui me arrastando pelo chão, tentando chegar perto da cama do Cifoseraptor o mais silenciosamente possível, para não o acordar.

Falei bem baixinho:

— Meraki, acho que encontrei a sela. O monstro realmente está deitado em cima dela.

— Acho que ele não vai gostar que alguém pegue a sela que é dele, Calib.

— A sela dos cavalos não é dele! — sussurrou Aspi. — Ele a roubou dos cavaleiros. Por isso precisamos dela para passar pelos cavaleiros. Eles a querem de volta.

O monstro roncou alto e soltou um bafo danado.

— Se a Angélica estivesse aqui, ia ficar horrorizada com esse mau cheiro... — sussurou Meraki.

Eu estava me mexendo bem devagar, com extremo cuidado, tentando tirar a sela de baixo dele. Puxava devagar, com a maior cautela. Fui me esticando e puxando aos poucos.

Então o sr. Milton apareceu de repente na sala dos telefones, tropeçando, derrubando um dos aparelhos no chão. Os outros telefones não gostaram disso e começaram a tocar ao mesmo tempo.

Trimmmm! Blimmm! Zlimmmm!

Foi um barulhão! Nesse momento, o Cifoseraptor acordou.

Assim que viu o monstro acordado, Meraki correu de medo para fora da casa.

O Cifoseraptor veio para cima de mim, pois eu estava muito perto dele. Quando tentei correr, ele agarrou a minha camiseta. Dei um chute nele e ele me largou. Corri o mais rápido que pude em direção à porta.

O monstro me segurou pela perna, eu a puxei com força. Nisso, ele acabou arrancando o tênis do meu pé direito. Mesmo com um tênis só, saí pulando, tentando escapar do quarto. Mas o Cifoseraptor me capturou de novo. Dei outro chute nele. O monstro me soltou e consegui fugir rapidamente para a sala.

Aspi e o sr. Milton, porém, tinham corrido para o outro lado e acabaram encurralados num canto. O monstro foi na direção deles. Quando vi que meus amigos estavam sem saída, concentrei as minhas forças e corri para ajudá-los. Mas corri de um jeito todo desengonçado, de tão apavorado. Se as meninas estivessem ali, ririam do meu jeito de correr, ainda mais com um tênis só.

Peguei o giz das portas, o chapéu poctop e fui para perto de Aspi e do Jardineiro. Desenhei uma porta na parede, coloquei o meu chapéu e... Zaaap... Pulamos todos juntos.

Fomos parar do lado de fora da casa e rapidamente a parede se fechou. Ainda me lembro da expressão do monstro olhando para nós enquanto a passagem na parede ia se fechando.

Encontramos Meraki, que já estava do lado de fora, ofegante, e reclamou, nervoso:

— Eu disse que era uma má ideia! Ideia nada brilhante! Nem um pouco boa!

— Calma, Meraki! Vamos achar uma solução — afirmou o Jardineiro.

E agora, o que vamos fazer?, pensei. Enquanto nós quatro planejávamos uma estratégia, lembrei-me de algo:

— O telefone antigo que usa bengala disse que o monstro fica fraco quando se desconecta do chão.

— Que bom que confiei na minha intuição! — exclamou o sr. Milton. — Demorei um pouco para chegar aqui porque parei para pegar umas coisas que vi no caminho e achei que poderiam ser úteis. Vejam, são cordas! Se suspendermos o monstro nas cordas, ele ficará preso no ar, enfraquecido. Aí poderemos pegar a sela e ir embora. Mas precisamos montar uma estratégia para conseguir isso.

— Só para lembrar, pessoal, vou ficar bem tranquilo aqui do lado de fora, não quero participar desse plano de pescar monstro. Além daquele bafo horrível...

— Mas para o plano funcionar precisamos da ajuda de todos, Meraki.

Aspi os interrompeu:

— Vocês repararam que na sala dos telefones tinha uma espécie de rede pendurada na parede? Ela estava no meio dos dois quadros que estavam conversando entre si por telefone. Podemos usar aquela rede!

O sr. Milton sorriu.

— Excelente, Aspi! E você, Meraki, fique sossegado! Você receberá uma missão bem fácil.

Colocamos a estratégia em ação. Entramos na primeira sala, a dos telefones. Dessa vez, fizemos um sinal pedindo para os telefones ficarem em silêncio. Pegamos a rede. Prendemos as quatro pontas dela nas cordas que o sr. Milton tinha arranjado.

— Eu posso me aproximar do monstro — falei. — Quando ele vier me pegar, vocês só precisam puxar a rede bem depressa para deixá-lo pendurado. Ele vai ficar longe do chão e perderá as forças. Quando o monstro já estiver preso e nós estivermos em segurança, Meraki poderá pegar a sela dos cavalos e correr para fora.

Meraki fez uma cara de quem parecia ter concordado com o plano.

Esperamos o Cifoseraptor dormir novamente. Quando ele adormeceu, Aspi voou sem que o monstro percebesse e amarrou as pontas das cordas no teto da sala.

Com cuidado para não acordá-lo, colocamos a rede esticada no chão. Eu fiquei de um lado para chamar atenção do monstro. Comecei a fazer barulho e, quando ele acordou e veio atrás de mim, o sr. Milton e Aspi puxaram as cordas.

Corri para um lado, os dois foram para o outro, de modo que capturamos o monstro. Quando ele ficou preso na rede, para impedi-lo de escapar, Aspi voou e amarrou as outras pontas das cordas no teto.

O monstro se debateu e gemeu bastante. Mas, desconectado do chão, foi ficando fraco. E, conforme foi ficando debilitado, parou de se debater aos poucos. Naquele momento, Meraki entrou no quarto, pegou a sela e voltou acelerado com ela para a sala dos telefones, falando:

— Ufa! Conseguimos! Peguei a sela!

Olhamos aliviados para o Cifoseraptor, cada vez mais sem forças, dentro da rede.

— Vamos logo embora daqui — falei.

Aspi foi olhar a sela de perto e confirmou:

— É essa mesma! É dessa que precisamos. Podemos ir.

— Calib, olhe! O Cifoseraptor está tão abatido e triste — comentou o sr. Milton.

— Ótimo! — Meraki riu. — Adoro monstros abatidos e tristinhos!

Quando olhei o Cifoseraptor, fiquei com pena. Ele estava bem debilitado, parecia doente. Agora nem parecia ser tão malvado assim.

— Vamos! Vamos logo! — insistiu Meraki.

Coloquei o tênis! E, quando estávamos saindo da casa, levando a sela dos cavalos, os telefones começaram a falar:

— Isso não é seu!

O telefone vermelho disse:

— Você não tem direito a isso.

O telefone antigo de bengala resmungou:

— Isso não é seu.

O telefone celular reclamou:

— Como vai deixar o Cifoseraptor assim? Ele só quer ter um amigo especial. Você pode ser um amigo importante dele?

Eu estava andando apressadamente com a sela dos cavalos nos braços, mas, ao ouvir os telefones falando, pensei: *Eles têm razão, a sela não é minha. Não posso roubá-la... E não posso deixar o monstro preso na rede, correndo o risco de ficar doente. Coitado! Ele só quer ter amigos.*

— Pessoal! Percebi que o monstro vai ficar sofrendo e a sela é dele. Nós estamos cometendo um roubo — eu disse.

— Não estamos roubando a sela, Calib. A sela não é dele. Nós vamos apenas devolvê-la para os cavaleiros. Além disso, ele é um monstro — argumentou Meraki.

— Mas a sela estava com ele.

— Calib, ele parece um monstro perigoso — afirmou o sr. Milton.

Mesmo assim, senti pena dele. Não podia deixá-lo ali, adoecendo. Ele estava muito debilitado. Eu não podia ser cruel com ele. Então, voltei para dentro da sala. O monstro quase nem se mexia mais na rede. Mas, quando cheguei perto, ele rosnou para mim.

Fui me aproximando devagar e conversei com ele.

— Calma... Fique calmo! Nós podemos soltar você! Só preciso contar uma coisa. Nós precisamos da sela dos cavalos para entregá-la aos cavaleiros. Isso porque precisamos ajudar uma amiga especial, e para ajudá-la temos que atravessar uma ponte para encontrar o Criador dos bluguis azuis. Se você nos ajudar, ajuda também a nossa amiga. Ela vai ficar muito grata a você e vai ser sua amiga também. Mas não quero deixar você aqui preso. Nem quero que fique doente. A sela é sua. Você pode me dar?

O Cifoseraptor respondeu, meio rosnando:

— Vocês estão preocupados comigo?

— Eu estou! — afirmei.

— Sua amiga vai ser minha amiga também? — Cifoseraptor perguntou.

— Acho que sim — respondi.

O Cifoseraptor rosnou e disse:

— E vocês vão ser todos meus amigos?

Fiquei meio na dúvida, mas falei:

— Se você nos ajudar, é porque você é nosso amigo.

Ele falou entre dentes:

— Eu não tenho amigos! Vou gostar muito de ter amigos. Queria muito ter amigos especiais. Essa sua amiga especial vai ser minha amiga especial também?

— Acho que sim... — falei.

— Então, a partir de agora ela é minha amiga especial! E eu entrego a sela para vocês.

Em seguida, Cifoseraptor se arrependeu e começou a chorar:

— O bradadorrr manda em mim. Sou escravo dele. Tenho muito medo dele. E os cavaleiros também não gostam de mim. Eles me atacam com facas, flechas e lanças. A sela não é minha, é deles. Eles são meus inimigos. Mas vocês são meus amigos, não são?

Eu não sabia o que responder...

— Acho que somos seus amigos — acabei dizendo.

Meraki falou baixinho:

— Fale por você, eu não sou amigo dele não! E até parece que a Margarida vai ser amiga dele! Mas o Cifoseraptor disse que podíamos levar a sela dos cavalos. Ele está nos entregando a sela porque acha que somos amigos dele?

Cifoseraptor sorriu e sussurrou:

— Sabia que vocês seriam meus amigos!

— Mas, quando você entregar a sela para nós, o bradadorrr vai saber e ele pode querer se vingar de você — Aspi disse.

— Não me importo, porque agora tenho amigos! É o bradadorrr que me obriga a ficar escondendo a sela dos cavaleiros para que nenhum caminhante possa encontrar o Criador dos bluguis azuis. Eu gostaria muito de sair daqui um dia e conhecer o verdadeiro Criador.

Nessa hora, soltamos a rede.

Meraki ficou alerta, porque achava que podia ser algum tipo de truque do monstro, para ele nos atacar assim que estivéssemos distraídos. Mas senti no meu coração que ele estava sendo sincero e que podíamos confiar nele.

Assim que ele ficou livre da rede, rosnou:

— Podem levar a sela, eu dou para vocês.
— Mas você tem família? — perguntei.
Ele rosnou duas vezes seguidas e respondeu:
— Eu não sei. Não me lembro dos meus pais! Não tenho lembrança deles. Eu vivo aqui com os telefones, mas não sei onde é a minha casa de verdade. O bradadorrr tirou a minha memória e não tenho nenhuma lembrança deles. Mas levem uma mensagem para Jesus. — Dessa vez sem sem rosnar, pediu: — Digam para Jesus que eu gostaria que ele me perdoasse e me abençoasse. E que eu gostaria de conseguir me lembrar dos meus pais novamente.
— Fique tranquilo, Cifoseraptor! Assim que nós o encontrarmos, vamos falar de você para ele. Obrigado pela sela — eu disse, com sinceridade.
— Isso vai ser muito bom! Eu é que agradeço!
O Cifoseraptor estava muito triste, mas já parecia mais saudável e fortalecido. A sua fala se restabeleceu completamente. Já não rosnava mais. Ele acenou quando nos movimentamos para partir.
Meraki falou bem baixinho:
— Obrigado!
Antes de sair da casa, passamos pela sala dos telefones, que agora disseram:
— Dessa forma, isso é seu! Ele deu para vocês! Vocês têm direito! Agora isso é seu!
Saímos da casa, em direção ao morro, e pegamos a estrada novamente.
O sr. Milton disse:
— O Cifoseraptor em si não é ruim. Mas ele é usado pelo bradadorrr. Ele pode fazer coisas boas e pode ser útil, porém o bradadorrr o controla. E pode usá-lo para fazer coisas ruins e prejudicar as crianças.
— Mas eu tive compaixão do monstro — falei.
Nesse momento, ganhei mais um selo! O quinto selo veio voando e bateu na mochila. Corri para abri-la e tirar o livro dela. Assim que abri o livro... Pluf! O quinto selo verde brilhante se colou em uma das páginas.

Meraki falou para o sr. Milton:

— Você sabe de que árvore é essa?

— É uma folha da árvore do ipê branco. Ela é típica do Cerrado e do Pantanal. Seu nome vem do tupi-guarani. Suas flores são brancas e ela é muito utilizada em projetos de paisagismo. Falando comigo, complementou: — Calib, você sentiu compaixão pelo monstro e ganhou mais um selo.

O sr. Milton continuou:

— Vocês viram o Cifoseraptor. Quando ele ficou longe do chão, ficou fraco. Algumas crianças que não praticam esporte, não brincam e só ficam no celular podem começar a ficar parecidas com esse monstro. É importante brincar com outras crianças. Correr, pular, se divertir. E ter amigos especiais!

Fiquei pensando que, enquanto tivemos nossa luta com o Cifoseraptor, Angélica estava tendo a luta dela com os murmus. E continuamos em frente, rumo à ponte dos cavaleiros.

===== FIQUEI PENSANDO: =====

» Quem rouba ladrão, também é ladrão!

» Quem foi o escritor brasileiro que disse a frase: "A ocasião faz o furto; o ladrão nasce feito"?

» Como eu andei da "encruzilhada das placas" até o "clube de festas" e depois Zamuki me pediu para voltar 5 quilômetros até a "encruzilhada das placas", quantos quilômetros eu andei no total?

DURANTE O CAMINHO, É IMPORTANTE
BRINCAR COM OUTRAS CRIANÇAS.
CORRER, PULAR, SE DIVERTIR. E
TER AMIGOS ESPECIAIS.

NO CAMINHO, ÀS VEZES PRECISAMOS
ACEITAR AS ESCOLHAS DOS OUTROS, MESMO
QUE ELAS PAREÇAM MATUSQUELAS.
CAMINHANTE, NÃO PERCA TEMPO COM
OS CANGURUS DA PROCRASTINÂNDIA!
DURANTE O CAMINHO, EVITE FEIURAS!
ELAS PODEM SE SENTAR NA SUA FRENTE.

"*Apresentaram-lhe, depois um possesso cego e mudo.
Jesus o curou de tal modo, que este falava e via*".
Evangelho Segundo São Mateus 12:22

"*Então, se abrirão os olhos do cego. E se desimpedirão
os ouvidos dos surdos; então, o coxo saltará como um
cervo, e a língua do mudo dará gritos alegres*".
Isaías 35:5

"*Apresentaram-lhe um surdo-mudo, rogando-
lhe que lhe impusesse as mãos*".
Evangelho Segundo Marcos 7:32

"*É ele que perdoa as tuas faltas, e sara as tuas enfermidades*".
Salmos 102:3 / 103:3

"*Como é bom que o corrigido manifeste o seu arrependimento*"!
Eclesiástico 20:4

CAPÍTULO 10

A PONTE DOS CAVALEIROS

O dia já estava chegando ao fim quando andamos em direção à ponte dos cavaleiros.

— Puxa, até que foi fácil pegar a sela! — disse Meraki.

— É, eu vi como você conseguiu fácil... — O sr. Milton riu e depois sugeriu: — Vamos olhar o mapa para ver se ainda falta muito para chegarmos à ponte dos cavaleiros.

Quando abri o mapa, Meraki indicou um ponto:

— Veja, Calib, estamos aqui neste local. Tem uma ponte naquela direção.

— Tem um cavaleiro desenhado ao lado da ponte. Deve ser essa mesma que procuramos — disse o sr. Milton.

Aspi se entusiasmou.

— Vamos, turma... Vamos logo!

Estávamos indo em direção à ponte quando avistamos um dos copos no caminho. Ele se aproximou e nos fez uma proposta.

— Quanto vocês querem pela sela? Quero comprá-la. Pago muito bem... Quantos milhões de reais vocês querem por ela? Com todo esse dinheiro, vocês podem ajudar a sua amiga no hospital, contratando os melhores médicos!

Animado, o copo prosseguiu:

— Calib, você pode comprar uma casa maravilhosa para a sua mãe. Meraki pode comprar um carro novo para o pai dele, o mais moderno dos carros. O sr. Milton pode ampliar os projetos com as suas plantas e ter mais sucesso com as suas pesquisas. Vocês todos podem fazer viagens especiais e se divertir muito!

Meraki só olhou para mim e, sem falar nada, balançou a cabeça da esquerda para direita, em sinal de não, fazendo uma careta com a boca. O sr. Milton, também em silêncio, mas bem firme, balançou o dedo indicador da mão direita de um lado para o outro. Aspi fez uma careta de bravo para o copo e depois olhou fixamente para mim.

Meus companheiros de Jornada não disseram uma palavra. Mas eu sabia o que aquilo significava. Respondi para o copo:

— Não vou vender a sela dos cavalos. Ficarei com ela.

— Você quer ficar com essa sela velha, uma sela que não vale nada? Não dá nem para usá-la num cavalo de verdade, está velha demais! Não prefere ganhar uma fortuna?

— Preciso dela para a minha Jornada do Caminho. Ela é muito importante para o Criador, então é muito importante para mim também.

— Você nem conhece os cavaleiros. Eles podem pegar a sela e depois impedir você de passar pela ponte. Por que você confiaria neles?

Afirmei, bem seguro:

— Não quero vender a sela dos cavalos! Vou ficar com ela, pois tem bastante valor para a minha Jornada.

— Você sabe quanto dinheiro pode ganhar se vender a sela?

— Sei! Mas prefiro ficar com ela para a minha Jornada do Caminho.

Continuei a andar, deixando o copo para trás. No mesmo instante, surgiu um novo selo verde brilhante. Ele começou a voar na minha frente, balançando de um lado para o outro.

Depois que o selo se colou no livro, Aspi me abraçou e disse:

— É isso aí, Calib, você escolheu ser honesto e sem avareza. Você não foi ganancioso. Conquistou o selo verde do teste da avareza.

Superei o desafio da ganância e assim conquistei o meu sexto selo.

— Zamuki avisou que, para chegar até a Montanha do Discurso, vamos precisar da sela dos cavalos. E nenhuma ambição ou avareza vai nos fazer desviar do nosso caminho — Aspi falou.

— Meraki, você sabe de que árvore é a folha que representa o sexto selo? — o sr. Milton perguntou.

— Essa eu sei, sim! Sei porque tem uma igual a essa no sítio dos meus avós. Quando meus avós compraram o sítio, a árvore já estava lá. É uma folha de pé de cambuci. Aquela árvore deve ter uns 5 metros de altura hoje em dia.

— O pé de cambuci, ou cambucizeiro, é de origem da Mata Atlântica da Serra do Mar. Essas árvores eram muito numerosas no estado de São Paulo e em Minas Gerais. Atualmente, é mais difícil encontrá-las. Na cidade de São Paulo há até um bairro com o nome de Cambuci, porque existiam muitas dessas árvores naquela região. O fruto que a árvore produz recebeu esse nome devido a sua semelhança com potes de água utilizados pelos tupis, os *kamu'si* — explicou o sr. Milton.

Meraki veio olhar o livro mais de perto e sorriu:

— Ahhh! É essa mesma! É uma folha de pé de cambuci. Seus frutos têm perfume adocicado e sabor um pouco ácido, bem parecido com o do limão. Minha avó preparava doces e geleias com eles.

Perguntei para Aspi:

— Os copos sabem do meu objetivo da Jornada? Eles sabem que estou buscando o Criador dos bluguis azuis? Por que eles sempre aparecem para tentar me prejudicar e me afastar do meu propósito? Às vezes eles se mostram tão inofensivos… E alguns são tão elegantes! Outros são muito coloridos. Os que me levaram para o bar eram bem divertidos. Esse copo agora parecia tão generoso…

— Esses são só disfarces com os quais se apresentam. Essa não é a imagem real deles. Na imagem verdadeira eles são feios e monstruosos. É que eles só falam aquilo que você quer ouvir. Preste atenção! — explicou Aspi.

Aspi apontou para o copo que estava se afastando. Quando ele já estava a uns 10 metros de distância, a cacatua fez um movimento com as asas e, por um breve momento, foi possível ver a imagem real do copo. Consegui enxergar sua verdadeira aparência. Ele era realmente monstruoso e assustador. Aspi tinha razão: eles eram bem feiosos mesmo.

De repente, Aspi gritou:

— Vejam a ponte, estamos perto.

— Calib, que bom! Estamos perto da Ponte dos Cavaleiros — Meraki disse, com animação.

Nesse instante, escutamos um barulho de coisas caindo no chão. Olhamos na direção do barulho e vimos outro daqueles cangurus usando cachecol quadriculado roxo e laranja. Esse levava uma sacola enorme nas costas. Era uma sacola de tecido marrom e estava cheia de martelos, pregos, chaves de fenda, alicates, parafusos, pedaços de enxada. Vários tipos de ferramentas. E tudo parecia muito pesado.

O canguru subia um morro até o topo carregando a sacola enorme e pesada nas costas. Quando chegava no alto, a fivela da sacola se soltava e todas as coisas caíam morro abaixo e faziam um barulhão. Então o canguru descia, juntando todos os pregos, martelos e peças de ferro na sacola. Colocava-a nas costas novamente e subia com muito esforço até o topo do morro. Mas não prendia o fecho da fivela. Quando chegava no topo, acontecia a mesma coisa. A fivela se soltava e todas as peças rolavam novamente.

Quando vi aquilo já fiquei irritado:

— Esses cangurus da Procrastinândia outra vez! Ele não vê que a fivela está com problema? Por que não a conserta? Ele tem tantas ferramentas na sacola. Por que não usa as ferramentas que já tem para fazer alguma coisa útil, produtiva?

O sr. Milton riu e falou:

— Calib! Você já sabe que eles são assim mesmo. Não tem o que fazer. Aceite isso. Respeite a escolha dele.

— Talvez seja porque ninguém falou para ele do problema da fivela. Ele poderia mudar, se alguém explicasse, não?

Aspi deu risada:

— Calib, ele já sabe! Os cangurus da Procrastinândia já sabem dos problemas. Mas querem ficar repetindo os mesmos erros, sem chegar a uma solução. Esse canguru continua repetindo os erros porque quer. Ele não quer mudar e fazer diferente. É um canguru da Procrastinândia.

Indignado, eu disse:

— Mas não me conformo em ver isso. Vou tentar falar com ele, pelo menos uma vez.

Fui até o Canguru em uma tentativa.

— Olá! Você sabe que pode arrumar a fivela da sacola? Você pode usar as suas ferramentas para consertá-la.

O Canguru virou-se para mim e respondeu, balançando a cabeça para cima e para baixo:

— Sim! Sim! Ahhhh, é! Você tem razão!

Ele pegou a sacola pesada e subiu o morro, sem antes prender e arrumar a fivela. Quando chegou no topo do morro, a fivela da sacola se soltou e tudo veio rolando morro abaixo mais uma vez.

Olhei para aquilo e pensei: *Deixa pra lá!*

— Vamos seguir em frente — falei para o grupo.

O sr. Milton me alertou:

— Calib, se você continuar insistindo em ajudar quem já mostrou várias vezes que não quer mudar... Será você que começará a repetir os mesmos erros. Cuidado para não virar um canguru da Procrastinândia!

Meraki achou a maior graça e começou a rir sem parar. Não conseguia se controlar:

— O Calib, um canguru da Procrastinândia!!

Olhei feio para ele. No entanto, precisava reconhecer que meus amigos tinham razão. Os cangurus se fazem de vítimas, mas não querem realmente resolver nem solucionar as coisas. Só querem reclamar. Só resmungam e se queixam. Não adianta tentar ajudá-los.

Quando já estávamos chegando bem perto da ponte, ouvi o barulho das coisas caindo pelo morro. Aquilo produziu um eco metálico bem forte. Dessa vez, porém, nem olhei para trás. Pensei: *Deixa pra lá!* No caminho, para seguir em frente, é preciso desapegar das coisas que nos puxam para trás.

Percebemos que havia um cavaleiro no meio da ponte. Eu sabia que precisaria falar com ele para atravessar, então peguei a sela dos cavalos, coloquei o meu chapéu poctop e verifiquei a minha mochila: tinha o mapa, o giz das portas, as sementes da fé e o livro de jade verde. Acho que tinha tudo.

Meraki me lembrou:

— Aquele seu queridinho amigo monstro falou que os cavaleiros o atacaram com facas, flechas e lanças. Você se lembra disso? Eles não parecem estar para brincadeira.

— Mas tenho a sela dos cavalos que eles perderam — respondi.

O sr. Milton, Aspi e Meraki ficaram mais para trás. Sabiam que essa era a minha Jornada. E que era eu que precisava falar com o cavaleiro.

Fui caminhando até ele. Conforme fui subindo na ponte e me aproximando, ficava mais evidente o quanto ele era enorme. De longe, o cavalo não parecia tão grande. Mas, de perto, parecia ter uns 2 metros de altura. O cavalo batia forte com as patas no chão e aquele barulho me assustava ainda mais. Ouvia o relinchar dele, que estava bem agitado e parecia feroz.

O cavaleiro, com uma armadura enorme, usando capacete e com uma espada que brilhava bastante, era bem intimidador. Mas eu precisava falar com ele. Tinha de enfrentá-lo. Então, mesmo com as pernas tremendo, segui adiante.

Logo ele chegou perto de mim e gritou:

— O que você faz aqui, menino? Onde pensa que vai?

O grito me deu um frio na espinha. Minhas costas ficaram tensas. Era a primeira vez que eu via um cavaleiro tão de perto. O que eu ia falar? Como conseguiria convencê-lo a nos deixar passar?

Comecei a tentar explicar:

— Eu sou Calib! Preciso chegar à Montanha do Discurso para falar com o Criador de bluguis azuis. Só ele sabe como salvar a minha amiga Margarida. E eu trouxe a sela dos cavalos.

— Você trouxe a sela dos cavalos?

Mostrei a sela para ele, que logo a pegou e a colocou em cima de seu cavalo, perguntando:

— Vocês estão fazendo o Caminho do Criador dos bluguis azuis?
— Sim!
— Então, essa decisão não é minha, é do Emanuel, o líder dos doze Cavaleiros de Cidron. Venham comigo!

Conforme ouvia o *cleck cleck* do cavalo, fui seguindo o cavaleiro pela ponte. Ele se virou para trás e gritou para os meus amigos:

— Venham vocês também, o que estão esperando?

Confesso que, durante aquele silêncio sobre a ponte, eu só conseguia ouvir o som dos cascos do cavalo batendo no chão e me lembrei do que o copo tinha falado: para não confiar nos cavaleiros. Lembrei do comentário do Cifoseraptor, contando que eles o haviam atacado com facas, flechas e lanças.

Por um momento, aquilo me confundiu. Os copos têm esse poder de entorpecer nossas ideias. Mas logo me acalmei. Nessa hora, lembrei-me de Zamuki. Ele me salvou! Zamuki era confiável! Ele também salvou meus amigos e me disse para conversar com os cavaleiros.

Atravessamos a ponte e chegamos a um acampamento com vários outros cavaleiros. Enquanto passávamos, eles nos cumprimentavam sorridentes. Mas estávamos um pouco assustados. O cavaleiro que nos recebeu foi logo chamar o líder.

Um dos cavaleiros olhou para mim e para Meraki e quis saber:

— Vocês são irmãos gêmeos?

Respondi que não. Mas isso era bem comum. Muitas vezes as pessoas se confundiam e achavam que eu e Meraki éramos irmãos.

O chefe deles se aproximou de nós com a sela dos cavalos nas mãos e disse:

— Olá! Eu sou Emanuel, líder dos doze Cavaleiros de Cidron. Quem são vocês?

— Eu sou Calib!

— Você que trouxe essa sela dos cavalos?

— Sim, fui eu.

— E onde você a conseguiu?

— Ela estava com o monstro Cifoseraptor. Num confronto com ele, consegui a sela. Mas eu tive ajuda! Meus amigos me ajudaram. Este é o sr. Milton, este é meu amigo Meraki e este é Aspi.

— Imagino que você seja um grande guerreiro para ter conseguido uma vitória dessa grandeza — disse Emanuel. — Deve ter enfrentado uma batalha muito difícil. Uma grande luta.

Meio sem graça, falei:

— Na verdade... Não! Nós ficamos amigos do Cifoseraptor.

— Amigos do monstro Cifoseraptor!? — gritou Emanuel.

O cavaleiro Nikias levantou rapidamente sua espada, veio na nossa direção e protestou:

— Emanuel, um menino que é amigo do Cifoseraptor não pode ser confiável!

Meraki levantou a mão e disse:

— Só pra informar que eu não fiquei amigo de nenhum monstro. Só o Calib que insistiu nessa amizade.

— Como posso confiar em vocês, se são amigos daquele monstro? — perguntou Emanuel.

— O Cifoseraptor é um bom sujeito, ele só é solitário e quer fazer amigos — me arrisquei.

Um dos cavaleiros, o maior deles, aproximou-se e falou:

— Como assim, um bom sujeito? Ele pegou a nossa sela dos cavalos e a escondeu de nós.

— Era só uma brincadeira, ele ia devolver — tentei explicar.

Outro cavaleiro, enquanto mexia em várias facas, perguntou:

— E por que não devolveu?

— Foi porque o bradadorrr o ameaçou.

Emanuel quis saber:

— Ele é amigo do bradadorrr?

— Não! Não! Ele tem medo dele.

Nesse momento, aproximou-se um cavaleiro com um grande escudo, o Clypeus. Ele enterrou o escudo no chão bem perto de mim, fazendo um estrondo. Achei que ia me bater com aquele escudo. E declarou:

— Emanuel! Confie nesse menino. Ele tem bom coração.

No mesmo instante, Emanuel mudou totalmente de ideia em relação a mim e afirmou:

— Clypeus, se você acha que ele é um menino bom e confiável, então vou concordar com você.

Nessa hora, todos os cavaleiros relaxaram e começaram a rir e nos saudar:

— Sejam bem-vindos! Sejam bem-vindos!

Olhei para o sr. Milton e sussurrei:

— Ufa! Parece que todos os cavaleiros confiam no que aquele cavaleiro disse.

Emanuel me chamou:

— Calib, venha aqui! Sou eu quem decide quais são os caminhantes que podem continuar o Caminho. Responda: qual o significado de ser um homem adulto? O que leva um menino à maturidade? Qual é o seu propósito?

— Meu propósito é achar o Criador dos bluguis azuis — respondi.

— E quando você o encontrar, qual vai ser o seu propósito?

— Ajudar a Margarida.

— E depois de ajudar a sua amiga, qual será o seu propósito?

Meio inseguro, eu disse:

— Não sei!

— Calib, você precisa ter um propósito para depois de ajudar a sua amiga. Pense nisso! — disse Emanuel.

Fiquei pensando, mas não conseguia chegar a nenhuma conclusão. Percebi que ele se aproximou e ficou olhando para o meu chapéu poctop antes de indagar:

— Como você conseguiu esse chapéu?

— É o meu chapéu poctop — expliquei. — Foi o Aspi que me deu.

— Mas esse chapéu tem o símbolo da nossa Irmandade!

Só nessa hora parei para prestar atenção. E, realmente, o chapéu tinha um broche com um símbolo. Eu nunca tinha reparado.

— Esse chapéu é da Irmandade dos Cavaleiros de Cidron — afirmou Emanuel. — Só um verdadeiro cavaleiro ou um descendente dos Cavaleiros de Cidron tem o poder de usá-lo.

Aspi entrou na conversa:

— Emanuel, Calib é um descendente dos Cavaleiros de Cidron. Seu avô paterno já fez a Jornada do Caminho. Ele esteve aqui no passado e conquistou o direito de ser um Cavaleiro de Cidron. Por isso Calib pode usar os talentos dos seus antepassados. O chapéu é dele por direito.

Aspi fez uma pausa dramática e continuou:

— Calib é o cavaleiro mais novo de uma linhagem de cavaleiros. Ele é um menino bem focado, um grande caminhante, e está fazendo uma grande mudança.

Enquanto Aspi conversava com Emanuel, fiquei ouvindo aquilo tudo e pensando: *Como assim, sou descendente de um participante de algum tipo de irmandade de cavaleiros? Como assim, meu avô paterno já esteve aqui antes? Fazendo o quê? Por que meu pai nunca me contou isso? Por que Aspi não me disse nada?*

Enquanto pensava nisso tudo, Aspi veio falar comigo e com meus companheiros:

— Já está tudo certo com os cavaleiros. Já combinamos. Eles vão nos levar pelo Cânion Piabiru até a entrada da Caverna de Berilo.

Eu perguntei ao Aspi:

— Você não tem que me explicar essa história do chapéu? E dessa tal Irmandade? O que meu avô tem a ver com isso?

Aspi saiu voando e não respondeu nada.

Então um dos cavaleiros aproximou-se de nós e perguntou:

— Vocês ficam com a gente hoje para o jantar? Vou levá-los até a barraca onde vocês vão dormir. Lá poderão deixar as suas coisas. São poucos os que conseguem a autorização de Emanuel para atravessar a ponte e prosseguir, sabiam? Sintam-se privilegiados. No Reino de Cidron existem regras, e uma delas é que os cavaleiros não podem pegar de volta a sela dos cavalos. Só uma criança pode trazer a sela para os cavaleiros. Amanhã seguiremos pelo Cânion Piabiru até a Caverna de Berilo.

Quando ele falou em ir no dia seguinte para a Caverna de Berilo, fiquei feliz. Isso significava que eles tinham concordado em nos deixar passar pela ponte e ainda iriam conosco. Agora, o foco era achar as nossas barracas!

Enquanto caminhávamos pelo acampamento em direção a elas, reparei nas bandeiras e nos escudos dos cavaleiros. Eles tinham o mesmo símbolo de peixe com algo escrito, como no pingente do colar de Aspi e como no bóton do meu chapéu.

Me aproximei das bandeiras e consegui ver de perto o que estava escrito dentro do peixe. Eram as letras "I C H T H Y S".

Um dos cavaleiros, ao perceber que estávamos examinando as bandeiras, comentou:

— Este é o símbolo da Irmandade dos Caminhantes. Depois eu explico para vocês o que significa.

DURANTE O CAMINHO, PODEMOS USAR OS
TALENTOS DOS NOSSOS ANTEPASSADOS.
NO CAMINHO, PARA SEGUIR EM FRENTE,
É PRECISO DESAPEGAR DAS COISAS
QUE NOS PUXAM PARA TRÁS.
DURANTE O CAMINHO, DEIXE OS CANGURUS
DA PROCRASTINÂNDIA PARA TRÁS.

"Vivei sem avareza. Contentai-vos com o que tendes, pois Deus mesmo disse: 'Não te deixarei nem desampararei'".

Carta aos Hebreus 13:5

CAPÍTULO 11

O ACAMPAMENTO DOS DOZE CAVALEIROS DE CIDRON

Já era quarta-feira à noite. Chegamos na nossa barraca para deixar as *mochilas*. Eu e o Meraki ficamos na mesma barraca, o sr. Milton e Aspi, em outra. Antes de entrar na minha, vi o sr. Milton se afastar do acampamento com um dos cavaleiros. Estava me sentindo bem acolhido, os cavaleiros pareciam bastante hospitaleiros.

O cavaleiro Eire, o herdeiro, aproximou-se e falou:

— Agora seria agradável tomar um bom banho antes do jantar! — Apontou para umas duchas e disse: — Tomem atitudes. Vocês não precisam de *babás*... — E se afastou.

Quando entramos na barraca, fomos arrumar o nosso *cafofo*. Meraki exclamou:

— Agora eu entendi! Foi por isso que nunca consegui colocar o chapéu poctop. Ele só pode ser usado por um Cavaleiro de Cidron. Gostaria muito de ser um também.

— Acho que podemos conversar com Emanuel sobre isso, para saber como você pode ser um cavaleiro também. Meraki, você viu as bandeiras ali fora? Elas têm o mesmo desenho do bóton do meu chapéu e do pingente do colar do Aspi. Você se lembra do cavaleiro que fez aquele barulho com o escudo? — continuei. — O escudo dele também tinha esse símbolo. E todas as bandeiras têm esse mesmo desenho. O que será que significa?

— O cavaleiro Saveda disse que depois ia nos explicar — respondeu Meraki.

— Acho que tem algum sentido.

— É, acho que pode ter algum significado. Calib, eu nunca acampei antes. E você?

— Eu já acampei com meu pai e meu avô.

Peguei o mapa e fomos ver juntos. Mostrei a ele:

— Olha, Meraki, aqui é a trilha do Cânion Piabiru que eles estão comentando. Veja... A trilha chega nessa estrada que leva até a entrada da Caverna de Berilo.

Um cavaleiro que estava com vários animais próximos a ele, chegou junto de nossa barraca e gritou:

— Vamos, meninos, se apressem para o banho! Deixem de *malambas*! Não queremos atrasar o jantar.

Eu tinha visto as duchas ao ar livre. Só uma cortina separava uma ducha da outra. E era ao ar livre! Mas eu só tinha visto uns canos. Não parecia existir nenhum chuveiro de verdade. Chegando lá, confirmei o que temia. Seria um banho frio sob um caninho pequeno de água. A água vinha direto de uma nascente, por isso era bem gelada. Mas eu não podia falar que estava nervoso por tomar banho frio.

Meraki entrou na ducha dele e logo foi tomando banho, cantando todo feliz. Assobiando como sempre, nem reclamou da água fria. Esse Meraki surpreende mesmo. Não tinha jeito, que *moleque*! Como podia estar todo feliz com aquele banho frio e não reclamar de nada? Se eu queria ser um grande cavaleiro, precisaria ter coragem, pelo menos para enfrentar um banho frio!

Criei coragem e abri a ducha fria... Chuááá. Lá veio aquela água geladíssima, exatamente como eu estava imaginando. Uh! Uh! Foi um arrepio no corpo todo, de tão gelada. Que calafrio, que tremedeira intensa. Estremeci e fui dando uns pulinhos, pulando de lá para cá. Soltei um assobio longo e agudo. No entanto, meu corpo foi se acostumando e ficando menos tenso, e a tremedeira foi diminuindo. Terminei o banho glacial o mais rápido possível e me esquivei do frio. Vesti minhas roupas rapidamente, antes que congelasse. Mas nem reclamei para os cavaleiros, não podia me comportar como um *nenê*.

Meraki continuava seu banho, cantando todo feliz. Tomar banho ao ar livre era uma experiência nova para ele.

Até fiquei surpreso com minha coragem de enfrentar a água fria. Meio surpreso! Meio corajoso! Parei de bater os dentes. A sensação de ficar limpo e cheiroso era bem agradável. Também, depois de tantas caminhadas e calafrios...

Agora que não estava mais preocupado com a água gelada, lembrei-me do sr. Milton. Não sabia para onde ele havida ido. Também fazia um tempo que não via o Aspi. Onde será que eles estavam?

Assim que eu e Meraki terminamos o banho, nos dirigimos para a sede do acampamento. Um cavaleiro segurando um cavalo passou por nós rindo e perguntou:

— Estava bem gelado o seu banho? Deixe de *dengo*! Hahaha.

Ele nos convidou para jantar e foi andando em direção ao grupo. Nesse momento, conseguimos ver o sr. Milton, que estava um pouco afastado, conversando com o cavaleiro Benguê, o engenheiro do grupo. Era bem alto e negro como o sr. Milton. Tinham características físicas muito parecidas. Até seu modo de falar era semelhante. Os dois conversavam animadamente.

Percebemos que todos os cavaleiros já estavam reunidos perto de uma fogueira, e dois deles preparavam o jantar: Igor, o músico, e Eire, o mais rico do grupo. Fomos nos aproximando e Emanuel nos chamou:

— Venham, meninos! Quero apresentar os doze Cavaleiros de Cidron a vocês.

Todos os cavaleiros se aproximaram, e Emanuel começou a apresentá-los.

— Esse é Sten. É o maior e mais forte de todos nós, muito grande e resistente. Suas mãos são tão fortes que podem quebrar os ossos dos inimigos. Já destruiu um monstro com as próprias mãos, quebrando seus ossos.

Enquanto Emanuel contava isso, Clypeus quebrou um graveto de propósito, só para brincar, e nos assustar com o barulho.

Emanuel, rindo, continuou:

— Esse é Clypeus. Foi ele que veio defender vocês mais cedo. Ele vê o coração das pessoas, sabe quando uma pessoa é boa de verdade e confiável. Clypeus é corajoso, ele fica na frente de todos, protegendo o grupo com seu escudo. Assim, vai derrubando todos os inimigos. Ele também tem o dom de perceber as verdadeiras emoções das pessoas. Clypeus conhece muito bem as emoções e os pontos fracos emocionais do adversário. Isso ajuda muito quando vamos estabelecer uma estratégia de combate. Ele sabe enfrentar os próprios medos e inseguranças. E é necessário ter muita coragem para enfrentar as próprias emoções, não é, Meraki?

Eu cochichei para Meraki:

— É esse aí que eu te falei! É ele que tem no escudo um símbolo igual ao bóton no meu chapéu.

O cavaleiro Supano aproximou-se e disse:

— Clypeus só tem medo de uma coisa. — E deu risada. — Hah-aha! Da líder das amazonas Cristálias. Ele é sempre muito cavalheiro com a líder das amazonas Cristálias. Ela é que não costuma agir como uma dama com ele — falou Supano, zombando de Clypeus.

Emanuel não deu bola e continuou sua apresentação:

— Esse que convidou vocês para o jantar é Supano. Ele é muito veloz e atlético, gosta de praticar esportes e corre muito rápido. Sobe em árvores muito altas com facilidade e percorre grandes distâncias sem se cansar. É ele que cuida dos cavalos. Ele tem muita habilidade com nossos animais e faz saltos com elegância. Todos os cavalos o obedecem. Supano também atira lanças muito longe.

Emanuel apontou para outro cavaleiro:

— Ali está o nosso espadachim! Nikias sempre está por perto com as suas espadas. Já participou de grandes lutas e venceu muitas batalhas. Um guerreiro muito valioso. — Após uma pausa, continuou: — Estão vendo esses peixes assados? Isso é graças ao Jari! Jari é o nosso pescador. Os peixes do jantar de hoje foram pescados por ele. Jari é um indígena potiguara, ele veio do litoral norte da Paraíba. Ele também sabe usar sua habilidade com as redes em batalhas, fazendo armadilhas com elas para capturar os inimigos. Aprendeu com seus ancestrais a fazer arcos e flechas, por isso tem excelente pontaria. Aquele mais adiante, conversando com o sr. Milton, é Benguê, ele é o nosso cientista, um engenheiro muito inteligente. Ele desenvolveu máquinas e ferramentas e sabe lidar com bombas. Inclusive, Calib, Benguê desenvolveu uma bomba incomum junto com o seu avô. É uma bomba que destrói pensamentos negativos. Benguê é o caçula de seis irmãos. Ele conta muitas histórias relacionadas a suas origens afrodescendentes.

Meraki virou-se para mim e disse:

— Calib, o que será que o sr. Milton tanto conversa com aquele cavaleiro? Ele nem falou comigo desde que chegamos aqui.

— Ele também não conversou mais comigo... — respondi.

Emanuel prosseguiu:

— Esse é Kauã. Ele fala com os animais, usando essa habilidade para organizar ataques de animais para derrotar os inimigos. Seguindo suas instruções, os animais atacam, cercam e confundem os adversários. O problema do Kauã é que ele é um pouco bravo, ele resmunga e reclama muito. Prefere falar com os animais a falar com as pessoas... — Indicando outro cavaleiro: — E esse é Argos, nosso socorrista. Quando um de nós está ferido no campo de batalha, quem nos socorre é ele. Argos carrega os feridos rapidamente, tirando o golpeado do meio da batalha e levando-o no colo para Taoshu, que é nosso médico. Ele também recolhe todas as armas dos inimigos.

Emanuel continuou, após uma pausa:

— Em uma de nossas batalhas, quando Nikias estava ferido, Argos passou pelo meio do conflito, pegou Nikias no colo e o retirou de lá, levando-o para o médico em segurança. Podemos sempre confiar nele, alguém muito importante durante um confronto. Quando Argos recolhe as armas do inimigo, ele as esconde. Isso nos ajuda muito, porque impede o inimigo de continuar na luta. Argos equilibra muito bem sua bravura e sua sensibilidade, por isso nós confiamos nele. Ele já nos ajudou em muitas conquistas. Já enfrentou incêndios perigosos e precisou até mergulhar para nos socorrer.

Em seguida, Emanuel apresentou outro cavaleiro:

— Aqui está o nosso médico Taoshu! Como vocês podem suspeitar pelo nome, ele tem descendência oriental. Em uma batalha, é muito brilhante lutando kung fu, além de ser ligeiro com as facas.

Nessa hora, Taoshu levantou-se e jogou quatro facas na minha direção. Elas acertaram a árvore atrás de mim. Tomei um susto danado. Meraki nem piscou.

— Taoshu também tem muito conhecimento sobre cura com ervas. Ele tem várias cicatrizes, mas não conta pra ninguém como as conseguiu. Porém isso não importa, pois, quando coloca a armadura, as cicatrizes não são percebidas — Emanuel completou. — Usamos as músicas e os sons para confundir os adversários e disfarçar os ataques. O responsável por essa atividade é Igor, nosso músico. Ele toca, canta e cria sons muito fortes, é capaz de encantar com os seus sons. Seus instrumentos fazem sons capazes de imobilizar o adversário, muito úteis também no mar, para afastar monstros marinhos. Além de tudo, Igor também é um excelente dançarino.

— Que monstros marinhos? — perguntou Meraki, curioso.

— Não vamos falar deles agora! Vocês não vão pelo mar dessa vez. Este é Saveda — Emanuel disse enquanto apontava para mais um cavaleiro. — É ele que escreve nossas aventuras. Ele registra tudo. Já escreveu vários livros, que são lidos por crianças do mundo todo e fazem muito sucesso. As aventuras dos Cavaleiros de Cidron são muito famosas. Ele já se encontrou com o Criador pessoalmente. Depois disso, o Criador passou a orientá-lo sobre o que ele escreve. Por isso, o Criador dos bluguis azuis protege todos os livros das nossas histórias e toda a família de Saveda, porque eles são abençoados pelo próprio Criador. Saveda também usa o conhecimento de seus livros para montar nossas estratégias de ataque, organizando o planejamento das batalhas. Saveda é bem pequeno, então passa por buracos e se esconde com facilidade. Além disso, é muito bom em disfarces, truques de mágica e no uso das cordas.

Emanuel continuou sua apresentação:

— Eire vem de uma família de nobres, é um homem ilustre, herdeiro de uma grande fortuna. Seu dinheiro já financiou muitas de nossas missões e viagens. Seus pais o obrigaram a se juntar aos Cavaleiros de Cidron. Ele veio a contragosto, e nós o deixamos decidir se queria ficar conosco ou não. Para nossa felicidade, ele decidiu ficar. E isso foi muito bom para todos nós. O cavaleiro Eire organiza nossas finanças e investimentos, e utiliza nossos recursos com planejamento. Aprendemos com ele a ganhar mais e gastar menos. Em uma batalha, ele é esperto e sabe manusear muito bem as tochas de fogo.

Aspi cochichou para nós:

— Eire vem da Irlanda. Seu nome significa terra da fartura, terra da abundância.

Emanuel se levantou. Abriu os braços e apontou para os seus doze Cavaleiros de Cidron:

— Cada cavaleiro tem seus talentos e suas virtudes. Todos são importantes e têm suas habilidades. Estes são meus doze cavaleiros! São todos valentes e corajosos. E todos servem ao Criador dos bluguis azuis. Eles devotam a própria vida ao Grande Criador, aquele que tudo criou no céu e na terra. Aquele que tem a luz do amor. Cada cavaleiro tem suas qualidades e competências. Todos são importantes, grandes guerreiros que já realizaram grandes feitos heroicos, cada um utilizando sua vocação. Fazemos tudo isso sempre seguindo as regras da Jornada do Caminho. Seguindo sempre as orientações do Criador dos bluguis azuis.

Enquanto Emanuel apresentava os cavaleiros, Taoshu e Kauã preparavam o jantar. Todos os cavaleiros cozinham, mas, nessa noite, era a vez dos dois cozinharem. Eles estavam fazendo um cozido com cenoura, brócolis e repolho. Enquanto Taoshu mexia o cozido com uma colher de pau amarela, Kauã preparava batatas assadas com ovos fritos na fogueira.

Quando fomos comer, percebi que aquele sabor era familiar. Conhecia aquele cozido, meu pai já tinha feito um parecido algumas vezes.

Taoshu me chamou para sentar perto dele e me ensinou a descascar as batatas. Meraki estava sentado ao lado de Jari, eles conversavam sem parar. Meraki era um *tagarela*! Jari o ensinava a fazer arcos e flechas.

Só nessa hora consegui ver direito o sr. Milton. Reparei que ele estava mais afastado do grupo, ainda falando com o cavaleiro Benguê. Quando se aproximou para comer, passou por mim sem falar nada. Estava esquisito e pensativo. O que será que tinha acontecido? Por que ele estava fechado e quieto dessa forma? Será que ele estava triste? Será que foi algo que o cavaleiro Benguê contou para ele?

Fiquei observando, mas fomos mesmo é comer porque, depois de tantas atividades, estava com fome e esse cozido seria um *quitute* e tanto!

A noite estava muito fria, pois, no Reino Cidron, aquela era uma noite de inverno bem gelada. Por isso, fiquei bem perto da fogueira, comendo aquele cozido quentinho naquele lugar aconchegante, ouvindo o barulho da lenha queimando, sentindo o cheiro da fogueira.

Assim que os cavaleiros terminaram de comer, Igor, o cavaleiro musical, pegou um teremim, um instrumento quântico que forma um campo magnético e que é tocado sem contato físico, os sons são produzidos ao aproximar as mãos da antena. Ele tocou uma música bem suave. Ver as suas mãos deslizando pelo ar era impressionante. Ele contou que o teremim foi inventado pelo engenheiro Léon Theremin, em 1920.

Quando terminou, Sten pegou uma gaita e todos se levantaram e começaram a dançar. Era uma dança esquisita, típica deles. Parecia que se divertiam muito. Vi surgirem muitos bluguis azuis e eles começaram a dançar todos juntos. Quando percebi, Meraki estava dançando no meio deles.

— Essa dança não é ótima? É mais que ótima, é bótima! É uma mistura de boa com ótima! — Meraki falou para mim com animação.

Foi um *fuzuê* e tanto. Ao tirar os olhos da grande animação, percebi que o sr. Milton estava ainda num canto falando com o cavaleiro

Benguê. Eles conversavam sem parar e estavam muito envolvidos. Parecia que nem percebiam a nossa existência. O sr. Milton ficou lá, apenas conversando com ele, não falava mais conosco.

Achei estranho e falei para o Aspi:

— Vou tentar me aproximar deles. Vou chamar o sr. Milton para vir se sentar mais perto de nós.

— Não faça isso! Vou contar uma história interessante para vocês.

Nessa hora, Meraki veio se sentar conosco, para ouvir o que Aspi ia contar.

— O sr. Milton e o cavaleiro Benguê são descendentes do povo africano. Seus ancestrais já eram amigos na África, muito tempo atrás. Tudo começou por volta de 1540. Certo dia, quatro amigos foram pescar juntos. Todos eles eram muito importantes naquela região, e tinham realizado coisas grandiosas no seu território. Eles fizeram uma grande pescaria, mas nem se impressionaram muito com isso, eles sempre eram campeões de pesca. Quando concluíram a pescaria, sentaram-se para conversar. Falavam sobre seus sonhos, suas conquistas e seus objetivos. Lembraram-se da grande amizade que existia entre eles, eram amigos havia muito tempo e gostariam que esse sentimento forte entre eles continuasse para seus descendentes. Um deles era casado e sua esposa tinha acabado de ter um bebê, os outros três ainda eram solteiros. Então, combinaram que, não importava o que acontecesse, sempre continuariam amigos. E seus descendentes saberiam dessa forte amizade e poderiam ser amigos também, se quisessem. Então, criaram um código, o Código dos Quatro Munenes. Munene significa "grandes e importantes" no idioma quioco. Assim, todos os seus descendentes, de geração em geração, saberiam que descendiam dos Quatro Munenes e poderiam ser amigos também, se quisessem. Mas nem imaginavam a surpresa que o destino aprontaria para eles.

Aspi fez uma pausa para criar suspense e continuou:

— Enquanto voltavam para a aldeia e se aproximavam de casa, começaram a ouvir gritos e sentir um forte cheiro de fumaça. A aldeia estava sendo atacada. Havia grande destruição e os invasores tinham colocado fogo em algumas casas. Muitas pessoas tinham fugido, muitas outras estavam feridas. Quando os quatro amigos tentaram reagir, os mercenários, que estavam em maior número, fizeram uma emboscada e os capturaram. Eram mercadores de escravizados. Então, os Quatro Munenes foram aprisionados e levados a um navio. Foram presos com correntes e não podiam fazer nada. Dentro do navio ainda podiam avistar as margens da praia. A única coisa que os consolava era saber que alguns tinham conseguido fugir. Quando estavam sendo empurrados para o porão do navio, puderam dar uma última olhada para a sua pátria.

Mais uma pausa, e Aspi prosseguiu:

— O rapaz casado pôde ver a sua esposa e seu filho vivos. A mulher estava em cima de um morro acenando para ele. Ver que a esposa e o filho estavam a salvo proporcionou um pouco de tranquilidade a ele. Sabia, porém, que nunca mais os veria de novo. Olhando para a praia, falou para os amigos: "Sobre as garras do destino eu olho para o pôr do sol do Congo da minha Pátria-Mãe África e aqui me despeço, eu a honro e agradeço por tudo que me deu e por tudo que aprendi. Vou agora para uma terra que não é o meu lugar. Um lugar que a tristeza do acaso me impôs. Com o tempo e o amadurecimento, vou aprender a aceitar minha nova terra, uma terra da qual agora vou fazer parte e vou pertencer. Levo o amor da minha pátria, meus ancestrais e meus costumes dentro da minha alma. Mas vou ver o nascer do sol e o renascer em uma nova pátria. E decido ser feliz. E com as minhas vitórias honro os meus futuros descendentes. E peço que Deus abençoe o meu caminho". No porão do navio, os Quatro Munenes deram as mãos. Estavam muito tristes e sabiam que as coisas ficariam difíceis daquele momento em diante. Mesmo assim, fizeram um pacto: "Nós ainda somos os Quatro Munenes da África, somos amigos para sempre, e somos especiais. Não importa para onde vamos ou quanto tempo passe, nós sempre nos reconheceremos e seremos unidos, ajudaremos uns aos outros e ajudaremos nossos descendentes. Nossa amizade continuará sempre firme. Nossos descendentes sempre conseguirão se identificar e saber que tiveram a honra de descender dos grandes e importantes Quatro Munenes da África".

Aspi tomou fôlego e concluiu:

— Eles criaram esse pacto confidencial e um código secreto que seria passado de pai para filho. Assim, quando os descendentes se encontrassem, se reconheceriam por meio desse código e saberiam da força da amizade dos seus ancestrais. O sr. Milton é um dos descendentes dos Quatro Munenes da África. Quando chegou aqui, por meio do código secreto, descobriu que o cavaleiro Benguê também é um dos descendentes. Esse encontro agora é deles. É um encontro muito especial. Os dois têm muito para conversar, vamos respeitar o tempo da conversa deles. Eles têm os seus destinos e as suas vitórias.

— Existem outros descendentes dos Quatro Munenes da África? — perguntei.

— É provável que sim — respondeu Aspi. — No entanto, não sei quem são. Não conheço o código deles. Mas aqui no Brasil existiram muitos homens importantes daquela época. Descendentes de pessoas escravizadas que foram "grandes e importantes". Todos esses brasileiros foram vitoriosos e importantes, e realizaram grandes feitos.

Aspi desfiou uma lista de nomes:

— Um deles foi Luís Gama, nascido na Bahia em 1830. Ele nasceu livre, mas aos dez anos seu pai o vendeu como escravo. Aos 17 anos, provou que era livre. Estudou e se tornou um advogado sem diploma, libertando mais de quinhentos escravos. Ele se baseou na Lei Feijó, que declarou livre todo africano que chegou ao Brasil depois de 1831. Em 2015, a Ordem dos Advogados do Brasil (OAB) concedeu o título oficial de advogado para Luís Gama. Ele faleceu em 1882. Outro afrodescendente importante foi Machado de Assis. Ele nasceu no Rio de Janeiro em 1839, foi escritor e jornalista. Muitas de suas obras ficaram famosas, como *Memórias Póstumas de Brás Cubas* e

Dom Casmurro. Foi o primeiro presidente da Academia Brasileira de Letras (ABL). Ele faleceu em 1908. André Rebouças, nascido na Bahia em 1838, também merece destaque. Foi um grande engenheiro que viveu até 1898. José do Patrocínio nasceu no Rio de Janeiro, foi farmacêutico e jornalista. Viveu de 1853 a 1905. Para finalizar essa pequena lista de exemplos, destaco também Estêvão Silva, nascido no Rio de Janeiro, foi pintor e desenhista. Ele viveu de 1845 a 1891.

— Que bacana! — exclamou Meraki.

— Além disso, houve muitos artistas e atletas. Todos foram muito importantes e fizeram grandes realizações. O sr. Milton tem suas realizações. Ele estudou muito, se dedicou e hoje é um professor reconhecido mundialmente, com mais de oitenta milhões de livros vendidos. O cavaleiro Benguê é descendente de um dos Quatro Munenes da África. É engenheiro e um grande cientista. Inventou várias máquinas e criou a bomba contra pensamentos negativos. É um grande Cavaleiro de Cidron. Todos eles merecem nossa profunda admiração.

— Ainda bem que a escravidão já acabou! — comentei.

— Sim! Você se lembra das aulas de História? A princesa Isabel, filha de Dom Pedro II, assinou a Lei Áurea no dia 13 de maio de 1888, concedendo a libertação de todos os escravos. E aboliu a escravidão no Brasil.

— Ufaa… Porque isso de escravidão é muito triste — Meraki suspirou.

— Triste mesmo, Meraki! Cerca de quatro milhões de africanos foram trazidos para o Brasil. Por isso, precisamos respeitar esse momento do sr. Milton e valorizar as nossas famílias e os nossos ancestrais. Cada um tem a sua família, e as pessoas têm suas dificuldades, suas qualidades e seus defeitos.

Como Meraki estava calado, perguntei:

— No que você está pensando?

— No Luiz Gama! E em sorvete também! Em especial naquele doce parecido com girassol que tem sorvete de chocolate no meio. Aquele que nós comemos no Condado das Libélulas.

— Ah, tá! Pensando em sorvete...

Meraki sempre tentava ser cômico. Ele era sempre engraçado.

— Meraki traz a graça com ele — Aspi comentou.

Mas eu sabia que Meraki tinha falado aquilo só para disfarçar. Ele estava com cara de choro e emocionado com a história dos Munenes, e queria mudar de assunto para não chorar.

Enquanto Aspi contava a história do sr. Milton, Saveda estava sentado ao nosso lado, escrevendo todos os detalhes.

Emanuel se juntou a nós quatro e comentou:

— O Criador dos bluguis azuis não criou só bluguis! Criou o céu e a terra. O Universo e todos os animais e plantas foram criados pelo Criador. Ele dá a chuva sobre a terra e envia água sobre os campos. Todos os Cavaleiros de Cidron obedecem às leis da Jornada do Caminho e amam o Criador dos bluguis azuis. Olhem para cima! Vejam esse céu lindo e todas essas estrelas. Louvem o Sol e a Lua, louvem todas as estrelas luzentes. O Universo tem cerca de duzentos bilhões de galáxias. Uma dessas é a nossa, a Via Láctea, que tem cem bilhões de estrelas.

— São muitas estrelas! — Meraki falou, admirado.

Emanuel foi nos ensinar sobre as constelações:

— Uma dessas estrelas é o Sol. Nosso sistema solar tem oito planetas que giram em torno do Sol: Mercúrio, Vênus, Terra, Marte, Júpiter, Saturno, Urano e Netuno. Desde 2006, a União Astronômica Internacional reclassificou Plutão como planeta anão. No planeta Terra existem três milhões de espécies classificadas. O ser humano é uma dessas espécies, que tem aproximadamente oito bilhões de indivíduos.

O cavaleiro Jari, o indígena, aproximou-se da fogueira e sentou-se ao nosso lado.

Nessa hora, Meraki gritou:

— Olha, uma estrela cadente! Acho que é um sinal de boa sorte!

O cavaleiro Jari deu risada:

— Meraki, você, como outras pessoas de muitos povos, acredita em superstições associadas aos fenômenos do céu e das estrelas. Os povos antigos tinham grande fascinação pelo céu e relacionavam os fenômenos que observavam com seu cotidiano. A passagem de um cometa, um eclipse solar, as fases da lua; tudo era interpretado com alguma simbologia e eles achavam alguma explicação. O medo de alguns desses fenômenos gerou explicações certas vezes associadas a deuses poderosos e a sua ira. As observações celestes, todavia, também podiam ser úteis para determinar as melhores épocas do ano para o plantio, a colheita, a caça, a pesca, além de prever as marés e até planejar o melhor momento para o parto. Com base nas formas e figuras observadas no céu, os povos criavam histórias sobre essas imagens e passavam essas lendas, pela tradição oral, de geração em geração.

"Os povos antigos já utilizavam o gnômon, um relógio solar que data aproximadamente de 3 mil anos antes de Cristo. Era um instrumento constituído por uma haste colocada verticalmente, com a qual podiam observar a sombra projetada pelo Sol. Assim, era possível determinar os pontos cardeais, as estações do ano e as 12 horas do dia, cada uma correspondendo a 2 horas atuais.

Jari continuou:

— Cada civilização teve a sua própria mitologia. Existem descrições das constelações em diferentes culturas: na China, no Egito, na Grécia e até no Brasil.

— No Brasil? — perguntei.

— É, Calib! Os povos originários do Brasil têm sua astronomia. Eles descrevem as constelações, formando figuras imaginárias ligadas pelos pontos das estrelas com as manchas claras e escuras da Via Láctea. A essas figuras são atribuídos significados associados ao cotidiano. A Via Láctea, por exemplo, é chamada pelos indígenas de Caminho da Anta. Para o indígena, tudo que está na terra está no céu, então eles buscam no céu e nas estrelas a compreensão para sua vida. A explicação para a origem do Universo, a criação do ser humano, a relação do grupo com o meio ambiente...

Jari fez uma breve pausa, mas logo continuou:

— As principais constelações indígenas relacionadas aos tupis-guaranis são ligadas às estações do ano. São as constelações da Ema, que é a do inverno, do Cervo, do outono, da Anta, da primavera, e do Homem Velho, que é a do verão. Já a Constelação do Colibri, que lembra o formato de um beija-flor, tem uma importância divina para esse grupo indígena. Das figuras observadas no céu surgiram lendas que foram passadas pelos anciões de geração em geração por meio da tradição oral. Cada constelação tem uma história. Uma bem interessante é a lenda da constelação do Homem Velho. Essa lenda conta que havia um indígena casado com uma mulher bem mais jovem do que ele, mas essa mulher se apaixonou pelo irmão mais novo dele. Para ficar com o cunhado, ela acabou matando seu marido, cortando a perna dele na altura do joelho. Os deuses ficaram com pena do marido e o transformaram em uma constelação.

Nós prestávamos atenção enquanto Jari prosseguia com sua explicação:

— Os povos criam histórias que associam às estrelas no céu. Para os indígenas tupinambás, a principal causa das marés estava associada às fases da Lua. O astrônomo Galileu Galilei, que viveu na Europa entre 1564 e 1642, não reconhecia a Lua como a principal causadora das marés altas e baixas. Ele justificava as marés por meio da rotação da Terra em torno do próprio eixo e da translação ao redor do Sol. Foi só em 1687 que o físico Isaac Newton explicou que, para ele, as marés ocorriam por conta da atração gravitacional entre a Lua e o Sol sobre a superfície da Terra, que é composta, na sua maior parte, de água. Os indígenas brasileiros já sabiam que a Lua era a principal causadora das marés há muito tempo.

— Que legal! Os indígenas ainda prestam tanta atenção às estrelas? — perguntou Meraki.

— Na cidade de São Gabriel da Cachoeira, no extremo norte do estado do Amazonas, foi construído um observatório solar indígena. É um local que favorece a visão das estrelas porque fica bem na Linha do Equador. Esse tipo de observatório é encontrado em todo o mundo. A maioria das civilizações antigas construiu observatórios parecidos. Elas usaram a mesma metodologia e chegaram às mesmas conclusões. Mais recentemente, D. Pedro II, que era apaixonado por ciência, investiu em pesquisas na área da astronomia. E, por causa desse incentivo, foi reconhecido como patrono da astronomia no Brasil. Inclusive, na bandeira brasileira existem 27 estrelas, que representam os 26 estados brasileiros e o Distrito Federal. As estrelas estão distribuídas na nossa bandeira com base na posição das estrelas no céu do Rio de Janeiro no dia 15 de novembro de 1889 às 8h30, momento da Proclamação da República.

Para finalizar, Jari complementou:

— Quando vocês voltarem para casa, poderão observar mais os corpos celestes no aplicativo Stellarium. Ele simula a abóbada celeste em tempo real e a Carta Celeste. Ao contemplarmos a magnitude do céu, é possível perceber a grandiosidade da criação do Criador.

Depois de todas essas explicações, Jari se levantou e foi conversar com outros cavaleiros.

Meraki chamou o cavaleiro Clypeus. Ele queria conversar com ele a respeito de seus pais, porque estava preocupado com alguns problemas.

— Meus pais têm brigado muito, como eu resolvo isso? Tenho medo de eles se separarem!

Clypeus respondeu:

— Crescer na Jornada é aceitar que os pais têm a vida deles independentemente de você, Meraki! Eles têm a história deles, com seus medos, traumas e destinos. Eles são seus pais, você gosta de ambos. Você quer que eles sejam felizes e continuem juntos. Mas você não pode impedir as brigas deles. Você não é culpado pelas brigas, não existe nada que você possa fazer. As brigas deles são escolhas deles. São eles que precisam resolver a questão e decidir a própria vida, você não pode interferir.

Clypeus continuou:

— Seu avô paterno, Calib, fez a Jornada do Caminho quando era criança. Ele foi um Cavaleiro de Cidron e ganhou o direito de usar o chapéu poctop e a colher de pau amarela especial dada pela libélula NoaNoa. Mas ele não é o único membro de sua família conhecido por aqui. Seu tio Jonas também teve muitas aventuras interessantes aqui no Reino de Cidron.

— Que máximo, Calib! Seu avô e seu tio também foram caminhantes. Você sabia? — Meraki disse, com animação.

— Não. Meu pai nunca me contou isso. Por que será? — respondi, meio surpreso.

Supano, que estava perto de nós, comentou:

— Seu avô paterno já esteve aqui. No entanto, o motivo pelo qual fez a Jornada só ele poderá responder... Quando você retornar, converse com seus pais.

— Por que ninguém da minha família tinha me contado sobre o meu avô? — perguntei.

— Você alguma vez quis saber das aventuras dos seus avós?! Alguma vez perguntou isso para o seu pai? As crianças às vezes ficam ocupadas com as suas brincadeiras e se esquecem de se interessar pela origem de sua família. Não têm curiosidade sobre os mais velhos. Os antepassados e ancestrais têm muitas aventuras, dons e talentos. E fizeram muitas jornadas antes de nós. Alguns foram verdadeiros heróis. Você pode usar o chapéu poctop porque seu avô já o tinha conquistado para você antes. Os talentos do seu avô puderam ser úteis agora. Na Jornada do Caminho, podemos usar os talentos, dons e habilidades dos nossos ancestrais. Seu avô já foi um grande caminhante. Foi um grande guerreiro, participou de muitas vitórias e venceu bravamente. Foi quando os cavaleiros o presentearam com o chapéu poctop. Porém, com o passar dos anos, isso acabou sendo esquecido por todos da família. Mas o chapéu poctop estava lá quando você precisou. O heroísmo e a bravura do seu avô estavam à sua disposição. Os dons dos nossos ancestrais estão sempre disponíveis na nossa vida. Só precisamos olhar para eles. Nosso lado guerreiro está sempre dentro de nós.

Emanuel se aproximou e disse:

— Já está tarde. Vamos dormir, meninos.

Aspi se despediu, apontou para cima e falou:

— Mesmo quando dormimos, as guerras continuam no céu.

O sr. Milton continuava conversando com Benguê; parecia que eles tinham muito assunto.

Arrumei o meu cafofo e me preparei para dormir.

— Depois de um dia com tanta *zoeira*, agora quero mesmo é descansar. E de estrelas… Só quero saber das estrelas do meu travesseiro Buruko — Meraki falou enquanto se deitava.

Eu ia perguntar para o Meraki o que ele achava do bóton com esse símbolo no meu chapéu, mas, quando olhei para o lado, ele já estava dormindo, grudado no seu *xodó* de travesseiro.

Comecei a ouvir uma chuva suave e refrescante. O barulho dos pingos caindo foi me acalmando e me relaxando. Fiquei pensando no que representava aquele símbolo no meu chapéu. E o que significava essa Irmandade? Lembrei-me da pergunta que Emanuel tinha feito: Qual era o meu propósito? Eu ainda não sabia responder. Qual seria o verdadeiro propósito disso tudo? E Angélica? Será que estaria conseguindo ajudar a Margarida? Será que os bluguis azuis que a estão ajudando eram suficientes para afastar o bradadorrr… E meu tio, será que já tinha recebido a minha carta?

Eu precisava continuar… Ainda tinha muitos desafios pela frente. Precisava me animar e me encorajar. Eu sabia que precisaria de força e determinação para continuar. Coloquei meu chapéu poctop sobre o rosto e me preparei para dormir.

FIQUEI PENSANDO:

» Desde o momento em que eu deixei minha mochila na barraca, até o momento em que voltei para dormir, eu falei e ouvi 12 palavras de origem africana do vocabulário brasileiro. Quais eram essas palavras?

» Do momento em que fui para as duchas ao ar livre, até ir ao encontro dos 12 Cavaleiros de Cidron perto da fogueira, eu falei e pensei algumas palavras associadas ao frio e às sensações de frio. Quais eram essas palavras?

» Quem será que construiu o primeiro "Observatório Nacional de Astronomia", em 15 de outubro de 1827? Para achar a resposta, eu preciso prestar atenção! Já aprendi com os ensinamentos que Meraki teve com a libélula NoaNoa.

DURANTE O CAMINHO, PODEMOS USAR OS
TALENTOS DOS NOSSOS ANTEPASSADOS.
OS DONS DOS NOSSOS ANCESTRAIS ESTÃO
SEMPRE DISPONÍVEIS NA JORNADA DO CAMINHO.
O NOSSO LADO GUERREIRO ESTÁ SEMPRE
DENTRO DE NÓS DURANTE O CAMINHO.
NO CAMINHO, CADA CAVALEIRO TEM
SEUS TALENTOS E SUAS VIRTUDES.
TODOS SÃO IMPORTANTES.

"No princípio, Deus criou o céu e a terra".
Gênesis 1:1

"Louvai-o, sol e lua; louvai-o, <u>astros</u> brilhantes".
Salmos 148:3 / 149:3

"Espalha a chuva sobre a terra e derrama água sobre os campos".
Livro de Jó 5:10

"Porque a <u>vitória</u> no combate não depende do número, mas da força que desce do céu".
Primeiro Livro de Macabeus 3:19

"Quem de vós, querendo fazer uma construção, antes não se senta para <u>calcular</u> os gastos que são necessários, a fim de ver se tem com que acabá-la?"
Evangelho Segundo São Lucas 14:28

"Suntuosa <u>riqueza</u> haverá em sua casa, e para sempre durará sua abundância".
Salmos 111:3 / 112:3

"Os acumulados pouco a pouco <u>aumentam</u>".
Provérbios 13:11

CAPÍTULO 12

A TRILHA DO CÂNION PIABIRU

Na quinta-feira, acordei quando comecei a ouvir os cavaleiros conversando e senti o cheiro de café. Despertei renovado e disposto. Acho que eram umas 6 horas. Pela fresta da minha barraca, vi quatro cavaleiros: Sten, o grandão, Supano, o amigo dos cavalos, Nikias, o espadachim, e Igor, o músico. Eles estavam em volta da fogueira esquentando um bule de café e fazendo um tipo de panqueca.

Olhei para o lado. Meraki dormia profundamente. Então, comecei a prestar atenção no que os cavaleiros conversavam. Percebi que estavam falando de mim.

— Será que esse Calib será um bom cavaleiro? Será que ele vai ser capaz de realizar essa Jornada? Esse Caminho não é para qualquer um — comentou Igor.

— Eu acho que ele não está preparado, talvez não consiga terminar — disse Sten.

Nikias afirmou:

— Ele não vai ter sucesso. Ainda existem muitos perigos e desafios pela frente. A partir da entrada da Caverna de Berilo nós não vamos mais estar com eles. Dali em diante eles irão sozinhos. Acho que ele não é a pessoa certa para essa tarefa.

Nessa hora, fiquei triste e senti dúvidas. *Eles conhecem os desafios e sabem o que vou precisar enfrentar e estão achando que não vou conseguir... Será que eu não vou conseguir? Será que eles estão certos e eu não vou encontrar o Criador?*

Mas essa insegurança passou logo, porque o cavaleiro Argos, o socorrista, ouvindo o que os outros cavaleiros diziam, aproximou-se rapidamente deles e disse:

— Parem com esses preconceitos! Eu sempre vou precisar lembrá-los de que preconceitos não combinam com o Caminho do Criador dos bluguis azuis? Se o Criador o escolheu para essa missão, é porque sabe que o menino é capaz de conseguir.

Logo ouvimos o som de uma trombeta, tocada por Igor. Foram três toques seguidos. Esse era o sinal de que tínhamos de acordar. Balancei o Meraki para ele acordar e me preparei para sair da barraca.

Já era quinta-feira e queria voltar logo para casa. Meraki foi acordando e disse:

— Sonhei que era o meu aniversário e que eu ganhava um montão de presentes. Vários jogos de computador, muitos brinquedos, acho que eram uns doze presentes. Ganhei até um relógio de ouro, Calib. Justo eu que nem vejo as horas...

— Na verdade, você que precisa dar um presente de aniversário para a Angélica, né? Você prometeu comprar os livros que ela gosta. Lembra? — respondi.

— Eu não prometi nada! Você que me fez prometer.

Meraki e Angélica fazem aniversário na mesma semana. O dele é no dia 20 de abril, o dela, no dia 25. Por isso, as festas dos dois são bem próximas.

Saímos juntos da barraca. Assim que Argos, o socorrista, me viu, aproximou-se e disse para mim:

— Calib, não ligue para o que os cavaleiros dizem! Não ligue, Calib, eles só estão mangando de você!

— Mangando... Mas o que é mangar? — eu quis saber.

— É caçoar — respondeu o cavaleiro.

Meraki apareceu e falou:

— Achei que manga era só uma fruta. Mas também pode ser manga de camisa — e deu risada.

O cavaleiro Taoshu, o médico, trouxe uma bandeja com mangas e entregou-a para Meraki:

— Ouvi dizer que você adora mangas!

— Eu não disse nada! Não fui eu que contei — Aspi se explicou.

Enquanto eles se concentravam nas mangas, comentei com Emanuel:

— Ontem, o cavaleiro Igor tocou um teremim, que é um instrumento musical eletrônico. Isso significa que vocês têm energia elétrica aqui! Por que, então, não têm chuveiros com água quente?

Emanuel começou a rir muito.

— Do que você está rindo? — perguntei.

Emanuel demorou para responder, pois continuou rindo bastante.

— Vocês caíram na história dos cavaleiros. Hahaha... Nós temos luz elétrica aqui. E é claro que temos chuveiros com água quente. Mas os cavaleiros costumam brincar com os principiantes. Vocês perguntaram se tinham chuveiros com água quente?

Me sentindo o mais otário de todos, respondi:

— Não! Não, Emanuel, não perguntamos. Eu imaginei que era assim mesmo.

— Então, Calib, esse já é um aprendizado para os cavaleiros. Tomar decisões baseadas apenas em informações reais e buscar evidências concretas, e não naquilo que você imagina...

Eu estava me sentindo um panaca. Tomei um banho frio, e foi tudo à toa. Tinha chuveiro com água quente. Por que eu não perguntei?

Clypeus, que estava por perto, disse:

— Alguns dos cavaleiros falam sempre assim para os meninos mais jovens. Na verdade, eles sabem que você será um cavaleiro tão bom ou melhor do que eles. Só que eles têm essa mania de brincar e zombar dos garotos. Eles também sabiam que você podia ouvi-los. Apenas queriam testá-lo e desanimá-lo. Eles falam isso para todos os meninos que passam por aqui. Alguns ficam impressionados com esses comentários. Você é muito capaz e corajoso. É dedicado à sua amiga e tem dentro de si muita vontade de encontrar o Criador, e todos aqueles que querem encontrá-lo de verdade, do fundo do coração, conseguem e são vitoriosos. Lembre-se também de que você não está sozinho, o sr. Milton, Aspi e Meraki estão com você. Você já é um grande herói, Calib, conseguiu chegar até aqui. Suas histórias serão contadas em todo o mundo, suas proezas serão muito famosas. Sua Jornada do Caminho será conhecida por muitas crianças e muitos meninos se inspirarão na sua busca. Você já é um vencedor. Não escute as conversas provocativas dos cavaleiros, siga sua missão.

Assim que Clypeus terminou de falar, percebi algo diferente. A estação do ano havia mudado. Agora estava mais quente e, ao olhar para as árvores, vi que estavam floridas. Mas como pode? Ontem, quando fomos dormir, parecia inverno, e agora, ao acordar, era como se já fosse primavera.

Meraki também tinha percebido; chegou perto de mim e perguntou:

— O que aconteceu aqui durante a noite? Ontem fez tanto frio, como é possível hoje estar tão diferente?

— Não sei.

— Que esquisito esse reino! À noite era inverno, e agora amanhece na primavera.

O cavaleiro Supano, o dos cavalos, escutou e disse:

— Vamos, meninos! Temos que ir andando! Vocês perguntam demais. São muito curiosos.

Fomos tomar café com os cavaleiros, agora atentos às dicas de Clypeus. Conforme nos preparávamos para fazer a viagem pelo Cânion Piabiru, Emanuel quis saber:

— Estão prontos, garotos? Vocês acham que vão viajar com os cavaleiros dessa forma?

— Que forma? — perguntei.

— Para viajar com os cavaleiros, vocês precisam se tornar cavaleiros.

Eu estava ao lado do Meraki, e o sr. Milton se aproximou. Aspi voou e pousou no meu ombro direito. Todos os cavaleiros começaram a ficar ao nosso redor, formando um círculo à nossa volta.

O que será que está acontecendo?

— Vocês querem ser Cavaleiros de Cidron? — Emanuel perguntou.
— Sim! — respondi.
Olhei para Meraki e ele também respondeu o mais rápido possível:
— Sim!
Até o sr. Milton concordou.
— Então, rapazes, vocês serão condecorados cavaleiros. Primeiro, porém, precisamos trocar esse seu colete, Calib, você precisa deixá-lo aqui no acampamento dos cavaleiros e trocá-lo pela armadura de um Cavaleiro de Cidron — Emanuel disse.
Um pouco temeroso, falei:
— Mas eu ganhei esse colete da minha mãe. Ela e meu pai fizeram juntos.
— Nós sabemos — disse Emanuel. — Mas, para colocar a armadura, você precisa tirar o colete que a sua mãe fez.
— Mas ela fez com tanto carinho... — resmunguei.
Aspi interferiu:
— Calib! Precisamos fazer essa viagem com os cavaleiros, e todos devem colocar as suas armaduras. Para conseguir sobreviver nessa viagem no Reino de Cidron e enfrentar os escravos do bradadorrr, precisamos ter proteção.
Eu sabia que não tinha alternativa. Precisava tirar o meu colete e deixá-lo ali para poder colocar a armadura dos Cavaleiros de Cidron. Senti uma tristeza profunda. Minha mãe fez o colete com tanto carinho, parecia que dessa forma estaria magoando-a. Parecia que não estava sendo leal a ela. Mas me lembrei das coisas que ela disse: "Filho, use esse colete durante a sua Jornada do Caminho. Mas use-o somente enquanto for necessário. Tenha coragem e siga em frente sempre".
Minha mãe queria que eu tivesse coragem e seguisse em frente sempre. Ela ia querer que eu deixasse o colete e continuasse como um verdadeiro Cavaleiro de Cidron.
Emanuel me encorajou:
— Calib, você vem de uma linhagem de grandes guerreiros. Muitos dos seus ancestrais já passaram por aqui e já fizeram essa jornada antes.

As palavras de Emanuel me convenceram e concordei em tirar o colete. Enquanto o tirava, no entanto, parecia que meu coração doía. Senti um frio na barriga, um arrepio... E fui tirando o colete devagar. Senti muita vontade de chorar. Percebi que Meraki me olhava triste também. Ele sabia que eu estava sofrendo e o quanto aquilo era difícil para mim. Assim que entreguei o colete para Emanuel, percebi uma pequena lágrima escorrendo do meu olho esquerdo. Olhei firme para todos os cavaleiros e enxuguei a lágrima publicamente.

Clypeus, que é o cavaleiro mais emotivo, falou da coragem de assumir as emoções. Um verdadeiro cavaleiro tem a coragem de assumir seus sentimentos.

Pais e mães tricotam coletes para os filhos. São emaranhados de fios, ideias, crenças e valores. Mas um dia as crianças crescem e têm de trocar o seu colete de tricô por uma armadura de cavaleiro. As crianças precisam enfrentar a própria vida e destino. Seguir com suas ideias e suas próprias crenças, além de assumir a responsabilidade por suas escolhas.

Nas histórias famosas de grandes guerreiros como Hércules, Aquiles, Teseu, Jasão, rei Artur, em algum momento eles deixaram os seus coletes e seguiram o próprio destino. Depois, foram vitoriosos com seus feitos e suas bravuras.

Naquele instante me sentia tão incapaz, tão frágil. Estava consciente da minha imperfeição.

Emanuel aproximou-se de Meraki:

— Meraki, você é o primeiro da sua linhagem a passar pelo acampamento dos cavaleiros. Vai iniciar um grande exemplo para os seus descendentes. Eles terão muito orgulho de você e de todas as proezas que realizará. Sua coragem será lembrada por todas as crianças.

Achei estranho aquele comentário, porque Meraki não era nada corajoso.

— Vocês três são cavaleiros muito especiais e muito corajosos. Para seguir a trilha do Cânion Piabiru, vão precisar se equipar com as armaduras.

O cavaleiro Supano trouxe as armaduras, brincado ao entregar a minha:

— Nessa jornada de perigos, esse seu "colete" não ia ajudar muito.

Emanuel olhou para mim, Meraki e o sr. Milton, e disse:

— Coloquem estas armaduras e capacetes.

Fomos vestindo nossos trajes completos. Além da armadura e do capacete, recebemos sandálias, escudos e espadas. No início, parecia que não serviam direito, tudo ficava desconfortável. Eu não me reconhecia dentro daquela armadura.

Aspi estava parado, observando em silêncio. Para ele não havia armaduras nem espadas.

Meraki colocou a armadura, lembrando-se de que seu travesseiro preferido, o Buruko, estava na mochila. Mas ficou quieto e não comentou nada com os cavaleiros. Não queria deixar seu travesseiro preferido no acampamento, sentia que ainda precisava dele.

Vendo que nós três já estávamos de armadura, Emanuel se aproximou e perguntou:

— Vocês querem ser Cavaleiros de Cidron?

— Queremos! — nós três respondemos ao mesmo tempo.

Emanuel pegou um tubo de papelão marrom e, retirando dele uma folha de papel enrolada que estava plastificada, entregou-a para que nós três a lêssemos.

— Este é o Decreto dos Cavaleiros! Leiam e vejam se concordam.

Eu li e concordei. Fazia muito sentido. Olhei para a esquerda, para o sr. Milton, e ele balançou a cabeça positivamente. Virei para a direita e Meraki também fez um sinal de que concordava.

— Então, se concordam, leiam em voz alta o Decreto dos Cavaleiros!

Juntos, nós três nos endireitamos e lemos:

— Eu escolho ser um Cavaleiro de Cidron e percorrer a Jornada do Caminho, me tornando um CAMINHANTE. Decido fazer isso com bravura e honra. Vou respeitar as leis do Criador dos bluguis azuis. Não roubar, não mentir, não matar de forma alguma. Respeitar todos os seres vivos existentes pelo Caminho. Aceitar Jesus como Salvador. Ajudar todos os caminhantes a concluir a sua Jornada do Caminho. Agir sempre com coragem e lealdade.

Assim que terminamos a leitura, todos ficaram em silêncio por algum tempo. Até que Emanuel comentou:

— As leis da Jornada do Caminho são eternas. São iguais em todas as épocas e em todas as culturas pelo Reino de Cidron. São sempre coerentes com a natureza. Mas a principal lei da Jornada é: "Amar o próximo como a si mesmo".

Nesse momento, todos os cavaleiros ficaram em torno de nós. Tiraram suas espadas, apontaram na nossa direção e gritaram:

— Bem-vindos, novos Cavaleiros de Cidron! Que o Caminho te acompanhe!

Eire veio para o nosso lado e disse:

— Lembrem que "O atleta não é coroado se não lutar segundo as normas".

Emanuel pegou dois chapéus poctop, entregando um para Meraki e outro para o sr. Milton. Meraki, todo orgulhoso, finalmente pegou o seu e gritou:

— Agora tenho meu próprio chapéu poctop!

— Podem guardá-los por enquanto. Durante a trilha do Cânion Piabiru vocês só vão precisar das armaduras e dos capacetes — Emanuel explicou.

Supano trouxe os nossos cavalos e os suprimentos. Recebemos água e comida. Ao organizar as provisões, percebi que tinha muita água. Achei curioso, e pensei: *Por que será que precisamos de tanta água?*

Com força, dei um impulso e subi no meu cavalo. Quando Meraki foi subir no cavalo dele, começou a escorregar um pouco. Escorregava de um lado, deslizava do outro. Aspi o ajudou um pouco e ele conseguiu. Mesmo sem querer, Meraki acabou divertindo a todos.

Assim que montamos nos cavalos, Supano disse:

— Calib e Meraki, seus pais vão sentir muito orgulho de vocês!

Iniciamos a cavalgada, e o cavaleiro Taoshu, o médico, foi cavalgando bem ao meu lado. Então, perguntei a ele:

— Se vocês não podem matar, como enfrentam as batalhas e vencem?

— Isso requer muito planejamento e astúcia. Quem sabe um dia vocês possam assistir a uma de nossas batalhas. Os Cavaleiros de Cidron nunca matam qualquer espécie de ser vivo. Os cavaleiros comuns guerreiam e matam em suas batalhas. Nós, porém, não somos cavaleiros comuns. Somos Cavaleiros de Cidron, com dons e talentos especiais dados diretamente pelo Criador dos bluguis azuis. Vencemos as batalhas com nossas habilidades e a proteção do Criador. Aqui no Reino de Cidron somos dotados de bênçãos e livramentos — continuou Taoshu. — O Criador sempre nos livra. Já enfrentamos muitas batalhas. Temos um impressionante sistema de planejamento, astúcia e rapidez, e nele usamos todas as nossas habilidades. Nós prendemos, desarmamos, paralisamos, neutralizamos, mas nunca matamos. Além disso, temos uma perfeita união entre nós. Atacamos em grupo com muita sintonia, somos muito bem treinados.

Após uma pausa, Taoshu concluiu:

— Os livramentos que o Criador realiza são muito interessantes. São lembranças inesquecíveis. Quem sabe um dia vocês poderão assistir a algumas dessas batalhas. Mas essas nossas habilidades só funcionam no Reino de Cidron, não funcionariam na sua cidade.

Em seguida, saiu galopando com seu cavalo, cavalgando ao lado do cavaleiro Supano.

Começamos a nossa cavalgada e o sr. Milton veio nos explicar o que eram os cânions, como era a vegetação, os tipos de percurso. Fiquei animado de ver o sr. Milton explicando tudo com tanta empolgação. Desde que chegamos no acampamento dos cavaleiros, ele praticamente não tinha falado comigo. Estava muito quieto e pensativo. Só conversou com o cavaleiro Benguê. Que bom que ele estava voltando ao normal agora.

Eu estava atento às explicações do sr. Milton quando, de repente, escutei uma espécie de grito agudo de estranha sonoridade. Tinha sido proferido por um gavião, que vinha em grande velocidade na minha direção. Ia me atacar. Senti medo e estremeci. Mas, zuuup...

O cavaleiro Jari foi rápido e audacioso, acertando-o com uma flecha certeira. O gavião caiu no meu colo. Apesar de ter uma flecha imobilizando sua asa, ainda estava vivo. Jari pegou o gavião, retirou a flecha e o colocou no chão. Ele não matou o gavião.

Eu sou meio desconfiado... Fiquei pensando: *Será que ele mirou de propósito na asa para não matar o gavião? Ou será que errou mesmo?*

Aspi, que parecia adivinhar meus pensamentos, disse:

— Calib, se você por acaso está em dúvida... Jari é o melhor arqueiro de todos os reinos. Ele acertou a flecha exatamente onde queria acertar.

— Esse animal foi enviado pelo bradadorrr para atacá-lo, Calib. Ele sabe onde você está. Precisamos ficar atentos — disse Jari.

Kauã, o cavaleiro que fala com os animais, fez um sinal e logo em seguida apareceram muitos passarinhos. Eles ficaram voando ao nosso lado. Eram muito bonitos... Kauã tinha muita ternura com os animais.

— Que bonito o canto dos pássaros! — falei para ele.

— Na verdade, esses cantos são gritos de guerra e de hierarquia. A natureza tem a sua hierarquia. Quando vejo a beleza desses pássaros, lembro-me de uma frase do cientista Louis Pasteur: "Quanto mais eu estudo a natureza, mais fico maravilhado com as obras do Criador. A ciência me aproxima de Deus".

Meraki perguntou para o cavaleiro Nikias, o espadachim:

— Essa trilha é muito longa?

— Não tão longa quanto a distância do Oiapoque ao Chuí...

— E isso é muito longe? — Meraki quis saber.

— Para ir do Oiapoque ao Chuí de carro leva-se 4 dias e 10 horas — explicou Nikias.

Sr. Milton, que estava prestando atenção, interferiu:

— Ele está brincando com você. O Oiapoque é um município que fica no extremo norte do país, no Amapá, na fronteira com a Guiana Francesa. O Chuí, por sua vez, fica no extremo sul, no Rio Grande do Sul, na fronteira com o Uruguai. É uma expressão utilizada para representar uma grande distância, do extremo norte ao extremo sul do país. Esse percurso tem uma distância de 4.175,72 km.

— Mas não vamos cavalgar tanto tempo assim! — Nikias falou, bem-humorado.

Começamos a cavalgar por um percurso bem estreito. Os cavalos precisavam andar lentamente, porque havia muitas pedras e o chão ficou bastante irregular, mas ainda assim eu estava aproveitando o passeio. Um pouco depois, no entanto, começou a ventar muito. O vento assobiava nos meus ouvidos, e eu via Meraki tirando os cabelos dos olhos.

Passamos ao lado de uma grande pedra, bem pertinho dela, porque do outro lado havia um vale profundo. E, quando olhei, o vale bem profundo na imensidão. Fiquei tão concentrado que era como se visse tudo em câmera lenta. Imediatamente depois de cruzarmos a pedra, de repente, começou a fazer um calor insuportável!

Argos, o socorrista, gritou para todos:

— Peguem suas águas! O verão chegou!

Quando acordamos naquele dia estávamos na primavera! E agora, do nada, era verão. Bebemos a água refrescante que havíamos carregado... Mas achei que o calor estava muito forte. Como iríamos aguentar aquele calor todo se ainda tínhamos que percorrer uma longa distância? Olhei para Emanuel, ele estava bem tranquilo, não parecia preocupado com o calorão. Foi quando olhei para o céu e vi uma nuvem se aproximando. Ela se aproximou até ficar em cima de nós, proporcionando uma sombra bem fresquinha. O mais interessante foi o que reparei em seguida: conforme caminhávamos, a nuvem caminhava conosco, na mesma direção e na mesma velocidade.

Meraki também notou isso e veio falar comigo:

— Calib, você reparou nessa nuvem? Ela fica seguindo a gente e faz uma sombra constante.

— É, Meraki, eu percebi.

— Eu acho ótimo, ou bótimo... Mas é meio fora do comum.

— A nuvem nos protege do sol forte. A nuvem permanece sobre nós — Aspi comentou.

O cavaleiro Eire aproximou-se e disse:

— Calib! Aproveite a harmonia dessa trilha, porque o interior da caverna não será tão encantador assim.

— Que tipo de dificuldades vamos encontrar dentro da Caverna de Berilo? — perguntei.

Igor deu risada e respondeu:

— Do tipo monstro.

— É o monstro Cifoseraptor? — Meraki perguntou, assustado.

— Não! — respondeu Igor.

— Ufaa... — Meraki exclamou aliviado.

— Monstros muito mais perigosos do que ele — explicou Igor.

Meraki riu de nervoso, afirmando:

— Acho que já superei algum dos meus medos. Mas, só para lembrar, continuo detestando monstros. Especialmente os do tipo perigoso.

Nikias, o espadachim, disse:

— Você não precisa se preocupar. Vocês ganharam uma espada, não ganharam? Já venceram os truchos guchos, parece que já são bons em enfrentar espinhos...

Meraki veio bem perto de mim e falou baixinho:

— Só de pensar já sinto aquele cheiro de repolho podre. Calib, nós ganhamos espadas, mas não tenho a menor ideia do que fazer com a minha!

Quando paramos um pouco para descansar, peguei o mapa para ver se sabia me localizar. Percebi quais eram os obstáculos no mapa que já tínhamos ultrapassado e verifiquei os que ainda estavam por vir. Fiquei curioso. O que será que ainda iríamos enfrentar?

Aspi notou que eu estava examinando o mapa e falou:

— Às vezes, achamos que já fizemos muito. Mas o que será que o Criador quer que façamos? Existe uma diferença entre o que eu acho que já foi suficiente e o que o Criador dos bluguis azuis acha que é necessário.

O sr. Milton perguntou para Meraki:

— Em que você está pensando?

— Em sorvete! Naquele de girassol, com recheio de chocolate no centro. Que comemos no Condado das Libélulas — Meraki respondeu.

— Está bem... — O sr. Milton não insistiu.

Saveda se aproximou de mim e disse:

— Calib, vou escrever as suas histórias. Você ainda vai viver muitas aventuras. As crianças vão querer saber das suas ousadias.

Parece que foi aí que eu me senti mais corajoso.

— A amiga de vocês, Angélica, não veio ainda? — perguntou Emanuel.

— Ela não veio! Queria muito vir. Mas ficou cuidando da Margarida — respondi.

— Angélica é uma grande guerreira — disse Emanuel — Ela ficou sozinha enfrentando os murmus. Ela vai fazer o possível para ajudar a amiga e está fazendo o trabalho de uma verdadeira heroína. Existem várias formas de heroísmo. Ela está sozinha, fechada em um hospital, persistente, quieta, calada. Mas o importante é que está fazendo a parte dela. Está mantendo-se firme, resistente e forte durante todo o tempo. Ela tem muita bravura e um talento natural para essa missão. Seria muito bom ela vir até o Reino de Cidron algum dia e conhecer as guerreiras de Cidron, as Cristálias.

— É, nossa amiga é uma heroína! — respondi.

— Angélica é uma grande guerreira — repetiu Emanuel. — Existem vários papéis em uma batalha. Cada um tem sua importância. Veja os Cavaleiros de Cidron: quando estamos em uma batalha, cada um tem o seu papel. Somos um grupo e trabalhamos em equipe, unidos para sermos vencedores. Mas cada um é especial. Angélica tem sua missão necessária nessa Jornada. Ela supera seus medos constantemente, inclusive enfrentando o bradadorrr.

— Bbrrrrrrrr — Meraki estremeceu quando Emanuel mencionou o bradadorrr.

— O Criador dos bluguis azuis sempre protege as meninas com carinho. Ele reconhece o valor delas — Emanuel continuou, sem dar bola para Meraki.

— A Angélica nem imagina que está ficando famosa no Reino de Cidron — Meraki falou.

Eu e Meraki demos risada.

— Calib, você sabe o que seu nome significa? — Saveda perguntou.

— Não sei!

— Preciso saber, pois vou escrever sua história e contar suas aventuras.

Aspi entrou na conversa e respondeu:

— Eu sei! Calib significa a justiça, com compaixão e amor.

— Terei muitas coisas para contar sobre isso! Calib, a sua Jornada do Caminho é muito importante e vou juntar suas aventuras à minha preciosa coleção. Seus triunfos vão sobreviver nos meus livros, porque suas vitórias são notáveis. Suas histórias serão famosas e lidas no mundo todo. Agora preciso encontrar um lugar tranquilo para terminar o seu livro, acho que já tenho um bom final para ele.

Nessa hora, um corvo preto misterioso passou voando. Os cavaleiros apontaram para ele.

Kauã, o amigo dos animais, explicou:

— É mais um espião do bradadorrr. Ele sabe da sua missão. Vamos logo!

Com esse alerta, começamos a cavalgar mais rápido. Estávamos percorrendo a trilha quando escutamos um barulho.

— Ouçam esse barulho! — Igor alertou.

Começamos a ouvir um forte barulho de água.

— Estamos perto da cachoeira que fica na entrada da caverna — o cavaleiro continuou.

O ar foi ficando fresco e úmido.

Argos, o socorrista, apontou:

— Vejam, meninos! A entrada para a caverna. Ela fica atrás daquela cachoeira.

Era a entrada da Caverna de Berilo. Eu estava bem cansado, tínhamos cavalgado por bastante tempo. Já estava até cavalgando mais lentamente, de tão cansado. Mas era uma grande alegria e satisfação. Triunfamos até aqui.

Descemos dos cavalos e Meraki, percebendo meu cansaço, aproveitou a oportunidade:

— Vamos, Calib, ânimo! Parece até um velhinho caquético.

Só respondi com uma careta, estava tão cansado que nem quis discutir.

Supano, o cuidador de cavalos, recolheu os nossos cavalos e as armaduras. O cavaleiro Sten, o grandão, avisou:

— A partir de agora, vocês vão seguir a pé e não vão mais precisar das armaduras. Os cavaleiros só acompanham vocês até aqui. Vocês vão caminhar por dentro da caverna até encontrar o rio Doce e o barqueiro.

Nikias, o espadachim, explicou:

— No percurso do rio Doce, vocês precisam parar na encosta Starlite. Lá, peguem a chave do coração. Depois que estiverem com a chave, encontrem o cordeirinho branco. Ele irá levá-los até o Criador.

— O barqueiro vai passar mais orientações — Argos explicou.

Em seguida, Jari orientou:

— Meraki, veja se o arco e as suas flechas estão na mochila.

Conforme fomos arrumando as coisas para seguir sem os cavaleiros, fui até Emanuel e perguntei:

— O que significa esse símbolo nas suas bandeiras?

— No cristianismo primitivo, os cristãos eram muito perseguidos. Então, encontraram um código secreto para se identificarem. Quando um cristão encontrava outro cristão, desenhava um arco virado para baixo. Se a outra pessoa também fosse cristã, para se identificar, completava o desenho fazendo um arco voltado para cima. Concluindo dessa forma, os dois arcos que se cruzavam formavam a figura de um peixe. O peixe tornou-se um símbolo dos cristãos. Em grego, a palavra peixe se escreve ICHTHYS, que é um acrônimo das iniciais da frase "IESOUS CHRISTOUS THEO YIOS SOTER", que significa "Jesus Cristo, filho de Deus Salvador". Assim, o símbolo do peixe feito com dois arcos que se cruzam, contendo as letras I CH TH Y S, tornou-se também um sinal dos caminhantes. Em várias situações Jesus realizou milagres envolvendo peixes. Por duas vezes Ele multiplicou a comida. Ele multiplicou os peixes. Por duas vezes fez o milagre de encher as redes de peixe. Pedro encontrou uma moeda para pagar imposto dentro de um peixe. Quatro dos apóstolos eram pescadores: Pedro, André, Tiago e João. Jesus os convidou a segui-Lo, dizendo que os transformaria em pescadores de homens.

Depois de uma pausa, Emanuel prosseguiu:

— Depois do século III, as perseguições aos cristãos diminuíram, então essa prática não foi mais utilizada. No entanto, aqui, no Reino de Cidron, os caminhantes e todos os que colaboram com os caminhantes utilizam o símbolo do peixe. Por isso, ele aparece nas nossas bandeiras e nas armaduras.

— Até no pingente de Aspi e no bóton do chapéu poctop! — disse Meraki.

— Isso mesmo. Todos os que participam de alguma forma da Jornada do Caminho utilizam esse símbolo. Só que ele não pode ser usado como um amuleto, pois sozinho não oferece nenhum tipo de proteção ou poder. Apenas representa os que amam Jesus.

Emanuel advertiu:

— De agora em diante, prestem atenção! Uma das formas que o bradadorrr usa para dominar é destruir pequenas coisas. Coisas diárias que nem percebemos. São detalhes que passam despercebidos. E, sem notar, as pessoas vão deixando que ele destrua o seu coração e os seus relacionamentos. Cuidado com os detalhes que podem destruir o amor entre as pessoas.

Emanuel concluiu:

— Calib, você escolheu ser um caminhante. Mas, para ser livre de verdade, para poder fazer as próprias escolhas, precisa de algumas coisas. Precisa vencer seus preconceitos, suas crenças negativas, sua baixa autoestima. Precisa ser realmente livre para poder escolher. E, assim, deixar de ser um menino e se tornar um homem.

=== FIQUEI PENSANDO: ===

» Eu precisei deixar o meu colete no acampamento dos cavaleiros! Mas porque Meraki pode levar o travesseiro dele, o Buruko?

» Qual o significado da nuvem na Bíblia?

» O que os peixes podem representar na Bíblia?

» O cavaleiro Argos falou para eu não ligar quando os outros cavaleiros estavam "mangando" de mim. Qual a diferença entre mangar, manga-fruta e manga de camisa?

» Os doze cavaleiros de Cidron tinham várias habilidades. Será que eu tenho alguma dessas habilidades?

UM CAMINHANTE BUSCA INFORMAÇÕES REAIS
ANTES DE DECIDIR "TOMAR BANHO FRIO".
NO CAMINHO, TENHA CORAGEM
E SIGA EM FRENTE SEMPRE.
O CAMINHANTE PODE TROCAR O
COLETE QUE RECEBEU DOS PAIS PELA
ARMADURA DOS CAVALEIROS.
DURANTE O CAMINHO, DEUS SEMPRE
COLOCA UMA PROTEÇÃO SOBRE NÓS,
ESTAMOS PROTEGIDOS POR DEUS.
DURANTE O CAMINHO, NÃO DÊ OUVIDO A
PROVOCAÇÕES ALHEIAS, SIGA A SUA MISSÃO.

"Nenhum atleta será coroado, se não tiver lutado segundo as regras".
Segunda Carta a Timóteo 2:5

"Nunca a coluna de nuvem deixou de preceder o povo durante o dia, nem a coluna de fogo durante a noite".
Êxodo 13:21-22

"O anjo de Deus, que marchava à frente do exército dos israelitas, mudou de lugar e passou para trás; a coluna de nuvens que o precedia pôs-se detrás deles".
Êxodo 14:19

"Olharam para o deserto e eis que apareceu na nuvem a glória do Senhor!"
Êxodo 16:10

"A coluna de nuvem descia e se punha à entrada da tenda, e o Senhor se entretinha com Moisés".
Êxodo 33:9

"Então a nuvem cobriu a tenda de reunião e a glória do Senhor encheu o tabernáculo".
Êxodo 40:34

"Quando se levantava a nuvem sobre a tenda, os israelitas punham-se em marcha; no lugar onde a nuvem parava, aí acampavam".
Números 9:17

"O Senhor desceu na nuvem e falou a Moisés".
Números 11:25

"O Senhor desceu na coluna de nuvem e parou à entrada da tenda".
Números 12:5

"...ó Senhor, que vossa nuvem está sobre eles e marchais diante deles de dia numa coluna de nuvem, e de noite numa coluna de fogo".
Números 14:14

"Falava ele ainda, quando veio uma nuvem luminosa e os envolveu".
Evangelho Segundo São Mateus 17:5-6

"Ei-lo que vem com as nuvens. Todos os olhos o verão".
Apocalipse 1:7

"Tomai, portanto, a armadura de Deus, para que possais resistir nos dias maus e manter-vos inabaláveis no cumprimento do vosso dever".
Carta aos Efésios 6:13

"E o segundo, semelhante a este é: Amararás teu próximo como a ti mesmo".
Evangelho Segundo São Mateus 22:39

"...amarás ao Senhor teu Deus de todo o teu coração, de toda a tua alma, de todo o teu espírito e de todas as tuas forças".
Evangelho Segundo São Marcos 12:30

"Este é o meu mandamento: amai-vos uns aos outros, como eu vos amo".
Evangelho Segundo São João 15:12

"Se cumprirdes a Lei régia da escritura: Amarás o teu próximo como a ti mesmo".
Carta de São Tiago 2:8

"E disse-lhes: Vinde após mim e vos farei pescadores de homens".
Evangelho Segundo São Mateus 4:19

"Mandou, então, a multidão assentar-se na relva, tomou os cinco pães e os dois peixes e, elevando os olhos ao céu, abençoou-os. Partindo em seguida os pães, deu-os aos seus discípulos, que os distribuíram ao povo. Todos comeram e ficaram fartos, e, dos pedaços que sobraram, recolheram doze cestos cheios".
Evangelho Segundo São Mateus 14:19

"Tomou os sete pães e os peixes e abençoou-os. Depois os partiu e os deu aos discípulos, que os distribuíram à multidão".
Evangelho Segundo São Mateus 15:36

"Mas não convém escandalizá-los. Vai ao mar, lança o anzol, e ao primeiro peixe que pegares, abrirás a boca e encontrarás um estáter. Toma-o e dá-o por mim e por ti".
Evangelho Segundo São Mateus 17:27

"Então, tomou os cinco pães e os dois peixes e, erguendo os olhos ao céu, abençoou-os partiu-os e os deu a seus discípulos, para que lhos distribuíssem, e repartiu entre todos os dois peixes".
Evangelho Segundo São Marcos 6:41

"Tinham também alguns peixinhos. Ele os abençoou e mandou também distribuí-los".
Evangelho Segundo São Marcos 8:7

"Feito isto, apanharam peixes em tanta quantidade, que a rede se lhe rompia".
Evangelho Segundo São Lucas 5:6

CAPÍTULO 13

A CAVERNA DE BERILO

Quando nos aproximamos da beirada da cachoeira, vimos a entrada para uma caverna por trás dela. Finalmente, depois de tanta caminhada e cansaço, chegamos à Caverna de Berilo. A cachoeira era abundante e o som da água caindo era reconfortante. Mantinha meus olhos na cachoeira e nos preparávamos para atravessá-la quando vimos outro daqueles cangurus.

— Vejam, pessoal, outro canguru daqueles! — Meraki falou.

Clypeus, o cavaleiro emotivo, ouviu o comentário de Meraki e perguntou:

— Vocês já conhecem esses cangurus?

— Nós encontramos alguns antes — respondi.

— Os cangurus da Procrastinândia não podem entrar na Caverna de Berilo. Nenhum canguru consegue atravessar a cachoeira. Eles não passam daqui na Jornada do Caminho.

O canguru estava com um balde. Ele pegou água na cachoeira e levou-a até em cima de uma pedra. Lá, fez uma estátua de argila. Depois, quando a estátua estava quase pronta, ele jogou a água do balde nela, desmanchando toda a estátua. Dessa vez, nem perdi meu tempo tentando entender qual era a lógica daquilo.

Falei para o pessoal:

— Vou ganhar tempo e dar atenção ao que realmente tem importância. — E continuei em frente, me esforçando para não me preocupar com o canguru. Por mais difícil que fosse, eu precisava deixá-lo seguir as suas escolhas.

O sr. Milton, com tom de aprovação, falou:

— Que bom! Você está conseguindo avaliar o que realmente tem importância.

— Estou certo em ter essa atitude? É isso mesmo? — perguntei para Aspi.

— Faça o seu caminho e respeite o caminho dos outros.

Emanuel comentou:

— Os cangurus da Procrastinândia ficam grudados em suas vinganças e se destroem. Eles se recusam a aprender. Não conseguem prosseguir.

Aspi sugeriu:

— Calib, mesmo que não seja fácil, "deixe os cangurus da Procrastinândia para trás".

Emanuel nos passou as orientações para a viagem, explicando o mapa e entregando os suprimentos e as lanternas para atravessarmos a caverna.

— Esta fase é bem sombria — ele avisou. — É uma etapa escura e perigosa. Quanto mais perto do Criador vocês estiverem, mais recursos o bradadorrr vai usar para impedi-los de terem sucesso. O bradadorrr vai usar todos a sua volta. Vocês vão atravessar a cachoeira e caminhar pela caverna até achar um rio subterrâneo. Lá, encontrarão um barqueiro que irá levá-los pelo rio Doce. Parem na encosta Starlite, onde devem pegar a chave do coração. Com ela em mãos, encontrem o cordeirinho branco, que irá levá-los até o Criador.

Com ar bem sério, Emanuel finalizou:

— Vocês precisam ter bastante cuidado, pois encontrarão muitos murmus pela frente. Dentro da caverna existem muitos deles. Eles não podem agredir vocês, mas podem prejudicar, atrapalhar. Também há outros monstros de vários tipos. Mas não se preocupem, vocês vão receber muita ajuda dos bluguis azuis, que também vão estar por lá.

Fui preparar minhas coisas. Enquanto organizava a mochila para entrar na caverna, ouvi uma voz que soou assustadoramente próxima. Era um cochicho na mata.

— Eih... Eih... Eik... Eik... Calib, venha aqui!

O som ecoou de dentro da mata. Quando olhei, vi que era um dos copos! Em segredo de todos os outros, ele foi logo murmurando:

— Você vai continuar sendo um bobão? Deixe esse pessoal. Existe outra trilha muito mais rápida e divertida. Eles estão indicando um caminho mais longo. Esse papagaio vai levar você para um caminho perigoso. Para que correr esse risco? E esse Jardineiro que não sabe de nada? E o Meraki, então? Ele só fala mal de você...

Eu retruquei:

— Você é um mentiroso, fica inventando coisas injustas. Fica tentando me colocar contra os meus amigos.

Emanuel escutou o copo conversando comigo e deu um rápido sinal com a mão direita para seus cavaleiros. Três deles vieram imediatamente na direção do copo com espada em punho. Quando olhei de novo, o copo já não estava mais lá. Tinha sumido rapidamente.

Emanuel suspirou:

— Eles fazem isso mesmo, ficam sempre tentando atrapalhar quem quer fazer a Jornada do Caminho.

Nessa hora, ouvi Meraki batendo palmas e dizendo:

— Ehhhh, que surpresa boa!! Ehhhh!! Que surpresa boa!

Era a libélula Oak. Aquela... Bem aquela! Justo aquela para quem precisei construir uma casa nova!

— Oi, Oak! Tudo bem? — perguntei.

Meraki fez festa, começou a brincar com ela e a abraçou:

— Minha amiga!

Ele sempre faz amizades com facilidade.

— Eu fiquei pensando... — disse Oak — Se vocês vão encontrar o Criador dos bluguis azuis, eu quero ir junto. Quero fazer a Jornada do Caminho também, Meraki.

— Que bom que você vai com a gente! — festejou Meraki.

— Oak, você não pode vir conosco! É perigoso! Você vai nos atrapalhar — falei, preocupado.

— Mas eu gostaria de ir junto.

— Só que não vai — insisti. — Você não está preparada!

Ela ficou um pouco triste e voou embora rapidamente.

Meraki me olhou com espanto.

— Como você fez isso com a nossa amiga? Ela ficou chateada e foi embora.

Quando Emanuel percebeu o que fiz, veio me dar uma bronca:

— Calib, você não pode mandar embora alguém que quer fazer o Caminho do Criador. Todos têm o direito de fazer esse Caminho. Você se lembra do Decreto dos Cavaleiros que fez? Ajudar todos os caminhantes a concluírem a Jornada do Caminho. Se ela resolveu ser uma caminhante, precisamos ajudá-la.

O sr. Milton também me repreendeu:

— Realmente, isso não foi justo com Oak. Ela estava tão animada para fazer a Jornada.

— Mais alguém vai me dar bronca? — perguntei, chateado.

Aspi declarou:

— Quando vamos encontrar o Criador, precisamos ajudar todos os que estão na Jornada procurando por ele.

— Mas é perigoso! Não quero correr o risco de prejudicar Oak novamente — retruquei.

— Agora ela já foi embora e nós precisamos ir também. De agora em diante, vocês precisam seguir sozinhos. Boa Jornada para vocês! "Que o Caminho te acompanhe" — despediu-se Emanuel.

— "Que o Caminho te acompanhe" — respondeu Aspi.

O cavaleiro Emanuel ainda alertou:

— Entrar nesse lugar depende de cada um.

Nikias tinha tirado nossas armaduras, mas nos deixou com espadas. Sten, o cavaleiro grandão, trouxe várias blusas de lã e entregou-as para todos nós. Achei estranho, porque estava tão quente... Além disso, nos deu uma blusa adicional. Tentei devolver a blusa de lã a mais, porém ele sorriu e disse:

— Leve essa também.

Então, colocamos todas as blusas nas mochilas. Kauã, o amigo dos animais, nos entregou algumas lanternas. Benguê, o engenheiro, nos deu as bombas contra pensamentos negativos e uma corda, explicando:

— Calib, essas bombas contra pensamentos negativos foram descobertas com a ajuda do seu avô! Ele construiu muitas dessas bombas. Quando voltou da Caverna de Berilo, passou no acampamento dos cavaleiros e deixou essas comigo. Acho que agora serão mais úteis para vocês, vou deixá-las com Meraki. São bombas que, quando explodem, destroem os pensamentos negativos. Podem ser úteis.

— Acho que tudo é útil — disse Meraki.

— Vocês são verdadeiros Ayumis, "aqueles que caminham", que seguem adiante. Boa sorte! — foi a despedida de Taoshu.

Emanuel fez um longo discurso de despedida:

— Meninos, agora vocês vão entrar na escuridão da caverna! Vocês encontrarão desafios que vão desestruturá-los, e isso criará o caos. Vocês terão de enfrentar situações inesperadas, circunstâncias em desordem e condições desconhecidas. Vão passar por experiências sem controle, imprevisíveis. Isso trará o fim da infância. O caos fará vocês entrarem em contato com as suas fraquezas e maldades. Vocês tomarão consciência daquilo que os fragiliza e fragiliza o outro. Vão descobrir seu lado negativo, a sombra dentro de vocês. Perceberão a própria arrogância e seu lado ressentido com a vida, as forças tiranas que existem dentro de vocês... E esse é o desafio! O que vocês podem fazer e construir para vencer isso? Usar a criatividade, encontrar novas soluções, novas habilidade e novos recursos. Olhar para o seu brilhantismo! E se reconectar com a Ordem do Criador.

Emanuel dirigiu-se a mim e continuou:

— Calib, alguns homens da sua família já fizeram o Caminho do Criador. Seus antepassados foram fortes e vitoriosos. Você está ao lado de pessoas boas e que estão torcendo por você. Espero que tenha muito sucesso!

Em seguida, Emanuel deu um raro sorriso e se despediu.

Nós agradecemos por toda a ajuda e nos despedimos:

— Muito obrigado!

— Boa sorte no seu Caminho. Vocês vão vencer! A vitória pertence a quem tem dedicação.

— "Que o Caminho te acompanhe" — falei para todos.

— Vamos, meninos! Vamos tentar a nossa sorte e seguir em frente — o sr. Milton nos apressou.

Assim que atravessamos a cachoeira, depois de brincarmos um pouco com a água, fomos em direção à caverna.

Logo que entramos, ficamos assustados. Como estava escuro! Ainda bem que tínhamos as lanternas que os cavaleiros haviam nos entregado. Percebemos que o ar estava gelado. O clima mudou de repente, era inverno, fazia um frio danado. Tiramos as roupas molhadas e pegamos as blusas de lã. A blusa extra foi guardada em uma das mochilas. Estava muito frio e o ambiente era muito úmido.

A caverna era bastante ampla. Ao entrar, observamos criaturas nas paredes e achamos que fossem morcegos, mas percebemos que, na verdade, eram murmus. Podíamos notar os olhos grandes deles nos espreitando.

O interior da caverna era muito escuro e havia muitos deles. Só conseguíamos ver o brilho dos seus grandes olhos. Brilho que se mexia de lá para cá. Era mesmo assustador. Eles estavam nos olhando e nos seguindo, mas não podiam nos atacar.

Conforme caminhamos para o interior da caverna, a escuridão foi aumentando, e a claridade do lado de fora ficava cada vez menor. O som da cachoeira foi ficando mais distante. A partir de certo ponto, a única luminosidade era a de nossas lanternas e fazia um profundo silêncio. Apurei meus ouvidos para perceber se existia algum som de perigo, mas estava tudo quieto. Tudo tinha se calado. Não ouvia qualquer barulho que pudesse nos ameaçar.

Aspi quebrou o silêncio:

— Ufa! Conseguimos chegar até aqui. Agora vamos para uma nova fase.

Eu não sabia exatamente o que encontraríamos pela frente, mas sabia que uma etapa se iniciava.

O sr. Milton apontou:

— Estão vendo aquelas estruturas? As estruturas rochosas pontiagudas que pendem do teto da caverna são as estalactites. E essas que se elevam do solo das cavernas são as estalagmites. Elas se formam a partir da deposição lenta e contínua de carbonato de cálcio pela água que goteja do teto.

Ficamos observando várias delas.

Meraki perguntou:

— Aspi, me explique uma coisa! Nós não criticamos nem brigamos... Por que existem tantos murmus por aqui?

— Esses murmus são enviados diretamente pelo bradadorrr. Eles podem nos seguir e espionar, mas não podem nos atacar. A não ser que um de nós brigue com o outro.

Nós não nos criticamos nem brigamos. Mas esses murmus foram enviados pelo próprio bradadorrr. Então ele sabe que estamos perto de encontrar o Criador dos bluguis e quer nos impedir, pensei.

Dentro da Caverna de Berilo, os murmus estavam por todos os lados. E eram bem aterrorizantes. Mas era só termos controle. Precisávamos ficar muito atentos.

De repente, começamos a ser atacados. Coisas caíam na nossa cabeça, pulando em cima de nós, vindo em direção aos olhos, picando as pernas. Essas coisas faziam zzzzz nos ouvidos. E mais zzzz... zzzzz... Será que eram apenas ruídos imaginários? Mas nós também as sentíamos pulando em nossas costas. Vi Meraki abanando os braços, tentando afastar aquelas coisas.

— São os murmus? — indagou ele.

— Não! — respondeu o sr. Milton.

— Mas o que é isso, então? O que está nos atacando? — gritei.

— São mosquitos! — respondeu Aspi.

Estávamos sendo atacados por uma nuvem de mosquitos. Eram mosquitos diferentes, muito maiores, com uns 5 centímetros de comprimento e asas bem grandes. As asas eram três vezes maiores que o tamanho do corpo.

— De onde eles vieram? São muitos! — falei.

E zzzz...zzzz... em volta da gente. Peguei meu chapéu poctop e comecei a espantá-los. Eles voavam ao nosso redor por todos os lados. Vi que o sr. Milton e Meraki também estavam atrapalhados com tantos mosquitos em torno deles.

Mas Aspi estava tranquilo, sossegado, e disse:

— A providência divina vai nos ajudar!

Como assim… Do que ele está falando?, pensei.

Nessa hora, Oak apareceu e começou a atacar todos os mosquitos. Percebendo a presença dela, eles começaram a fugir, voando velozmente. As criaturas tinham medo da libélula. Oak foi destruindo todos os mosquitos e nos livrando daquela chateação. Ao perceberem a ação dela, eles foram sumindo, até não sobrar nenhum.

Puxa, foi um alívio! Precisei ser humilde para reconhecer que Oak fez toda a diferença naquela situação e nos ajudou muito. Então, falei:

— Obrigado, Oak! Que bom que você chegou logo.

— Eu nunca fui embora. Acompanhei vocês o tempo todo, sabia que iam precisar de mim em algum momento. E eu sei do meu direito de fazer a Jornada do Caminho — ela declarou com uma risadinha!

Aspi já sabia que ela estava nos acompanhando o tempo todo, e disse:

— Calib, não é você que decide quem está preparado para fazer a Jornada do Caminho do Criador.

— Que bom que você vai conosco, Oak! — exclamou Meraki, que começou a brincar com a libélula.— Foi muito boa a sua ajuda! Aqueles mosquitos enormes de asas estranhas fugiram todos.

Nessa hora, percebi que Oak iria conosco de qualquer forma. Todos já tinham decidido, e a minha opinião não iria mudar nada, pois aquele que decide quem pode fazer a jornada é o próprio Criador.

— Ei, pessoal, minha opinião não serve pra nada? — perguntei.

— Calib, todos nós devemos equilibrar autoestima e vaidade — respondeu o sr. Milton. — Você precisa reconhecer seus méritos, como já fez em diversos momentos na Jornada, mas não pode deixar que isso se transforme em vaidade e arrogância. Não é você que manda em tudo. As coisas não podem ser sempre do jeito que você quer.

— Calib, vai ser muito importante saber equilibrar a baixa autoestima e a vaidade — complementou Aspi.

Não entendi direito o que eles queriam dizer, mas, se Aspi e o sr. Milton estavam dizendo que eu ia precisar de equilíbrio, sabia que ia precisar mesmo.

Continuamos andando até encontrarmos um lugar para dormir. Acordamos na sexta-feira e seguimos nosso percurso por dentro da caverna. Mas, dessa vez, ficamos mais atentos, porque sabíamos que a cada momento poderiam surgir novas trapaças do bradadorrr.

A caverna começou a ficar mais larga e alta. Tinha uns 6 metros de largura e uns 12 metros de altura, com um riacho bem raso no meio dela, de uns 30 centímetros de profundidade. Ficamos do lado esquerdo desse rio.

— Olhem esses desenhos! — Meraki percebeu que nas paredes dessa parte da caverna havia desenhos e chamou nossa atenção para eles.

Os desenhos pareciam ser muito antigos. Em várias partes da caverna vimos desenhos de uma balança.

— A balança é um símbolo de justiça que pesa as boas e as más ações. Mostra o equilíbrio entre dois aspectos antagônicos, a busca da ponderação — o sr. Milton explicou.

Enquanto admirávamos os desenhos, vimos um menino do outro lado da caverna. Era um menino indígena! Ele estava tentando passar por umas rochas estreitas, acho que ele também era um caminhante.

O menino tinha aqueles ornamentos em forma de disco, feitos de madeira barriguda, na orelha e na boca. O sr. Milton explicou que esses ornamentos são chamados de botoques. Como dentro da caverna fazia um frio danado, peguei a blusa de lã que tinha sobrado, atravessei o rio e fui na direção dele.

Assim que entreguei a blusa, ele falou:

— Amburúm! — Depois, apontando com o braço direito a direção das rochas, disse: — Tarú!

— Você quer vir conosco? — perguntei.

Ele não respondeu nada, apenas se enfiou por entre duas rochas estreitas. Foi se apertando e se esmagando entre as rochas, rastejando por uma passagem pequena. Não sei como, mas ele se apertou entre as pedras e atravessou. Conseguiu achar uma saída por entre as rochas estreitas e foi embora.

O sr. Milton, Oak e Aspi também atravessaram o rio e vieram olhar o caminho descoberto pelo menino indígena, mas era muito estreito. O sr. Milton, adulto, não conseguiria passar por ali. Então, cruzamos o rio novamente e voltamos para a margem esquerda dele.

— Aquele menino era Tybaia, um indígena de origem tupi, do povo Krenak — Aspi exlicou. — Seu nome significa "rio manso" ou "rio de águas tranquilas e abundantes". A cidade de Atibaia, em São Paulo, tem esse nome por causa da palavra *tybaia*. Os Krenak são conhecidos pelos tupis como aimorés. Eles vivem às margens do rio Doce.

— Amburúm significa frio. E tarú significa céu. Ele quis dizer que estava com frio, e apontou para o Caminho do Céu. O Caminho do Criador. Ele também é um caminhante. Tybaia já fez esse caminho muito antes de nós.

Fiquei pensando: *Como será que o cavaleiro Stein, o grandão, sabia que precisaríamos de uma blusa a mais?*

Continuamos caminhando até chegarmos ao final da Caverna de Berilo. Mas não encontramos nenhum rio profundo. Não tinha como prosseguir indo em frente, porque à nossa frente e do lado esquerdo havia um paredão com muitas rochas. Do lado direito havia um precipício profundo, mas com um platô estreito à sua frente. Acima desse platô, a mais ou menos 4 metros de altura, em um paredão lateral direito, podíamos ver um túnel. Percebemos que a única saída para continuarmos seria através desse túnel.

Na base desse platô, vimos uma balança gigante de metal que ficava girando continuamente. Sua haste vertical no centro era muito alta, parecia ter 9 metros de altura. E havia no topo dessa haste um peixe azul de metal, igual ao símbolo nas bandeiras dos Cavaleiros de Cidron. Bem pertinho do topo, colocada de forma horizontal, havia uma outra haste. Essa parecia ter uns 8 metros e ficava girando. De cada lado dela tinha uma haste pendurada de uns 5 metros com um grande prato de metal na ponta. Esse prato parecia ter 2 metros de diâmetro. A haste horizontal girava lentamente. E, em determinado momento, enquanto girava, um dos pratos ficava na altura exata da abertura do túnel do paredão direito. Era pelo túnel que o caminho dentro da caverna continuava, e conseguíamos ver que era uma passagem bem estreita. Parecia ser o único caminho, só era possível chegar ao túnel pela balança. Precisaríamos tomar muito cuidado, porque do outro lado da balança havia um precipício bem profundo.

Primeiro, precisávamos subir pelo lado esquerdo em algumas rochas que estavam mais baixas. Depois, teríamos que seguir pelas rochas mais altas, que estavam na nossa frente, até chegar do lado direito, na altura dos pratos. Em seguida, tínhamos de esperar a balança girar, e então, quando um dos pratos estivesse bem próximo, era só pular dentro dele. A balança continuaria girando até chegar na frente da abertura do outro lado, nessa passagem, na continuação da caverna. Nessa hora, era só saltar e se jogar para dentro da abertura do túnel. Pelo menos foi isso que pensamos de início.

— Quem construiu essa balança aqui dentro? Como ela fica girando dessa forma sem parar? — perguntei para Aspi.

— São segredos da Jornada do Caminho.

Todos nós conversamos e concluímos que essa era a única maneira de continuar. Então, resolvemos fazer um sorteio para ver quem iria primeiro. Escrevemos três nomes em papeizinhos, o meu, o do sr. Milton e o de Meraki. Oak e Aspi podiam voar até a abertura superior da caverna sem precisar subir nos pratos da balança.

O primeiro sorteado foi Meraki, depois o sr. Milton. Eu fiquei por último.

Aspi e Oak voaram para o outro lado e ficaram na abertura do túnel nos esperando. Nós três subimos pelas rochas, agachados, nos segurando nas pedras. Aquela superfície áspera machucava as mãos e arranhava um pouco os joelhos, mas chegamos à parte superior.

Meraki se posicionou e ficou esperando o prato da balança chegar perto. Quando um deles chegou bem pertinho, ele pulou. Depois de se posicionar, ele ficou se equilibrando, com os braços levantados na horizontal, praticamente sem se mexer. A balança continuou girando, e, quando o prato em que Meraki estava ficou bem em frente à abertura do túnel, ele pulou.

Aspi e Oak o ajudaram a entrar no túnel.

O segundo a tentar foi o sr. Milton. Assim que ele pulou no prato, a balança começou a girar muito rápido, cada vez mais rápido. Ela ia, desengonçada, para cima e para baixo, quando raspou na parede, arrancando algumas pedras que foram caindo para a profundidade do precipício da caverna. O peso do sr. Milton desequilibrou os pratos e a balança começou a girar aleatoriamente. Ouvimos as pedras caindo e batendo nas rochas do abismo, que parecia bem profundo, mesmo. Pensei que esse caminho poderia ser exclusivo para crianças, talvez o caminho dos adultos fosse outro, por isso a balança estava adaptada para crianças.

Com a velocidade e o nervosismo, o sr. Milton acabou caindo em cima do prato e ficou deitado, segurando-se nas bordas para não despencar no buraco. Quando a balança passou pela frente do túnel, o sr. Milton estava deitado sobre o prato e não conseguiu pular, perdendo a abertura. A balança continuava girando rapidamente e ia para cima e para baixo de forma caótica.

De repente, tive uma ideia: joguei minha mochila por cima da balança, no outro prato. O peso da mochila foi equilibrando a balança, que começou a girar mais lentamente. O sr. Milton conseguiu se levantar e ficou com os braços levantados na horizontal para manter o equilíbrio. Quando se viu bem na frente da abertura do túnel, pulou.

E aí... Que chato! Quando o sr. Milton saiu da balança, o outro prato desceu muito rápido, acabou virando, e minha mochila caiu no fundo do precipício.

E agora? Todas as coisas de que preciso para a caminhada estão na minha mochila..., pensei.

Quase no mesmo instante, Aspi voou lá para o fundo do penhasco para procurá-la. Enquanto isso, fiquei esperando o prato girar, para pular também. *Como sou criança, vai ser tão fácil como foi para o*

Meraki, pensei. Só que, assim que pulei no prato, vários murmus surgiram e começaram a pular no prato em que eu estava. A corrente desse prato desceu rapidamente e a balança girou. Quando o prato chegou na frente do túnel, estava muito abaixo da abertura.

O sr. Milton ainda esticou o braço e gritou:

— Pule!

Mas eu estava muito abaixo, não conseguiria alcançar. Os murmus continuavam pulando e desgovernando a balança. Quando minha mochila caiu no fundo do abismo, ela foi rolando e fez muito barulho, chamando a atenção dos murmus. Eles, que são mandados diretamente pelo bradadorrr, fazem tudo para prejudicar, por isso logo vieram me atrapalhar para que eu não conseguisse alcançar a abertura do túnel. Eles não podiam me atacar diretamente, mas ficavam pulando e pulando no prato da balança onde eu estava. Ficavam me desequilibrando e me prejudicando. De novo a balança girou e não consegui estar na altura correta.

Comecei a escutar *sis briz, sis briz, sis briz*. Fiquei apavorado! Sabia o que aquele som significava. Estava sozinho no prato da balança, meus amigos já estavam todos do outro lado, a salvo. Nessa hora, comecei a escutar:

— Vou destruir você!

Eu tentava me equilibrar para não cair da balança. E, assustado, tentei ver de onde vinha aquela voz. Não conseguia ver ninguém, mas ouvi novamente:

— *Sis briz, sis briz, sis briz*. Vou destruir você.

Aquilo me fez sentir um arrepio de medo. Mas logo Meraki gritou:

— Calib, preste atenção!

Nesse instante, Meraki lembrou que o cavaleiro Kauã, o amigo dos animais, tinha entregado para ele uma corda. Então, ele e o sr. Milton amarraram a corda, vieram para a abertura do túnel e a jogaram para mim. Peguei a corda e me agarrei a ela. Quando o prato girou e ficou na frente da abertura, segurei a corda com firmeza e pulei para fora do prato.

A balança continuou girando e eu fiquei pendurado só pela corda. Alguns murmus começaram a pular na minha cabeça, apertavam o meu braço, fazendo força para que eu soltasse a corda e caísse. Alguns até me faziam cócegas. Tudo para eu soltar a corda. Mas o sr. Milton e o Meraki foram puxando a corda para cima rapidamente. Puxaram, puxaram... E, ufa! Consegui chegar perto da abertura, então os dois agarraram meu braço e me puxaram para dentro.

Aspi apareceu logo em seguida com a minha mochila.

— Ainda bem que o Kauã teve essa boa ideia de me dar uma corda. Ela foi superútil — falou Meraki.

— Como é que os cavaleiros sabiam que íamos precisar de uma blusa a mais para o indígena Tybaia, e como sabiam que íamos precisar de uma corda? — perguntei para Aspi.

— São as providências divinas, Calib.

Respiramos um pouco e fomos nos acalmando enquanto Meraki guardava a corda. Os murmus foram embora aos poucos.

— Vocês perceberam como o equilíbrio é importante na Jornada do Caminho? — perguntou Aspi. — Principalmente o equilíbrio entre a autoestima e a vaidade. Não é bom ter baixa autoestima, mas as pessoas arrogantes e orgulhosas não são bem-vindas no Reino de Cidron.

Conforme fomos adentrando naquela passagem, percebemos que era um túnel bem estreito. Quando abríamos os braços, conseguíamos colocar as mãos nas paredes dos dois lados ao mesmo tempo. E, se nos esticássemos um pouco, conseguíamos tocar no teto. O sr. Milton precisava caminhar encurvado.

Iluminamos o túnel e vimos que as paredes estavam repletas de pedras em formato de losango. Eram pedras azuis brilhantes. Elas ficavam ainda mais azuis e brilhantes quando apontávamos as lanternas na direção delas. Essas pedras estavam por todos os lados das paredes.

— São pedras preciosas? — perguntei.

— Essas pedras se parecem com diamantes azuis — o sr. Milton explicou. — Só que os diamantes não têm formato de losango. Esses diamantes azuis foram lapidados nesse formato e colocados aqui nas paredes de propósito. A palavra diamante deriva do termo grego *adamas*, que significa invencível, para representar a sua dureza. Os diamantes têm alta resistência e dureza. Um diamante só pode ser riscado ou quebrado por outro diamante. Sua estrutura é constituída de átomos de carbono puro. Esses aqui têm a coloração azul devido à presença de boro, que substitui os átomos de carbono na sua formação.

— Eles são muito caros? — perguntou Meraki, curioso.

— Um diamante azul pode custar em torno de 60 mil dólares por quilate, sendo que 1 quilate é igual a 200 miligramas. Esses aqui podem ter um valor incalculável.

— Esses aqui parecem ser bem grandes. Acho que valem muito dinheiro.

Após observar, o sr. Milton disse:

— Esses parecem ser um tipo de diamante bem diferente.

Meraki chegou bem perto de uma das pedras azuis e começou a arranhar em volta dela, para tentar arrancá-la da parede.

— Lembre que precisamos respeitar as regras do Reino de Cidron. Se alguém colocou os diamantes aí, é porque existe algum motivo — Aspi alertou.

Meraki desistiu de arrancar o diamante, suspirou e continuou andando. Teria sido uma boa forma de ficar bilionário depressa!

— Os diamantes azuis são lindos e brilhantes. Mas o lugar deles é aqui — Oak disse para Meraki.

De dentro do túnel estreito começamos a ouvir um barulho de água corrente. Comecei a sorrir. Perguntei ao grupo:

— Será que esse barulho é do rio Doce que os cavaleiros comentaram?

Ficamos todos animados e continuamos em frente. Até que chegamos bem ao final do túnel e olhamos para baixo. Estávamos a uns 2 metros de altura do chão. Então, um a um, pulamos com cuidado. Tínhamos saído da Caverna de Berilo.

Quando pulamos, chegamos às margens do rio. Podíamos ver o céu novamente, era bom respirar com mais facilidade. Ali fora o ar era fresco e revigorante.

Havia várias árvores em volta. Tiramos os tênis e pudemos sentir as solas dos pés descalços em contato com a terra. Fomos conhecer os segredos do lugar. Aquele era um rio subterrâneo que passava por dentro da caverna e depois seguia em frente ao ar livre. Ele tinha uns 15 metros de largura, e parecia bem profundo.

Nesse momento, vi um dos selos verdes brilhantes flutuando sobre a água do rio. Meraki, que estava mais próximo, correu, tirou o selo da água e o entregou para mim. Eu o sequei e o coloquei no meu livro. Assim, ganhei o meu sétimo selo verde.

Aspi declarou:

— Você manteve o equilíbrio na passagem pela balança. Mereceu ganhar o seu selo.

— Calib, este selo é com você! Sei que você conhece esta folha! — o sr. Milton disse, sorrindo.

— Esta eu sei! — respondi. — É uma folha de cajueiro, uma planta típica da região Nordeste. Ajuda muito na economia local porque dele se aproveita a fruta do caju, que tem cor alaranjada, para sucos e geleias, e é riquíssima em vitamina C. Também se aproveita a castanha do caju, que é deliciosa. Até o tronco do cajueiro produz uma resina amarela, conhecida por goma do cajueiro, que também é aproveitada e usada na indústria do papel.

— Calib, você reparou que não encontramos mais nenhum canguru da Procrastinândia?! — indagou Meraki, quando terminei de falar.

O sr. Milton deu risada e falou:

— Emanuel comentou que eles não conseguem chegar até esta etapa. Eles realmente não conseguem atravessar a cachoeira.

— Mas podem existir outros perigos por aqui, do tipo mais perigosos.

Enquanto Meraki imaginava os perigos perigosos, Aspi perguntou:

— O que vocês querem agora?

— Quero descansar em segurança — respondi.

Resolvemos parar um pouco nas margens no rio Doce.

> **FIQUEI PENSANDO:**
>
> » Será que é possível fazer uma maquete de uma balança para a feira de ciência?
>
> » Na vida de um cristão, o que será que significa os "cangurus da Procrastinândia"?

O CAMINHANTE PODE SE SURPREENDER
COM AJUDAS INESPERADAS.
DURANTE O CAMINHO, É
IMPORTANTE TER EQUILÍBRIO.
NO CAMINHO, FAÇA ESCOLHAS QUE
MANTENHAM O EQUILÍBRIO.
DURANTE O CAMINHO, MESMO QUE
NÃO SEJA FÁCIL, DEIXE OS CANGURUS
DA PROCRASTINÂNDIA PARA TRÁS.
NO CAMINHO, A VITÓRIA PERTENCE
A QUEM TEM DEDICAÇÃO.

"Não permitais que meus olhos vejam a vaidade, fazei-me viver em vossos caminhos".
Salmos 118:37 / 119:37

"Estais, pois, preparados, porque, à hora em que não pensais, virá o Filho do Homem".
Evangelho Segundo São Lucas 12:40

CAPÍTULO 14

A FUGA

Peguei o nosso mapa e localizei o rio nele. Emanuel havia nos orientado a achar o rio Doce e esperar pelo barqueiro.

— Então, acho que temos que aguardar aqui! — disse o sr. Milton.

— Agora é só esperar pelo tal barqueiro — completou Meraki.

Ficamos sentados à margem do rio, descansando enquanto esperávamos. Logo apareceu um dos copos. Ele se aproximou de mim e perguntou:

— Quem é esse Criador que você está procurando? Ele não existe! É só uma invenção. Esse papagaio está rindo da sua cara, inventando essa história! Isso não existe! É só uma história que ele inventou para distrair as crianças! Esse seu amigo jardineiro não entende de nada! Faz vocês ficarem acreditando nessas lendas! Já é sexta-feira e você ainda está aqui?

O sr. Milton chegou mais perto de mim e o copo logo fugiu.

— Por que os copos me atormentam? — quis saber.

— Os copos querem influenciar os seus pensamentos, Calib. É só para desviar você do seu propósito.

— Às vezes, tenho dúvidas e penso... Será que os copos têm razão?

— Olhe dentro do seu coração, Calib. Coloque as suas mãos no seu peito e feche os olhos lentamente. Perceba que a beleza da vida está no sentir. Agora, sinta seu corpo, sinta sua respiração. Sinta a natureza a sua volta, o cheiro da mata. Perceba os sons ao seu redor. Ouça o barulho da água do rio. Perceba os sons distantes de você. Sinta o amor pelas pessoas especiais. Sinta o amor pelos seus animais queridos. Lembre-se das pessoas que gostam de você. E, em silêncio, pergunte ao seu coração: "Será que o Criador realmente existe? Será que é para eu continuar a Jornada do Caminho?".

Fechei os olhos. Coloquei as duas mãos no peito e comecei a respirar profundamente. Fui seguindo as orientações do sr Milton. Aos poucos fui me acalmando, ficando mais sereno. Passei a sentir paz, uma calma foi me envolvendo. Minha respiração ficou mais tranquila.

Comecei a prestar atenção no som das águas do rio Doce. Percebi o cheiro das flores. Senti meu corpo relaxando e pensei no Criador, quis muito que ele falasse comigo. Então, comecei a ouvir uma voz que vinha de dentro do meu coração:

— Calib! Você é uma criança bastante especial. Gostaria muito que você viesse me encontrar. Você já venceu várias etapas. Ainda existem alguns desafios, mas sei que você é capaz de conseguir. Você é um vencedor. Tenha um pouco mais de persistência, você vai vencer. Agora falta pouco. Você já está bem perto de mim, por isso, de agora em diante posso ajudá-lo. Calib, eu amo você! Você é muito especial para mim. Caso esteja em perigo, pense em mim com bastante concentração e peça minha ajuda. Eu enviarei a ajuda necessária. Seja feliz!

Naquele momento, me acalmei e tive certeza de que precisava continuar. Sou um caminhante. Senti muita confiança no Criador e sabia que ele iria me ajudar. Ele prometeu que estaria sempre comigo. O Criador estava me esperando. Eu também precisava ajudar a minha amiga Margarida, ela contava comigo.

Respirei bem fundo, abri os olhos e vi que o sr. Milton também tinha escutado o coração dele. Seus olhos estavam fechados, as mãos no peito. Ele respirava bem tranquilamente. Depois, abriu os olhos e falou:

— Calib! Vamos em frente, nós vamos conseguir.

— E aí, vocês dois, sentem-se mais seguros agora?! — perguntou Aspi.

Como ele sabia que tínhamos acabado de conversar com o Criador?

Nesse momento, o indígena Tybaia apareceu do outro lado da margem. Ele estava andando, carregando uma canoa sobre a cabeça.

Em seguida, colocou a canoa no rio e arrumou suas coisas nela. Ele estava usando a blusa que havíamos dado para ele.

Acenei para Tybaia, ele sorriu e acenou de volta. Mas foi logo ganhando tempo. Em seguida pegou suas coisas rapidamente e colocou tudo na canoa. Segurou o remo e seguiu seu caminho pelo rio. Ele foi sozinho em sua canoa, sem o barqueiro. Fiquei observando Tybaia descer o rio sozinho.

Meraki me chamou:

— Vamos! Vamos! O barqueiro chegou.

Cumprimentamos o barqueiro, mas ele não disse nada em resposta, só balançou a cabeça para cima e para baixo, com a cara fechada. Depois, fez um sinal de embarque.

Entramos todos no barco: eu, o sr. Milton, Meraki, Aspi e Oak, nossa espantadora de mosquitos preferida que, independentemente da minha opinião, agora fazia parte do grupo.

Só quando o barco começou a navegar pelo rio o barqueiro falou:

— Fiquem tranquilos! Daqui em diante não existem mais murmus. Os copos também não passam desta etapa. Estamos bem próximos do Criador, por isso existem muitos bluguis azuis livres por aqui. Eles podem ajudar bastante.

A partir daquele local, os bluguis azuis não estouravam mais. Ficavam firmes e cheirosos para sempre. Mesmo assim, eu continuava com um mau pressentimento... Olhei para a margem e vi o copo que tinha tentado me fazer desistir da caminhada. Aquela tinha sido a sua última chance de me fazer desistir. Agora ele não podia mais me atrapalhar e impedir meu encontro com o Criador.

Enquanto seguíamos pelo rio, eu olhava para a margem e observava o copo... Senti uma apreensão inesperada, um arrepio subiu pelo meu corpo. Senti um cheiro de fumaça de escapamento de carro velho. E logo percebi que o bradadorr apareceu do lado do copo. Quando olhei para ele, senti aquele arrepio conhecido. Mesmo com o barco se afastando, eu podia perceber a arrogância banhada pela crueldade e uma nuvem negra em volta dele. Mas permaneci firme. Ele já estava derrotado, tinha fracassado. Eu tinha confiado na existência do Criador e subido no barco. E o Criador era o mais poderoso.

Meraki falou, de repente:

— Sr. Milton, mesmo sem os murmus por perto, é bom não fazer tantas críticas e julgamentos, não é?

— Sim, é melhor não fazer críticas!

— Meus pais me criticam muito e eu não gosto nada daquela sensação. Aí eu me esforço bastante porque quero ser bonzinho e fazer o que eles querem. Faço um esforço danado para fazer as coisas do jeito certo. E depois que eu consegui mudar, não faço mais nada errado. Mas eles continuam me criticando. Eu tento explicar para eles que já mudei, mas não adianta. Eles não me ouvem e continuam com as críticas.

— Algumas pessoas insistem em continuar no passado, Meraki. Mas podemos deixar os murmus do passado e viver com os bluguis azuis do presente. Aprendemos coisas valiosas com o passado que podemos usar para uma vida melhor hoje. Assim, poderemos planejar um futuro melhor.

— Ufa! Não existem mais murmus por aqui! Que alívio! Que sorte!

O barqueiro alertou:

— Meninos, não fiquem tão confiantes, porque o bradadorrr fica à espreita o tempo todo, e ele tem muitos escravos. Os copos e os murmus não podem atravessar o rio, mas existem várias formas de desviar vocês do Caminho. Algumas maneiras são bem disfarçadas. Vocês ainda têm muitos desafios pela frente.

Eu falei, todo confiante:

— Estou atento a todos os perigos. Já me livrei dos murmus e dos copos. Nada vai me desviar do meu objetivo. Vou encontrar o Criador dos bluguis azuis e perguntar para ele como curar a Margarida.

— Espero que a chatinha da Angélica esteja conseguindo ajudá-la — disse Meraki.

— É... Precisamos chegar a tempo — respondi.

— Só de me livrar dos murmus já estou bem aliviado — suspirou Meraki.

O barqueiro voltou a nos alertar:

— Existem muitos tipos de monstros por essa região!

Eu e Meraki estávamos tão aliviados por termos nos livrado dos copos e dos murmus que nem ficamos curiosos sobre esses possíveis perigos. Aproveitei o momento para fazer algumas perguntas para o barqueiro:

— Você sabe se alguém já esteve aqui antes? Alguém conseguiu chegar à Montanha do Discurso e falar com o Criador?

— Alguns já conseguiram. Seu avô, por exemplo, Calib! Ele conseguiu. O pai do seu pai! Ele fez o Caminho da Jornada e conseguiu.

— Você conheceu o meu avô?

Antes que ele pudesse responder, um vento muito forte começou a soprar de repente. O barco começou a descer o rio mais e mais rapidamente, balançando de um lado para o outro.

Meraki foi jogado para a parte de trás do barco e não conseguia se levantar. Oak veio para o meu ombro e grudou em mim. O sr. Milton se segurava com força na borda do barco. Em pé, o barqueiro conduzia a embarcação, afastando-a das rochas com o seu remo e fazendo muita força. Aspi voava de lá para cá, não sabia onde ficar.

Era possível sentir que o barqueiro estava nervoso e com dificuldade de manter o controle do barco naquela velocidade. Com o vento, pedrinhas minúsculas vindas das margens começaram a voar de um lado para o outro em volta do barco. Algumas acertavam a gente e sentíamos pequenas picadas das pedrinhas no corpo. Eu sentia o cheiro de mofo e o frio daquele vento, que fazia um barulho semelhante a um assobio aterrorizante. Folhas voavam de um lado para o outro e traziam poeira junto.

O barqueiro gritou:

— É um vento forte oriental! Um vento dessa direção é sempre ruim.

Foi quando começamos a ser atacados. Algo bateu no meu rosto. Depois, outra coisa bateu com força na minha perna. Olhei para trás e vi criaturas batendo nas costas do Meraki. O sr. Milton tentava se desviar delas, que vinham do alto e de todos os lados, batendo em nós com força. Aspi voava rapidamente, tentando escapar. Oak se escondeu embaixo de um banco, no cantinho do barco.

Um vento forte oriental com pedrinhas dolorosas e agora estamos apanhando dessas criaturas?, pensei. Então uma delas veio e bateu forte no meu braço. Senti uma dor danada.

— Pessoal! De onde estão vindo essas coisas? O que são essas criaturas? — gritei.

— Não podem ser murmus! — gritou Meraki.

Olhei para Oak, encolhida debaixo do banco, e ela falou:

— Dessa vez não são mosquitos...

— Parecem peixes grandes que estão pulando e nos atacando. As criaturas batem em nós e se jogam para dentro do rio novamente — disse o sr. Milton.

— Mas elas estão vindo de cima também — observou Aspi. — Estão nos atacando por cima e por todos os lados.

Fiquei atento, esperando alguma delas me atacar. Quando estava prestes a bater em mim, pulei em cima dela, dei-lhe uns tapas e consegui pegá-la. A criatura soltou um grunhido!

— Vejam! — exclamei, surpreso. — Peguei, venham ver! Vejam que esquisito! É um travesseiro!

O barqueiro explicou:

— São os travesseiros da preguiça! Eles costumam atacar nesta parte do rio. Eles vêm, batem nas pessoas e se jogam no rio novamente.

Com aquele vento todo, as pedrinhas por todos os lados e agora o ataque de travesseiros, o barqueiro não estava conseguindo equilibrar o barco.

— Está difícil, meninos! — ele gritou. — O vento está muito forte! Aqui é a rampa dos travesseiros da preguiça.

Nessa hora, um dos travesseiros agarrou em cheio a perna do barqueiro e ele perdeu o controle do remo. O barco girou e Meraki caiu para fora. Fomos logo tentar ajudá-lo, mas a correnteza era muito forte. Meraki estava tentando nadar, mas ventava muito e alguns travesseiros continuavam nos atacando. Jogamos uma boia com uma corda para ele, que conseguiu agarrar-se nela. O barco balançava muito, mas segurávamos a corda com força para trazê-lo para perto, puxando juntos.

— Meraki! Segure firme a corda! — gritei.

Ver meu amigo dentro da água com aquela correnteza me deu desespero. Ele já estava bem próximo do barco e íamos puxá-lo para dentro quando vários travesseiros atacaram o barqueiro ao mesmo tempo. Ele se descontrolou de vez, fez um movimento abrupto, o barco girou duas vezes e... Dessa vez... Splash! Eu e o sr. Milton caímos no rio, nos juntando a Meraki.

Oak saiu da parte de baixo do banco e voou depressa para a margem, segurando-se num galho. Aspi voou para cima das árvores.

— Nadem para a margem do rio! — o barqueiro gritou. — Vão para a margem! Preciso continuar para não virar o barco. Depois voltarei para buscá-los.

Olhamos o barqueiro navegando muito rápido, seguindo a correnteza do rio, e vimos que ele fazia muito esforço, de um lado para o outro, tentando manter o barco inteiro. Ainda o vi bater com o remo em alguns daqueles travesseiros. O barqueiro foi se afastando... Seguindo a correnteza.

Meraki me puxou pelo braço, assim consegui me agarrar à boia. Fomos nadando juntos para a margem. O sr. Milton estava um pouco mais atrás, mas conseguíamos vê-lo nadando. Eu e Meraki conseguimos chegar à margem do rio, o sr. Milton veio nadando logo em seguida.

— Vocês estão bem? — o sr. Milton perguntou ao se aproximar.

Oak voou para a margem do rio e veio nos encontrar, enquanto Aspi voava até o meu ombro.

— Estamos! — respondemos.

Ainda ofegantes, molhados e tentando nos recuperar da correnteza, percebemos que vários travesseiros estavam nos cercando e, dessa vez, não estavam sozinhos. Havia várias camas vestidas de pijama e alguns sofás com touca. Eles foram nos encurralando, de modo que fomos capturados por esse grupo. Eles nos prenderam e nos levaram para dentro da mata. Em seguida, confiscaram nossas espadas. O travesseiro que eu tinha capturado no barco veio na minha direção e me deu mais uma pancada na perna.

— Ui! — gemi. — Essa doeu pra valer...

Fiquei olhando, procurando o barqueiro. Foi nesse momento que vi, na margem do rio, um travesseiro todo depenado e desmontado. Mas nem sinal do barqueiro. Agora que ele foi para longe, o que fazer? Para onde esse grupo está nos levando?

O alojamento deles nos surpreendeu, tudo parecia tranquilo. Eles nos levaram a uma área com alguns sofás grandes e bem confortáveis. Havia travesseiros bem cheirosos e fofinhos, várias almofadas coloridas. Um aroma suave de lavanda podia ser sentido no ar. Uma música de ninar tocava baixinho. Era tudo agradável e sossegado, com muitas camas e sofás, até umas redes bem coloridas.

Vi a cama que pegou nossas espadas guardá-las num compartimento dentro de um sofá marrom que ficava mais afastado. Outra cama trouxe chocolate quente para todos nós e nos entregou roupas secas. Eram pijamas! Estavam secos e eram bem fofinhos!

Um dos travesseiros disse:

— Vocês podem descansar por aqui e dormir tranquilamente.

— Não estamos com sono — disse o sr. Milton.

Eu estava em um sofá, Meraki, em outro. O sr. Milton, Aspi e Oak compartilhavam um terceiro sofá. Os sofás ficam todos bem pertinho, de forma que conseguíamos nos ver.

Depois da minha experiência com os copos... Nem cheguei perto do chocolate quente. Percebi que meus amigos também não aceitaram o tal chocolate.

A cama nos perguntou:

— Vocês não estão cansados? Nadaram tanto! Não querem dormir um pouco? Coloquem seus pijamas...

— Aqui, na rampa dos travesseiros, existe muita preguiça — disse um travesseiro. — Nós, os travesseiros Jubas, somos bem preguiçosos. Sempre dormimos primeiro e adiamos os afazeres. Deixamos as coisas para depois. Damos muitas desculpas para não fazer o que precisa ser feito e colocamos a culpa nos outros, sempre achamos que ainda temos muito tempo. Descansar é nossa prioridade. Não gostamos de estudar nem de trabalhar. Aqui é muito tranquilo, nossos sofás são bem confortáveis! Os travesseiros são bem macios e cheirosos. O cheirinho de lavanda delicioso sempre dá um soninho.... Um soninho.... Essa música relaxante vai dando uma vontade de dormir... A preguiça é tão boa!

Conforme a cama e o travesseiro foram falando, a música tranquila e o cheiro gostoso foram realmente provocando moleza, estávamos mesmo cansados de tanto nadar. Fui relaxando, soltando o corpo, ficando tranquilo, com vontade de dormir... Foi me dando um sono, uma preguiça... Fui sentindo uma vontade de fechar os olhos, uma moleza, era difícil me mexer, um sono, uma preguiça. Senti uma vontade de cair num sono bem profundo, e ter um sonho muito bom. Tive a maior vontade de relaxar e ter sonhos maravilhosos!

Mas... Pisquei rápido várias vezes, respirei bem fundo, bati os pés no chão e comecei a me mexer. Comecei a despertar da preguiça. Olhei e percebi que Meraki estava quase adormecendo, já de olhos fechados, bem sonolento.

— Meraki! Meraki, acorde! Não durma! — gritei.

Meraki abriu um dos olhos, só um pouquinho. O outro olho continuou fechado. Ele olhou para mim, muito preguiçoso, e fechou o olho de novo. Vi o sr. Milton já completamente adormecido, com Oak no seu ombro também adormecendo.

— Acorde o sr. Milton! — gritei para Aspi.

Aspi era o único que não se afetava por aquele ambiente, não sentia sono nem preguiça. Nossa amiga cacatua era imune a tudo aquilo. Aspi começou a bater as asas, fazendo barulho e produzindo vento perto deles. O sr. Milton e Oak foram despertando. Quando Oak acordou, voou até Meraki e começou a falar com ele para que acordasse também.

Com todos despertos, perguntei:

— Estão todos acordados? Essas camas, travesseiros e sofás querem nos fazer dormir. Mas precisamos ficar acordados.

— Os travesseiros são os Jubas; eles fazem as pessoas que passam por aqui sentirem muito sono e moleza, até adormecerem — disse Aspi.

— Estou meio lesado. Acho que perdi um pouco da sanidade. Estou com uma preguiça danada — Meraki disse.

— Os Jubas deixam as pessoas zonzas assim mesmo! — respondeu Aspi. — Precisamos ficar acordados e fugir daqui, voltar para a margem do rio Doce, encontrar o barqueiro e seguir nosso Caminho.

Nós cinco ficamos em pé bem depressa, andando rapidamente na direção do rio. Mas um dos travesseiros apareceu na nossa frente e quis saber:

— Aonde vocês vão?

— Nós vamos embora. Obrigado pelos seus sofás. Pegue os pijamas de volta. Não queremos dormir — respondi.

O travesseiro riu. E vários outros travesseiros que estavam em volta riram também:

— Hahaha... Hahaha... Ir embora... Vocês não vão embora. Vocês são nossos prisioneiros!

Nesse momento, muitos travesseiros chegaram perto de nós, uma quantidade enorme deles! Os travesseiros foram se reunindo, um ficando ao lado do outro, se amontoando. Eram muitos e formaram uma muralha enorme de travesseiros. Com o muro de travesseiros erguido, não conseguiríamos passar para encontrar o barqueiro.

Fui em direção à muralha e tentei derrubá-la, mas não consegui. O sr. Milton e Meraki se juntaram a mim. Nós três fizemos um esforço danado para derrubar a muralha de travesseiros. Empurramos, empurramos, mas de nada adiantou. O muro de travesseiros nem se mexeu.

Um dos travesseiros esbravejou:

— Vocês não vão conseguir fugir daqui! Nós não deixamos os caminhantes continuarem a Jornada. Daqui nenhum caminhante consegue continuar a Jornada. A preguiça faz com que todos permaneçam nesta etapa.

— E agora, o que vamos fazer? — perguntou Meraki.

— Eu consigo passar por cima da muralha. Posso voar e pedir ajuda — sugeriu Oak.

— Mas isso pode demorar muito. A Margarida pode estar com problemas. Não podemos demorar tanto — respondi.

Os travesseiros foram nos empurrando na direção dos sofás novamente. Mas dessa vez resolvemos ficar todos juntos no mesmo sofá porque, quando um pegasse no sono, o outro o cutucaria e o acordaria. Imediatamente começamos a bolar um plano de fuga.

— Como vamos sair daqui? — indagou Oak.

— O vento já passou. O barqueiro pode estar do outro lado nos esperando. Só precisamos achar uma forma de passar por essa muralha de travesseiros e correr para o barco — disse Meraki.

— Pessoal, precisamos achar logo uma forma de sair daqui — falei. — Se ficarmos muito tempo nesse lugar, vamos acabar adormecendo. Precisamos de um plano.

Começamos a ouvir:

— Ei, ei, ei...

— Vocês estão ouvindo? — perguntou Meraki.

— Ei, ei, ei...

— Eu estou ouvindo! Está vindo de dentro da sua mochila, Meraki — Aspi falou.

— Ei, ei, ei...

Meraki pegou sua mochila, ainda sem entender o que estava acontecendo. Assim que ele a abriu, o travesseiro preferido dele, Buruko, saiu de dentro dela.

— Oi, Meraki! — O travesseiro abraçou o menino. — Como é bom falar com você! Eu sou o seu travesseiro preferido.

Confuso, Meraki disse:

— Oi!

— Aqui na rampa dos travesseiros da preguiça eu consigo falar. E posso dizer o quanto gosto de você — Buruko deu outro abraço em Meraki.

Meraki o abraçou de volta.

— Oi, meu travesseiro preferido!

— Escutem só! Vocês estão com problemas por aqui — disse Buruko. — Acho que posso ajudá-los a resolver isso. Vocês lembram quando foram capturados? Na margem do rio havia um travesseiro todo depenado. Isso ocorreu porque, se você fura um travesseiro Juba, as plumas dele se espalham e ele fica todo desmontado. Aquele travesseiro deve ter sido furado, e suas penas se espalharam. Uma forma de destruir essa muralha de travesseiros é rasgando-os. Assim suas plumas se espalham pelo ar e eles perdem a força.

— Então, esse é um dos pontos fracos deles. E quais são os nossos pontos fortes? Que recursos nós temos para conseguir vencer? — disse o sr. Milton.

— Temos que usar tudo o que possuímos e o que sabemos — respondi. — O giz das portas não vai funcionar nos travesseiros, nem o chapéu poctop. As bombas de pensamento negativo também não vão ser úteis agora.

— Eu tenho o meu travesseiro preferido, o Buruko, e posso contar com ele, mas ele é um só.

— Tive uma ideia! — exclamou Oak. — Vocês têm as sementes da fé? Quando caem na terra, elas se transformam em truchos guchos.

Meraki arregalou os olhos:

— Dessa vez a culpa não vai ser minha! Quero distância dos truchos guchos.

— Eles são nossos inimigos, mas podemos usá-los para destruir os travesseiros Jubas, as camas e os sofás. Os espinhos deles vão furar os travesseiros e, como eles podem girar, vão derrubá-los.

Os travesseiros vão soltar todas as plumas, murchar e perder a força. E as camas e os sofás serão derrubados.

A ideia pareceu interessante. Podíamos jogar as sementes de mostarda amarela no chão. Elas virariam truchos guchos, rolariam sobre os travesseiros e derrubariam as camas e os sofás.

— Nessa hora, até o cheiro de repolho podre vai ser bem-vindo — Meraki afirmou.

— Durante a Jornada, mesmo as coisas que parecem ruins podem ser usadas a nosso favor — disse Aspi.

— Só precisamos correr para o lado certo para que os truchos guchos não nos peguem também. Posso segurar o meu travesseiro preferido para empurrar os truchos guchos contra a muralha, assim não vou machucar as minhas mãos. Também posso usar as flechas que fiz com o cavaleiro Jari. Como ele me ensinou a fazer flechas, podemos fazer ainda mais e usá-las.

— Podemos usar as espadas que os cavaleiros nos deram. Elas também podem rasgar os travesseiros — disse o sr. Milton.

— Mas as camas pegaram nossas espadas e as esconderam — lamentou Oak.

— Sei onde elas estão. Vi quando eles as colocaram dentro do sofá marrom. Eu posso ir buscá-las e entregá-las para o sr. Milton — falei.

— Eu posso bicá-los — Aspi sugeriu.

— Eu posso voar por cima da muralha de travesseiros e avisar o barqueiro para que fique preparado para nos tirar daqui o mais rápido possível! — completou Oak.

Nosso plano estava montado, mas já estava escurecendo, por isso seria melhor escapar no dia seguinte logo cedo. Precisaríamos passar a noite ali.

— E se as camas fizerem vocês dormirem? — Aspi se preocupou.
— Aqui, na rampa dos travesseiros, se vocês adormecerem, vão dormir por uma semana. Eles sabem que vocês estão perto de encontrar o Criador e sabem que vocês vão conseguir! Então, o que eles querem

é usar esse último recurso para tentar adiar, para que vocês levem mais tempo para conseguir.

— Então não podemos dormir, Aspi? — perguntei.

— Não. Se dormirem uma semana, pode ser tarde demais para a Margarida.

— E a Angélica não vai aguentar sozinha tanto tempo! — disse Meraki. — Precisamos encontrar uma solução logo e voltar para casa o quanto antes. Devemos nos manter acordados.

Falei para a turma:

— Vamos combinar de um ajudar o outro: quando um perceber que o outro está quase dormindo, dá um cutucão nele e diz: caminhante! Assim o outro acorda logo. Não vamos poder dormir um minuto! Todos precisamos nos ajudar a ficar acordados. Durante a noite, podemos ajudar Meraki a fazer mais flechas. Trabalhando, ficaremos ocupados e conseguiremos nos manter acordados.

Cada um foi cuidar de suas tarefas. Estávamos determinados a vencer o sono, envolvidos no que tínhamos para fazer. Em certo momento da noite, já bem tarde, vi Meraki se apoiar numa árvore e fechar os olhos.

Fui lá, toquei no braço dele e gritei:

— Caminhante!

Logo ele abriu os olhos e despertou com ânimo e disposição.

Em outro momento, eu estava preparando flechas e fui ficando um pouco mole. Meraki veio, encostou no meu braço e falou:

— Caminhante!

Logo fiquei acordado.

Decidimos vencer a preguiça para ficarmos acordados.

Oak já ia fechando os olhos quando Aspi abanou as asas perto dela.

O sr. Milton começou a encostar a cabeça em um travesseiro, mas Oak foi voando para perto dele, para despertá-lo.

Em outro momento, fui ficando com muito sono, mas Meraki espirrou umas gotas de água no meu rosto, dei risada, despertei e continuei o trabalho. Meraki trabalhava sem parar, estava superconcentrado na produção das flechas e, com determinação, trabalhava, trabalhava, sem ficar cansado. Ele estava superdisposto, não tinha preguiça nenhuma. E fazia suas flechas com muito capricho.

Os travesseiros sussurravam:

— Durma um pouquinho, só um pouquinho, para relaxar.

Eles insistiam nas músicas de ninar, no cheirinho relaxante de lavanda e nas almofadas aconchegantes, e fui sentindo muita preguiça. Levantei-me e fui tomar água, para despertar um pouco. Um dos travesseiros chegou perto de mim e me ofereceu um chocolate quente. Parecia saboroso, mas não aceitei. Ele começou a falar mal do Meraki:

— Você confia mesmo nesse seu amigo? Ele não parece ser tão seu amigo. Ele nem liga pra você. Ah! Ele parece bem mais disposto do que você! Consegue ficar acordado com muita facilidade.

Saí de perto, para que o travesseiro parasse de me incomodar. Pensei no indígena Tybaia e rezei para que estivesse bem e que tivesse conseguido seguir o caminho com segurança.

Continuei trabalhando a noite toda, mas estava muito cansado. Por um momento pensei: *Eu poderia estar em alguma praia...nadando, brincando, me divertindo com meus amigos...* Mas a escolha que me dava mais satisfação naquele momento era estar exatamente ali. E tudo a que eu realmente dava valor era poder viver essa experiência.

Então, me lembrei de Margarida. Sabia o quanto ela precisava de mim. Meu estômago revirou só de pensar na batalha do dia seguinte. Lembrei-me da conversa que tive com o Criador, e isso me deu uma força extra, fui me sentindo mais encorajado e disposto. Comecei a sentir uma energia surgindo nos meus músculos. A preguiça passou. Ficou fácil e continuei a trabalhar com alegria e muita disposição, sabendo da certeza da minha vitória.

Já no sábado, assim que o sol apareceu e o dia clareou, andei nas pontas dos pés. Chamei todos e distribuí as sementes de mostarda amarela. Cada um pegou um pouco. Já eram 6 horas da manhã. Estávamos prontos, era só começar. Mas hesitei.

— O que foi, Calib? Vamos! — disse Meraki.

— Você é o líder! Decida quando começar — pediu Oak.

Eu estava com receio porque, assim que começássemos a batalha da fuga, todos os travesseiros Jubas, as camas e os sofás nos atacariam ao mesmo tempo. Sem falar nos truchos guchos que também estariam por ali. Mesmo assim... Precisávamos sair dali e encontrar o Criador. Era o que precisava ser feito. Devemos fazer o que é necessário, como estudar, trabalhar, ter muita ação e prática. Não tem como escapar. Precisamos cumprir nossas obrigações mesmo quando elas dão muito trabalho.

Esperei o momento favorável. Levantei o braço direito. Todos estavam olhando para mim. Respirei fundo e, num momento de coragem, gritei:

— Já!

Abaixei o braço rapidamente e começamos a batalha. Corri até o sofá marrom afastado e peguei as espadas. Segurei uma delas com firmeza e a joguei para o sr. Milton. Ao mesmo tempo, Meraki pegou as flechas e partiu para o ataque. Todos nós começamos a atacar os Jubas.

Aspi foi bicando os travesseiros. Oak voou por cima da muralha de travesseiros, para chamar o barqueiro. Por um instante fiquei paralisado, sem conseguir jogar as sementes de mostarda.

— Vá, Calib! — o sr. Milton gritou.

Mesmo sabendo do risco e que eu precisaria correr muito, criei coragem e joguei as sementes da fé no chão. Simultaneamente, os outros fizeram o mesmo. Mas dessa vez não foi um descuido ou desperdício, precisávamos dos truchos guchos. E eles surgiram rapidinho.

Os truchos guchos foram aparecendo e girando para todos os lados com seu corpo coberto de espinhos. As bolotas verdes espalharam-se por todos os cantos.

Aspi pegou um dos truchos guchos com o bico, voou por cima da muralha e o soltou lá do alto. Conforme o truchos guchos caíam e giravam sobre a muralha, foram destruindo os travesseiros e abrindo alguns caminhos.

Aspi continuou a levar várias outras bolotas para jogar sobre a muralha.

Meraki aproveitou os buracos abertos, pegou seu travesseiro preferido, segurou-o com as mãos e foi empurrando os truchos guchos que estavam no chão em direção à muralha de Jubas. Os monstrengos furaram os travesseiros, espalhando plumas para todos os lados e alargando o buraco na muralha, criando uma passagem. Quando o buraco ficou grande o bastante, Meraki conseguiu atravessar a muralha para o outro lado.

Enquanto isso, eu e o sr. Milton destruímos os travesseiros que estavam na nossa frente, até chegarmos bem perto da muralha. Nós usávamos as espadas e abríamos espaço entre os travesseiros. Mas algumas camas ficaram muito bravas e se posicionaram diante de nós, de forma que não conseguíamos chegar perto da passagem criada por Meraki.

Já do lado de fora, Meraki atirava várias de suas flechas para destruir muitos travesseiros Jubas. Aspi continuou bicando alguns.

O lugar foi ficando repleto de plumas flutuantes. Formou-se uma nuvem de plumas brancas que quase nos impedia de enxergar.

— Calib! Vamos empurrar as camas, assim conseguiremos chegar na passagem que o Meraki abriu! — gritou o sr. Milton.

Nós dois começamos a empurrar as camas, abrindo uma passagem aos poucos. O sr. Milton conseguiu, se apertando, passar entre duas camas, mas, quando chegou minha vez, uma delas virou de propósito em cima de mim. Quase escapei, mas foi por um triz, e a cama chegou a atingir minha perna. Gritei de dor, senti que a minha perna estava presa e machucada. A cama ficou em cima de mim e eu não conseguia sair de baixo dela. Eu tentava levantá-la, mas sem sucesso.

O sr. Milton e Aspi vieram tentar me libertar. O sr. Milton tentou erguê-la um pouco, mas não conseguiu, então a soltou. Nessa hora, ele prendeu o polegar esquerdo e fez uma careta de dor.

Todos os esforços eram insuficientes. Foi quando Meraki, que já estava a salvo do lado de fora do paredão, voltou e se juntou ao sr. Milton e ao Aspi para me resgatar. Juntos, os três conseguiram levantar a cama o suficiente para que eu pudesse puxar a perna e sair de lá. Fomos todos em direção à passagem, mas eu estava mancando e com dor. Fui me apoiando no Meraki e no sr. Milton.

O Jardineiro olhava para a própria mão, para ver se tinha se machucado muito. Aspi continuava atacando os travesseiros.

Ouvimos Oak nos chamando:

— Venham... Venham, por aqui!

O barqueiro e nossa amiga libélula já estavam nos aguardando. Atravessamos a muralha de travesseiros pela abertura feita por Meraki e seguimos em direção ao rio. Corremos na direção do barco. Vários travesseiros Jubas se juntaram e correram atrás de nós pela passagem. Mas, nesse momento, vários bluguis azuis apareceram! Muitos! Que alívio! Quando os Jubas viram os bluguis azuis, fugiram rapidamente.

Oak tinha procurado ajuda. Além de chamar o barqueiro, pedira ajuda aos bluguis azuis.

— O barqueiro tinha dito que já estávamos muito perto do Criador. Então, eu sabia que existiam muitos bluguis azuis por aqui e fui procurá-los — explicou a libélula.

— É, Calib! Oak acabou ajudando bem! E você não queria que ela viesse — disse Meraki.

— Mas é o Criador que decide quem faz a jornada — afirmou Aspi.

— Mais alguém vai falar mais alguma coisa?! — resmunguei.

Fomos todos para o barco. Meraki e o sr. Milton me ajudaram a pular para dentro da embarcação. Minha perna ainda doía muito, a dor me fazia mancar. Além disso, ainda estava recuperando o fôlego e um pouco trêmulo. De certo modo, foi uma vitória magnífica... Estávamos admirados e impressionados com tudo aquilo.

O barqueiro empurrou o barco com o remo, nos guiando pelo rio Doce.

— Meninos, seus pais teriam ficado orgulhosos de vocês! — elogiou o barqueiro. — Eu disse para vocês terem cuidado! Avisei que haveria distrações. O bradadorrr sempre tenta adiar o encontro com o Criador dos bluguis azuis. O bradadorrr vem para matar, roubar e destruir.

Alguns travesseiros Jubas ainda se arriscaram a pular no barco. Mas o barqueiro bateu em alguns com o remo, impedindo-os de entrar. Já os bluguis azuis ficaram por perto, para que os travesseiros não se aproximassem.

Só quando nos afastamos bastante da rampa dos travesseiros Jubas, e já nos sentíamos mais seguros, é que os bluguis azuis foram embora.

Aspi afirmou:

— Às vezes, existem monstros e perigos que parecem não ser tão assustadores, mas podem prejudicar muito a realização dos nossos sonhos. Porém, quando você tem um compromisso com o Criador, o céu se move a seu favor.

Eu ainda tentava me acalmar. A sensação de flutuar pelo rio com uma correnteza tranquila era muito agradável.

O sr. Milton aproveitou o momento para examinar minha perna machucada, me tranquilizando.

— Calib, foi uma pancada forte, mas não quebrou nada! Sua perna vai ficar só um pouco dolorida por alguns dias e você vai mancar um pouco. Mas vai melhorar logo.

— E a sua mão, sr. Milton? — perguntei.

— Foi só uma torção, vai ficar boa logo, também.

Meraki começou a chorar:

— Meu travesseiro preferido! Ele está rasgado. Os truchos guchos furaram ele.

O barqueiro falou, indicando a parte de trás do barco:

— Pegue aquela maleta lá no fundo, ela tem itens de primeiros socorros e um carretel de linha.

Aspi pegou a linha e, com o bico, costurou o rasgo no travesseiro de Meraki.

O travesseiro do meu amigo ficou inteiro novamente e exclamou:

— Estou consertado! Obrigado! Mas, quando vocês se afastarem mais da rampa dos travesseiros da preguiça, eu não vou mais poder falar com vocês. — O travesseiro preferido se despediu: — Até mais!

Meraki estava feliz com o seu travesseiro consertado, mesmo que agora não pudesse mais conversar com ele.

O sr. Milton o elogiou:

— Você foi um bom arqueiro, Meraki. Venceu muitos travesseiros. Abriu uma boa passagem pela muralha.

Depois, o sr. Milton falou comigo:

— Calib, pegue o mapa! Para onde vamos agora?

— Estamos nesta parte aqui do rio. Emanuel disse que precisaríamos seguir o rio Doce até a encosta Starlite e pegar a chave do coração.

— Sr. Milton, que chave é essa? — Meraki perguntou.

— Não sei, mas o mapa mostra que é nesse local que vamos encontrá-la — o Jardineiro respondeu, apontando para um local do mapa. — Precisamos ir até essa encosta.

Eu só pensava em como seria dali em diante com a minha perna machucada. Estávamos perto do Criador, mas ainda tínhamos de pegar a tal chave do coração. Agora, enquanto estávamos no barco, tudo bem... Mas, quando eu precisasse andar...

— Vocês já fizeram rafting? — o barqueiro perguntou.

— Por quê? — Meraki quis saber.

Olhei para o percurso mais adiante e vi muitas pedras. Comecei a ouvir um barulho bem alto de água. A correnteza ficou muito forte e o barco começou a balançar demais. Começamos a ficar assustados.

— Ai, ai, ai... — gemeu Meraki. — Será que vamos cair de novo?

— Segurem-se e preparem-se para a aventura! — disse o sr. Milton.

O barco seguia cada vez mais rápido, pulando por cima das pedras. Balançávamos de um lado para o outro.

— Segurem-se! — gritou o barqueiro.

Segurei firme na lateral do barco. Encolhi a perna machucada, que ainda doía, e estendi a outra, apoiando o pé para sentir mais firmeza. Vi Meraki com as duas mãos grudadas na lateral do barco. Aspi estava assustado.

— A parte mais alta é agora! — o barqueiro avisou.

Gritamos todos juntos:

— Ahhhh!!!

O barco ficou praticamente na vertical. E, splash... Bateu com força no rio, espirrando água para todos os lados. O baque foi forte, mas o importante é que, desta vez, estávamos todos dentro do barco.

— Estão todos bem? — perguntou o barqueiro. — Agora o pior já passou. Essa parte era a mais perigosa.

— Ainda bem que passou — disse Meraki, todo descabelado.

Estávamos numa parte do rio com muitas rochas, mas agora navegaríamos mais tranquilamente. Depois que deixamos para trás o trecho cheio de pedras, o barco voltou a navegar na calmaria.

— Ufahhh! Conseguimos! Somos verdadeiros caminhantes — festejamos.

— Agora as águas já estão mais calmas — o barqueiro afirmou.

— Mesmo depois de um vento forte, podemos voltar ao percurso correto. Para águas tranquilas o vento me conduz e restaura a minha força — disse Aspi.

Nossa embarcação estava inteira. Mais tranquilo, me ajeitei no barco e, mesmo com a perna machucada, até que fiquei confortável. O cheiro fresco das águas e da mata nas margens do rio era reconfortante.

— Queria ver a Margarida e a Angélica passarem por esse rafting e molharem todo o cabelo. Seria engraçado ver as duas descabeladas — Meraki disse.

O sr. Milton deu risada.

O barqueiro foi parando o barco e avisou:

— Aqui é a encosta Starlite.

Descemos do barco. Eu tive um pouco de dificuldade, mas o sr. Milton me ajudou.

O barqueiro apontou:

— Naquela direção vocês encontrarão a chave do coração. Caminhem até chegar a uma lagoa. Lá vive a octoostra. Vocês precisam mergulhar e encontrá-la, porque é dentro dela que está a chave do coração. — Após uma breve pausa, continuou: — Estão vendo aquela cerca de bambu? Abram aquela porteira! Passem por ela e vão em direção ao bosque. Quando estiverem bem perto dele, sigam 84 passos para a esquerda e verão uma pequena abertura que leva para a parte de dentro. Entrem por essa passagem, e logo vocês perceberão uma trilha de arbustos de fácil acesso, que vai para a direita. Sigam por essa trilha por 75 passos. Parem nesse ponto e afastem os arbustos do lado esquerdo, vocês perceberão uma fenda. Cruzem essa abertura e já avistarão a lagoa. Sigam em direção a ela.

"É só mergulhar e procurar a octoostra. Ela é bem grande, bem vermelha e tem oito tentáculos, é bem fácil localizá-la. Ela lembra um polvo, e no meio dela há uma ostra. Vocês precisam abrir a ostra, é dentro dela que está a chave do coração. Mas vocês devem pegar a chave do coração rapidamente, assim que abrirem a ostra. Com a chave em mãos, sigam em busca do cordeirinho branco.

Voltando-se para mim, o barqueiro avisou:

— Calib! Tenha muito cuidado! O bradadorrr usa a estratégia de dividir para poder governar.

Agradecemos o barqueiro e nos despedimos.

Aspi falou para o barqueiro:

— Que o Caminho te acompanhe!

O barqueiro respondeu:

— Que o Caminho te acompanhe!

Observamos o barqueiro se afastando suavemente, seguindo a correnteza.

— Que perrengues foram esses pelos quais passamos! Depois desse sufoco todo, dá até vontade de tomar um sorvete! — Meraki suspirou.

— Na volta, podemos passar na minha avó e pedir para ela fazer um sorvete em flor para você. Ela vai adorar — disse Oak.

— Eu é que vou adorar!

A libélula sorriu e perguntou:

— Para onde vamos agora?

— Às vezes, no caminho só existe uma direção. Para a frente — Aspi respondeu.

Oak avistou algo que chamou sua atenção e exclamou:

— Vejam, é a canoa do Tybaia! Ele passou por aqui antes de nós.

A canoa de Tybaia estava na beirada da encosta. Mas, com o vento, vários galhos tinham caído por cima dela. Meraki, o sr. Milton, Aspi e Oak foram até a canoa e tiraram os galhos. Por causa do machucado na perna, não fui com eles.

Nesse momento, fiquei sozinho. Foi quando me ajoelhei e fiz uma oração para o Criador. Pedi ajuda, porque estava machucado e não sabia como enfrentaria a octoostra com a perna ferida. O Criador havia prometido que, quando eu estivesse em perigo, era só pensar nele com bastante concentração e pedir ajuda, que ele enviaria o auxílio necessário. Naquela hora, qualquer ajuda seria bem-vinda.

Quando meus amigos voltaram, percebi que Meraki estava diferente. O barqueiro havia falado do monstro da octoostra e ele nem se preocupou. Logo ele, que não gosta de nenhum tipo de monstro.

Quando estávamos nos movimentando para partir, mais um selo verde brilhante apareceu flutuando. Aspi e Oak, alegres, voavam junto com ele. Precisei lembrar onde estava meu livro de jade verde, porque, com tantos contratempos, nem sabia se ele ainda estava inteiro.

Porém, assim que o sr. Milton entregou minha mochila, vi que o livro estava intacto. Meu oitavo selo se colou em uma das páginas.

— Este selo é porque você venceu a preguiça e trabalhou muito, com dedicação. Você mereceu! — declarou Aspi.

O sr. Milton pegou o livro, começou a observar a nova folha e disse:

— Calib, quero que você descubra que folha é essa. Vou dar uma dica. Sinta o cheiro dela.

Eu e Meraki mexemos um pouco na folha para sentir o cheiro e na hora descobrimos.

— Essa folha é de pitanga! — respondi.

— Acertou! — disse o Jardineiro. — Essa é uma folha da árvore de pitanga, ou pitangueira, nativa da Mata Atlântica. Ela dá muitas frutinhas vermelhas, e recebeu esse nome do idioma tupi-guarani, que significa "vermelho rubro". Das folhas é feito um óleo essencial utilizado na indústria de cosméticos.

Guardei meu livro na mochila e seguimos a Jornada.

=== FIQUEI PENSANDO: ===

» O que a Bíblia fala sobre as formigas?

NA JORNADA, PODEMOS DEIXAR OS MURMUS DO PASSADO E VIVER COM OS BLUGUIS AZUIS DO PRESENTE. DURANTE A JORNADA, PRECISAMOS FAZER O QUE É NECESSÁRIO. NA JORNADA, ÀS VEZES EXISTE MUITO TRABALHO NO CAMINHO, É INEVITÁVEL. UM CAMINHANTE, MESMO DEPOIS QUE PASSA POR UM VENTO FORTE, PODE VOLTAR AO PERCURSO CORRETO. DURANTE O CAMINHO, MESMO AS COISAS QUE PARECEM RUINS PODEM SER USADAS A NOSSO FAVOR. NO CAMINHO, DEVE-SE TER CUIDADO COM OS PERIGOS QUE PARECEM PEQUENOS. ÀS VEZES, NO CAMINHO SÓ EXISTE UMA DIREÇÃO. PARA A FRENTE.

"(...) ou como quando o <u>vento do oriente</u>
despedaça as naus de Társis".
Salmos 47:8 / 48:7

"Moisés estendeu sua vara sobre o Egito, e o Senhor fez soprar sobre o país, todo aquele dia e toda aquela noite, um <u>vento do oriente</u>. E chegando à manhã, o <u>vento do oriente</u> tinha trazido os gafanhotos".
Êxodo 10:13

"Em verdes prados ele me faz repousar. Conduz-
-me junto às <u>águas</u> refrescantes".
Salmos 22:2 / 23:2

"<u>Restaura as forças de minha alma</u>. Pelos caminhos
retos ele me leva, por amor do seu nome".
Salmos 22:3 / 23:3

"Vai, ó <u>preguiçoso</u>, ter com a formiga, observa
seu proceder e torna-te sábio".
Provérbios 6:6

"(...) <u>as formigas</u>, povo sem força, que, durante
o verão, preparam suas <u>provisões</u>".
Provérbios 30:25

"Não tenhas <u>preguiça</u> de visitar um doente, pois
é assim que te firmarás na caridade".
Livro do Eclesiástico 7:39

CAPÍTULO 15

A ENCOSTA STARLITE

Assim que o barqueiro partiu, o clima virou e fez-se verão de repente. O sol brilhou bem forte, seguindo seu curso, e o céu ficou limpo e de um azul muito bonito. O tempo estava maravilhoso. Tudo estava tranquilo, sem travesseiros nervosos. Eu conseguia sentir que agora estava bem perto do Criador. Estava emocionado. Sentia uma alegria dentro de mim que não sabia explicar. Era uma sensação de muita confiança e paz. Eu me sentia feliz.

Tínhamos encontrado a canoa do indígena Tybaia e sabíamos que ele estava por perto. Nosso grupo tirou os galhos que haviam caído na canoa dele e todos nós ficamos muito felizes em poder ajudá-lo. Às vezes, na Jornada, ajudamos pessoas pelo caminho sem pensar em ganhar nada em troca, apenas pela alegria de poder ajudar.

Escutamos um barulho nas folhagens e, quando olhamos, era Tybaia. Ele apareceu, tranquilo, carregando algumas frutas.

— Olá! — dissemos, ao mesmo tempo.

Ele sorriu. Felizmente estava bem.

— Você quer vir com a gente? — perguntei.

Ele sorriu, acenando com a mão. Olhou a canoa dele arrumada e falou "tarú", que representa o céu. Deixou sua embarcação ali e seguiu em direção ao interior da mata. O Caminho que ele seguiu era diferente daquele que o barqueiro tinha nos indicado.

— Acho que ele prefere ir sozinho. Ele tem a Jornada dele — Meraki falou.

Estávamos sentados, descansando um pouso, e o sr. Milton colheu algumas frutas para nós. Enquanto comíamos, pegamos o mapa para identificar o local em que estávamos. O mapa mostrava a encosta Starlite, e havia o desenho de uma cerca com uma lagoa bem perto.

— Acho que é essa cerca — disse o Jardineiro. — O mapa mostra que, passando por ela, há uma lagoa bem para o interior do bosque.

— Quando o barqueiro nos disse para pegar a chave dentro da octoostra, imaginei que seria só mergulhar, achar uma ostrinha básica e tirar de dentro dela a chave do coração — comentou Meraki. — Mas, Calib, olhe esse desenho! Isso não é uma ostra simples. É um monstro bem grande. Um monstro vermelho com uma ostra no meio! E tem oito tentáculos, com coisas desenhadas neles que eu nem quero imaginar o que significam! Você sabe que monstros e eu não nos damos muito bem. Eu não sei o que é uma octoostra, mas já não gostei do nome.

Aí, pensei: *Agora ele está parecendo o meu amigo novamente.*

— Calma, Meraki! Quando chegarmos lá, descobrimos como agir — eu disse.

— Está bem. Deixa pra lá.

O sr. Milton se aproximou de mim sem o Meraki perceber e comentou:

— Calib, o Meraki tem razão, não é apenas uma ostra, é um tipo de monstro aquático. E não sabemos nada sobre ele.

Respondi, bem baixinho, para o Meraki não me ouvir:

— Vamos achar a lagoa primeiro, depois descobrimos que tipo de monstro é.

Apesar da minha resposta, eu estava preocupado. Precisávamos pegar a chave do coração de dentro da octoostra. Eu estava com a perna machucada, com dificuldade para andar, o sr. Milton tinha uma lesão no polegar e Meraki tinha muito medo de monstros.

Segundo a orientação do barqueiro, precisaríamos mergulhar na água e pegar a chave dentro da tal octoostra. Como eu conseguiria mergulhar e enfrentar o monstro com a minha perna doendo tanto?

Abrimos a porteira da cerca de bambus e passamos por ela. Seguimos reto em direção ao bosque. Quando estávamos bem na frente dele, demos 84 passos para a esquerda. Foi quando vimos uma pequena abertura que levava para dentro do bosque. Entramos por essa passagem, e logo percebemos uma trilha de arbustos de fácil acesso, que ia para a direita. Seguimos por essa trilha por 75 passos. Paramos nesse ponto e, com as mãos, fomos afastando os arbustos que estavam do nosso lado esquerdo, até encontrarmos a fenda que o barqueiro tinha comentado. Assim que encontramos a fenda, cruzamos a abertura e já avistamos a lagoa. Caminhamos em direção a ela.

Eu tinha conversado com o Criador, então tinha fé de que encontraria uma solução para pegar a chave. A conversa tinha me deixado mais seguro e confiante. Mesmo naquela situação, me sentia tranquilo e equilibrado.

Oak, que tinha se adiantado um pouco, veio voando e avisou:

— Eu sobrevoei a lagoa. Venham por aqui!

Meraki caminhava decidido, sem olhar para trás.

Seguimos a libélula e chegamos à margem da lagoa. Aparentemente, tudo estava sossegado. Era um local calmo e silencioso, até mesmo com alguns pássaros cantando e um aroma agradável da mata ao redor. A água da lagoa estava tranquila, limpa e transparente, não víamos monstro nenhum.

— Calib! Você sabe que não pode mergulhar. Nem o sr. Milton. É o Meraki que precisa fazer isso. Ele tem um talento natural para o mergulho e o físico perfeito para isso — Aspi declarou.

— O Meraki não! — protestei.

— Por que não?

— Porque ele tem medo de monstros — expliquei.

— Mas ele tem enfrentado muitos desafios. Sabe mergulhar muito bem. E tem um ótimo fôlego embaixo da água — argumentou a nossa amiga cacatua.

O sr. Milton entrou na conversa:

— Só um grande herói consegue assumir os verdadeiros medos, Calib. Meraki precisa enfrentar os medos dele.

— Vocês vão ficar falando no meu lugar? Posso decidir por mim mesmo! — declarou Meraki. — Eu tenho muito medo de monstros, sim. Principalmente desse vermelhão com oito tentáculos. Esse é de um tipo de que não gosto nadinha. E o nome dele também é bem ruim. Mas eu sei o que preciso fazer. A Margarida está esperando uma solução, então vou enfrentar o monstro de nome esquisito com medo mesmo! Vou imaginar que vou pegar o meu medo e guardá-lo dentro do bolso. E ele vai ficar lá... guardadinho... Não vai me atrapalhar naquilo que preciso fazer. Eu decido que vou mergulhar, achar a octoostra e pegar a chave do coração.

Ele parou um instante para pensar e completou:

— Mas... Como eu vou abrir a octoostra? Ou como convenço a octoostra a se abrir?

— Meninos! Acho que agora já posso explicar melhor — falou Aspi. — A octoostra tem oito tentáculos. Os pontinhos que vocês viram nos desenhos do mapa são como ventosas que ficam nos tentáculos e grudam nas pessoas. É um pouco difícil soltar-se delas.

— Ahhh... Agora entendi, e fiquei com uma profunda vontade verdadeira de desistir. Que sinistro!

— Espere, Meraki! Temos uma coisa que pode ajudá-lo: as bombas contra pensamentos negativos que os Cavaleiros de Cidron nos deram — lembrou Aspi.

— As bombas que Benguê me deu?

— Exatamente! Assim fica mais simples, Meraki. Você mergulha e, quando chegar perto da octoostra, atira uma das bombas nela. Quando a bomba estourar, a parte do meio da octoostra vai se abrir. Nessa hora, você tem que ser bem rápido, pegar a chave do coração e nadar para longe o mais depressa possível.

— Temos a corda que os Cavaleiros de Cidron nos deram. Podemos amarrar uma ponta dela no Meraki. Quando pegar a chave do coração, ele dá um puxão na corda para nos avisar e nós o tiramos de lá o mais rápido que pudermos — o sr. Milton sugeriu.

Oak também contribuiu:

— Podemos amarrar a outra ponta da corda naquela árvore ali, como segurança. Se ficarmos todos juntos... Seguramos a corda com força e, ao sinal do Meraki, todos puxamos juntos.

Eu estava ouvindo aqueles planos, todos em volta do Meraki. O Jardineiro, a libélula, a cacatua... Todos dando muita atenção para ele. Paparicando-o. Ele era o centro das atenções. Comecei a sentir inveja do Meraki. Era um sentimento de maldade muito ruim. Ele é meu amigo, meu melhor amigo. Sempre contei com ele para tudo. Mas estava com muito ciúme e inveja de tudo aquilo. Não consegui me controlar. Nesse momento de inveja, falei:

— Acho que ele não vai conseguir, não vai dar certo. E eu não vou participar desse plano bobo, não contem comigo. Façam tudo sozinhos que eu não vou participar.

Emburrado, me afastei e fui me sentar perto da árvore na qual Oak disse que ia amarrar a corda. Fiquei lá sentado, em silêncio, de cara fechada, parecido com o cavaleiro Kauã quando ficava de mau humor.

Todos olharam para mim, achando estranha aquela atitude, mas não deram muita atenção. Continuaram com o planejamento das coisas. Continuei sentado com cara de nada, sem ajudar.

O sr. Milton veio até mim para pegar o colar da Margarida que estava comigo. Em seguida, o colocou no pescoço de Meraki. Depois, entregou a ele as bombas contra pensamentos negativos e amarrou uma ponta da corda nele. Oak pegou a outra ponta da corda, veio bem pertinho de mim e amarrou-a na árvore na qual eu estava encostado. Só me afastei um pouco para que ela conseguisse amarrar a corda, mas não disse uma palavra nem ajudei. Estava com muita inveja. E carrancudo.

Oak amarrou a corda respeitando meu silêncio e meu mau humor, não perguntou nada.

Aspi falou para Meraki:

— O que você decidir fazer será bem-sucedido! E a luz brilhará em seu caminho!

Os três seguraram a corda, indicando que Meraki podia mergulhar. Ele subiu na pedra mais alta na beira da lagoa. Porém, antes de entrar na água, virou para trás e olhou para mim. Não disse nada, mas conheço meu amigo, ele estava triste com a minha atitude. Ele ia enfrentar um monstro, e eu sabia que ele tinha um medo danado de monstros. Ele se sentiria mais seguro se soubesse que eu também ajudaria a segurar a corda para tirá-lo da água o mais depressa possível. Mas... Eu não conseguia fazer nada. A inveja era mais forte do que eu. A irritação e o mau humor me dominavam. A inveja tomou conta de mim.

Meraki, então, mergulhou cheio de audácia. Foi nadando até o fundo e logo viu a sombra vermelhona. Com uma coragem que não tinha, foi na direção do monstro. Quando chegou perto dele, viu que era bem assustador, bem maior do que tínhamos imaginado. A octoostra nadou na direção de Meraki com os oito tentáculos estendidos para segurá-lo. Nessa hora, ele atirou as bombas contra pensamentos negativos. Elas explodiram, e a octoostra pulou para trás. No mesmo instante, o centro do seu corpo se abriu.

Meraki viu a chave do coração e pegou-a o mais rápido que pôde. Deu um puxão na corda, sinalizando aos amigos que eles podiam começar a puxar. Eles não perderam tempo e começaram a puxar a corda bem depressa. Queriam tirar Meraki do lago são e salvo o quanto antes.

Vimos Meraki aparecer, já estava nadando na superfície. Sorridente, ele levantou o braço para mostrar a chave do coração já no colar de Margarida.

— Peguei! Eu consegui! Peguei a chave do coração! — exclamou, muito feliz.

Nessa hora, a octoostra apareceu perto da superfície, enrolando um de seus tentáculos em Meraki e puxando-o para o fundo do lago. As ventosas do monstro haviam grudado nele. O sr. Milton, Oak e Aspi puxaram a corda o máximo que puderam, tentando tirá-lo da lagoa, mas a octoostra era muito mais forte e estava grudada em Meraki. Ela deu mais um puxão forte para baixo e Meraki foi para o fundo, sem conseguir respirar.

O grupo fez muita força e, por um instante, trouxe Meraki de volta à superfície. Ele respirou um pouco, tomando fôlego. Mas a octoostra era mais forte, e conseguiu levá-lo para baixo novamente. A octoostra enrolou nele outro tentáculo e o puxou bem para o fundo. A corda foi sendo esticada e o grupo não conseguia segurá-la. Os três também começaram a ser arrastados.

— Gente, não vamos conseguir! Não tenho tanta força assim. Não vamos aguentar! — Oak gritou.

Quando vi meu amigo em perigo, a sensação ruim de inveja foi sumindo. Como se fosse uma fumaça cinza que foi se dissipando para fora de mim e saía pela esquerda. Foi saindo… saindo… Fui me livrando dela e voltando ao meu normal, me libertando daquela sensação ruim.

Mesmo com a perna machucada, fui ajudá-lo, mancando. Cheguei até a pedra de onde Meraki tinha pulado. Quando ele voltou à superfície por alguns segundos, grudado na octoostra, joguei nela uma bomba contra pensamentos negativos que estava comigo. Quando a bomba explodiu, a octoostra pulou para trás e soltou meu amigo. Nesse momento, me juntei ao grupo e gritei:

— Puxem! Puxem! Puxem logo! O mais rápido que conseguirem… Vamos tirá-lo da água o quanto antes!

Meraki veio nadando enquanto a gente o puxava. Ele já conseguia respirar e nadou até a margem. Assim que ele saiu da lagoa, dei um abraço apertado nele. Ficamos ali abraçados, e eu comecei a chorar muito.

Estava com muita vergonha da inveja que tinha sentido. Mas muito feliz ao ver que meu amigo estava vivo e bem. Foi um susto muito grande. Não saberia o que fazer se o perdesse. Eu tinha muita sorte de ter um amigo como ele.

— Sinto muito! — desculpei-me.

— Não foi nada. Você estava numa fase meio trucho gucho — Meraki respondeu, sorrindo.

O sr. Milton, Aspi e Oak não disseram nada, como se estivéssemos todos unidos em pensamento. Só ficaram ali me vendo chorar. Ninguém me criticou nem julgou nenhuma das minhas atitudes inadequadas. Eu já estava arrependido e me sentindo muito mal com toda a feiura do que tinha feito. Precisei entender que, na minha Jornada, para ser herói, eu precisava dar espaço para outros heróis. Fiz uma grande descoberta: um verdadeiro herói ajuda a criar outros heróis.

— O que me fragilizou foi sentir inveja do meu amigo — expliquei ao grupo. — Essa fragilidade colocou a vida do meu amigo em risco. A minha fragilidade quase fragilizou outra pessoa. Foi bem ruim perceber a minha maldade.

— O ser humano tem consciência da sua maldade e da sua crueldade — Aspi disse. — Sabe quando está fazendo mal para o outro. Essa maldade vem do afastamento do amor do Criador. Estamos afastados do amor de Deus.

O sr. Milton falou:

— Só quando você conhece as suas falhas é que você se transforma... Então você começa a transformar o mundo.

— Quando você se transforma e se liga a Jesus, você se reconecta com o grande objetivo que é voltar a caminhar ao lado de Deus — acrescentou Aspi.

Meraki me observava e me ouvia atentamente, sem falar nada. Ele tinha realizado um grande feito. Em seguida, Meraki nos mostrou a chave do coração, ela tinha uma aparência fantástica. Era dourada, com uns 10 centímetros de comprimento, e, na ponta, havia uma bola de cristal que ficava dentro de um aro de ouro polido. Meraki pegou o colar da Margarida, no qual havia pendurado a chave, e o colocou de novo no meu pescoço. Depois, disse:

— Vamos embora logo daqui!

Começamos a seguir em frente, mas ouvimos um barulho de algo se arrastando. Um som esquisito. Apuramos os ouvidos para escutar melhor. Quando todos nós olhamos para a lagoa, arregalamos os olhos quando vimos um dos tentáculos da octoostra segurando-se nas pedras e saindo da água.

Ouvimos um splash. E outro splash! Splash! E vimos a octoostra que Meraki tinha enfrentado saindo da lagoa. Então começaram a aparecer outras octoostras em várias partes da lagoa.

— Tem mais de uma octoostra ou estou delirando? — perguntei para Aspi.

— Pelo que eu estou vendo, até agora são quatro, Calib... Splash... Splash...

— Corrigindo, até o momento estou vendo cinco octoostras! — exclamou Aspi.

— O senhor não tinha dito que a gente encontraria um monstro aquático? — perguntei para o sr. Milton.

— Sim... Mas, ao que parece, as octoostras também andam na terra. Splash... Splash...

— Agora são seis — falou Aspi.

— Vamos embora daqui, rápido! — disse Oak. — Acho que as bombas contra pensamentos negativos acordaram várias delas, e todas estão bravas agora, saindo da lagoa bem raivosas.

— Corram, corram! — gritou Meraki.

Saímos correndo a toda velocidade. As octoostras saíram da lagoa e começaram a nos perseguir. Elas conseguiam ficar fora da água e se deslocavam rapidamente em terra firme.

Oak e Aspi voaram, estavam mais seguras. Mas eu não conseguia correr. O sr. Milton me segurou de um lado, e Meraki, do outro.

Elas estavam se aproximando, por isso o sr. Milton jogou mais uma bomba contra pensamentos negativos e, quando ela explodiu, ganhamos um pouco de tempo. Mas só tínhamos mais algumas bombas. Como conseguiríamos escapar?

Nesse momento, pensei na minha conversa com o Criador. Ele disse que eu estava no caminho certo, que era só persistir e confiar. Então, parei de correr e comecei a andar.

— Vamos, Calib! — gritou Meraki. — Não podemos parar. Vamos! Vamos! Elas vão nos alcançar.

Eu estava com a perna muito fraca, acabei tropeçando numa pedra e caí.

— Esperem um pouco — pedi. — O Criador disse que eu podia confiar nele e chamá-lo quando precisasse.

Estávamos no Reino de Cidron e o Criador poderia nos ajudar. Então me levantei, desisti de correr e pensei no Criador. Pensei nele do modo como ele ensinou... Pensei bem concentrado. Respirei fundo e me concentrei no Criador. Eu confio nele.

Pedi, em voz alta:

— Criador, estamos em apuros! Precisamos de ajuda rapidamente. As octoostras vão nos pegar. Você disse que no Reino de Cidron sempre nos ajudaria, que enviaria o auxílio necessário. Você pode nos ajudar agora? Isso seria muito útil. E, se for possível, bem rapidinho!

Imediatamente senti um vento vindo do alto. Olhamos para cima e vimos algo maravilhoso! Cinco anjos lindos com asas enormes. Eles estavam voando sobre nós.

— Que lindos! — exclamei.

— Foi o Criador que os enviou para nos ajudar? — Meraki quis saber.

— Mas como eles vieram tão rápido? — perguntei, intrigado.

— O Criador sabia do que você ia precisar antes mesmo de você pedir — disse Aspi.

Os anjos foram descendo e cada um deles ficou com um de nós. Eles nos pegaram e nos levaram voando. Até mesmo Oak e Aspi, que podiam voar, estavam nas mãos de anjos para irem mais rápido.

Os anjos voaram conosco por cima do Reino de Cidron. Foi uma sensação maravilhosa ficar livre das octoostras e sobrevoar todo o reino. Sentíamos o frescor do vento. Do alto, vimos a saída da Caverna de Berilo pela qual tínhamos passamos lá atrás, e o rio Doce saindo de dentro dela.

Gritei para a turma:

— Lá está a lagoa das octoostras, e elas estão voltando para dentro da água.

A vegetação do Reino de Cidron era muito bonita. Tudo era muito lindo. Lá embaixo vi vários bluguis azuis brincando e pulando. Dava para ver o país da Procrastinândia, cheio de cangurus.

— Olhem para aquele lado! Um grupo enorme de joaninhas vermelhas com bolinhas amarelas! — Meraki gritou.

— Acho que tem umas duas mil delas — falou o Jardineiro.

— Lá, naquela região, vejam! Percevejos de listras laranja e cinza! — Oak apontou.

Vários pássaros coloridos voavam ao nosso lado. Eu observei centenas de abelhas de corpo lilás e antenas roxas. Todas voando juntas na direção da Estrada das Cerejeiras.

— Olhem! O Condado das Libélulas fica naquela direção — indicou Oak.

— E aquele outro lugar, lá? — perguntei.

— É a província das Cristálias — respondeu Aspi. — Ao lado fica a província dos Ipoxak. É onde está guardado todo o ouro do Reino de Cidron.

— Aspi, e aquela outra parte, lá? Ela continua mais para a frente? — indagou Meraki.

— Lá estão muitos mistérios do Reino de Cidron.

As meninas adorariam conhecer tudo isso. Um dia, voltarei aqui com elas para mostrar todas essas coisas encantadoras, pensei.

Olhei para Meraki, ele estava sorrindo e se divertindo. Meu amigo parecia muito feliz por estar voando. E já estava de conversa com o anjo. Ele gosta muito de conversar e fazer novas amizades. Torci para que ele já tivesse esquecido o nosso incidente.

Os anjos têm a força da graça de Deus. Eles começaram a descer e nos deixaram em um campo verde muito bonito e seguro. Era um campo com plantações de uvas. Lembrei que numa parte do jardim do sr. Milton também havia uma plantação de uvas. Mas ele não a tinha mostrado para a gente.

Aspi disse, pouco antes de pousarmos no chão:

— Eis que eu envio um anjo diante de ti, para que te guarde pelo caminho e te leve ao lugar que te tenho preparado.

— Estão vendo? — disse um dos anjos, indicando uma direção. — Aquela é a Montanha do Discurso. O cordeirinho branco irá guiá-los até o Criador. Que o Caminho te acompanhe.

Eu ia perguntar como encontraríamos o cordeirinho branco e agradecer pela ajuda, mas os cinco anjos foram embora imediatamente, voando na direção da plantação de uvas.

— Nós voamos com os anjos! Que delícia! — Meraki riu de alegria. — Vocês viram o rio Doce lá de cima? Ele é bem maior do que eu imaginava. Ele saía de dentro da caverna, passava perto da região da encosta Starlite e continuava em frente. Existem muitas outras regiões para explorarmos, muitos passeios que podemos fazer por aqui!

O sr. Milton disse:

— Quem sabe em outra oportunidade poderemos conhecer esses lugares. E descobrir outros mistérios do Reino de Cidron. Mas agora vamos em frente!

— Eu iria adorar se vocês voltassem para o Reino de Cidron — falou Oak.

Eu concordei com Meraki. Também tinha visto várias regiões ao longo do rio Doce. E parecia que havia várias vilas, províncias e locais diferentes. Fiquei com muita vontade de viajar e conhecer os lugares novos. Estava bem curioso para conhecer outras regiões.

E o nosso amigo indígena? Será que ele também conseguiu escapar das octoostras?, pensei.

— Vocês perceberam que nós ajudamos o indígena Tybaia? E depois os anjos nos ajudaram? — perguntou Aspi, como que lendo meus pensamentos. — Às vezes, durante a Jornada, quando ajudamos alguém de coração, essa ajuda volta para nós de uma maneira sobrenatural. A providência divina traz ajuda de formas inesperadas.

Nosso amigo cacatua suspirou e lembrou:

— "Eles te sustentarão nas suas mãos para que não tropece com o teu pé em pedra. Porque aos seus anjos dará ordem a seu respeito, para te guardarem em todos os teus caminhos."

— Agora a estação do ano mudou novamente. Estamos na primavera! Tudo florido — observou o sr. Milton.

— Pessoal! As estações do ano são bem atrapalhadas por aqui — disse Meraki. — Do inverno vai para a primavera, da primavera vai para o inverno. De um dia para o outro o inverno vai para o verão. E, agora, o verão vira primavera novamente.

— Acho que é coisa do Criador dos bluguis azuis, ele define o tempo — comentou Aspi. — Agora estamos muito perto. Depois que pegamos a chave do coração, o Caminho ficou bem mais fácil. Vocês conseguem sentir a proximidade e a força positiva do Criador?

Eu conseguia. Sentia uma sensação muito boa de paz, de tranquilidade. Reconhecia um amor incondicional que não era capaz de explicar direito. Percebia força e ânimo. Sentia uma felicidade profunda, mesmo sem motivo.

— Quanta coisa estou aprendendo. Aprender pode ser muito divertido! — afirmou Meraki, antes de falar, todo convencido: — Vocês perceberam quem foi o herói dessa vez? Sou o melhor mergulhador! Consegui ter bastante fôlego e fiquei muito tempo dentro da lagoa. Sou o vencedor do mostro octoostra do Reino de Cidron! Bem que o sr. Milton disse que eu era corajoso e iria usar a minha coragem.

Meraki falava essas coisas e olhava para mim, para ver a minha reação. Eu não queria nunca mais sentir aquela sensação horrível de inveja. Então, dei risada e concordei:

— É sim, Meraki. Você foi ótimo! Excelente mergulhador. Muito corajoso, venceu aquela octoostra com a maior facilidade. Você é o vencedor do monstro octoostra.

Meraki riu.

Nesse momento, um selo verde caiu na minha cabeça e deslizou pelo meu nariz.

– Pegue o livro de jade verde! – Aspi me avisou.

– Não consigo lembrar onde o coloquei – respondi.

– Está no bolso externo da sua mochila – Oak disse.

Peguei o livro de jade verde e o abri. O selo se colou no meu livro. Com o selo já colado, o sr. Milton declarou:

— Esse é o selo do controle da inveja.

— A inveja é muito perigosa — Aspi falou. — Houve uma época em que um anjo que vivia com o Criador sentiu muita inveja dele. Por causa dessa inveja aconteceram rebeliões, e o Criador expulsou o anjo rebelde da sua presença. Por isso, é arriscado demais deixar que esse sentimento exista na nossa vida. Vocês perceberam como os travesseiros ficavam falando mal do Meraki para o Calib? Eles queriam que o Calib tivesse inveja do Meraki. E, assim, fariam um se virar contra o outro. Ao colocar um contra o outro, o grupo se dividiria. E o bradadorrr divide para poder controlar.

O sr. Milton comentou:

— Calib, quando o travesseiro falou mal do Meraki, você ficou ouvindo. Aquilo confundiu você. Existem coisas que é melhor nem escutar. Porque, às vezes, elas criam mágoas no nosso coração.

— Às vezes, ouvimos coisas negativas e na hora não damos muita bola — Aspi continuou. — Mas precisamos tirar logo do coração os sentimentos ruins e as mágoas, porque esses sentimentos negativos ficam presos dentro da gente. E, quando menos esperamos, podem se transformar em emoções negativas e nos controlar. No seu caso, a emoção negativa virou uma inveja danada do Meraki. Que bom que tudo já passou, você superou e aprendeu com tudo isso.

Depois, Aspi disse para mim e para Meraki:

— Lembrem-se da amizade de vocês. Lembrem-se de como vocês se conheceram.

— Calib, você lembra como conheceu o Meraki? — o sr. Milton perguntou.

— Lembro, sim — respondi. — Estávamos em uma competição de natação. Meraki sempre nadou muito bem, tem ótimo fôlego e adora surfe. No meio da competição eu passei mal e comecei a engolir muita água. Meraki estava na minha frente, ia ganhar fácil. Mas, quando viu que eu não estava bem, parou de competir e veio logo me ajudar. Por isso, ele e eu fomos desqualificados das etapas seguintes. Ele ficou comigo muito tranquilo, saímos de lá e fomos tomar sorvete.

— Só podia ser o Meraki mesmo! — Oak disse, dando risada. — Não vence a competição e só pensa em sorvete.

— Naquele momento, eu soube que tinha encontrado um tesouro inestimável na minha vida. Um grande amigo! — disse.

— A palavra Meraki é de origem grega — falou o Jardineiro. — Significa dar parte de si em algo, fazer algo com a alma. Meraki dá uma parte de si em tudo o que faz. E faz tudo com a alma. Ele é inteiro em tudo na vida dele.

— Até para tomar sorvete! — brincou Oak.

— Até para tomar sorvete — o sr. Milton deu uma gargalhada.

— E assim somos amigos até hoje — concluí.

Fiquei pensando que na vida vamos encontrar muitas pessoas que são melhores do que nós em alguma coisa. E precisamos aceitar esse fato. Isso faz parte!

— Agora tenho nove selos! — exclamei. — Mas não tem mais espaço livre no meu livro para selos. Só tem uma página inteira. Acho que agora só falta mais um. No entanto, por algum motivo, ele é o maior de todos. Talvez seja um selo muito especial, por ser maior do que todos os outros e ocupar sozinho uma página inteira.

Meraki deu seu palpite:

— Se ele é tão grande, será que é um desafio mais perigoso que os anteriores? Eu não quero enfrentar nenhum outro mostro essa semana.

— Fique tranquilo, Meraki! O desafio do grande selo traz um sentimento bom e profundo — respondeu Aspi.

— Eu não sei de que árvore é a folha que ganhei por último! — falei para o sr. Milton.

Meraki balançou a cabeça negativamente. Ele também não sabia.

— É um selo da folha da árvore da castanha-do-pará — o sr. Milton explicou. — É uma árvore nativa da região Norte, típica da Floresta Amazônica. Ela produz uma castanha muito nutritiva, rica especialmente em selênio. O óleo extraído da castanha-do-pará também pode ser utilizado na indústria de cosméticos e na fabricação de tintas.

Sorrindo, o sr. Milton completou:

— Calib, esse selo foi uma conquista de todos juntos. O verdadeiro líder sabe que precisa da harmonia de toda a equipe. Cada um pode ajudar com suas habilidades e sua personalidade. Sempre precisamos um dos outros.

Oak acrescentou:

— A jornada é muito mais divertida com amigos. Nós tivemos muita sorte e a Providência Divina nos auxiliou.

— Onde estamos? — Meraki perguntou de repente.

O sr. Milton olhou para o relógio.

Eu olhei o mapa e falei:

— Acho que agora é só seguir na direção daquela montanha.

— Sim, lá está ela! A Montanha do Discurso! — anunciou Aspi.

— Eu me sinto diferente — disse. — Agora que ela está tão perto, percebo que a vontade de encontrar o Criador dos bluguis azuis está diferente. Parece que eu quero encontrar o Criador não só para descobrir como curar o palidamento da Margarida, não só pelas bênçãos que isso pode me proporcionar... Mas pela profundidade desse encontro.

Aspi declarou:

— O segredo de uma vida com alegria é buscar a fonte dessa alegria. E poder sentir o sobrenatural e o poder do Criador.

— Será que outros que buscaram o Criador antes de mim sentiram isso dessa mesma forma? Sentiram essa sensação de extraordinário? — perguntei para o grupo. — Parece que estou tendo um relacionamento pessoal com o Criador. Sinto que o amo, e sinto uma grande alegria só por poder estar na presença dele.

— Ele é o autor da vida, Calib. Ele chama a existência, aquilo que não existe ainda. Ele transforma, multiplica, é o responsável pela abundância — respondeu Aspi.

— Eu sinto que amo o Criador e sinto alegria por estar perto dele — foi a resposta de Oak.

— Acho que poder estar na presença dele é uma grande oportunidade — declarou o sr. Milton.

— Será que o Criador também está procurando aqueles que o buscam e que o amam? — indagou Meraki.

— O Criador ampara aqueles que o buscam — Aspi afirmou. — Busque-o de coração e você perceberá a plenitude e se preencher de felicidade. Sim, Meraki, o Criador também está procurando aqueles que o buscam e que o amam de verdade. Busque o Criador dando a ele o primeiro lugar na sua vida, amando-o mais do que ama as bênçãos que ele vai dar a você. Ame-o com toda a sua força. E ele satisfará todos os desejos do seu coração.

— Quem busca o Criador sabe que ele é bom. Transforma, multiplica — disse Oak.

Nossa pausa para descanso após os anjos terem nos colocado no chão chegara ao fim, e nós continuamos a Jornada do Caminho. Eu ainda estava cansado e minha perna ainda doía, pois continuava bem machucada. Quando fui ajudar Meraki, acabei me machucando mais ainda. E eu estava mancando um pouco. Mesmo assim, segui a Jornada.

Assim que recomeçamos a caminhada, avistei o cordeirinho branco e gritei:

— Pessoal, ali! Um cordeirinho branco, exatamente como o anjo falou.

Avistamos um cordeirinho branco lindo, correndo.

— Olha o cordeirinho que o anjo falou! — Meraki repetiu.

Fomos atrás dele. Ele corria e pulava. Tentei pegá-lo, mas ele escapou. O sr. Milton também corria e dava risada.

O pequeno cordeiro branco veio na minha direção e de repente pulou no meu colo. Segurei-o. Ele lambeu o meu braço. Era todo branquinho, muito fofinho. Coloquei-o de volta no chão e ficamos brincando com ele. Que alegria aquele cordeirinho branco lindo!

Ele segurou a minha mão com a boca e foi me puxando, me levando em direção à montanha. Resolvi segui-lo, como o anjo tinha orientado.

Todos começamos a subir a Montanha do Discurso, guiados pelo cordeirinho.

O sr. Milton chamou nossa atenção para árvores que estavam próximas:

— Vejam essas quaresmeiras! Elas dão flores roxas que surgem na época da Quaresma católica, entre o Carnaval e a Semana Santa, por isso receberam o nome de quaresmeiras. Já vi várias árvores iguais a essas no viaduto da Glória, no bairro da Liberdade, em São Paulo. Quando é época de florir, elas ficam bem interessantes.

Andando e conversando, chegamos à Cidade Celestial. Ali ficava a casa do Criador. Ao seu redor havia uma grande muralha. A muralha era toda dourada, repleta de pedras preciosas.

— A cidade está fechada. Como vamos entrar? — Meraki observou.

O sr. Milton, Meraki, Aspi e Oak foram até as grandes portas da muralha, tentando descobrir como abri-las para entrar na cidade. Eu fiquei mais para trás, não conseguia me aproximar da muralha da Cidade Celestial. Não conseguia chegar perto das portas. Comecei a experimentar uma sensação muito estranha, me sentindo pesado. Então, caí no choro. Comecei a me lembrar de todas as burradas que tinha feito no Caminho até ali. Tanta coisa errada... Aquilo foi me dando muita culpa e remorso. Lembrei-me da minha gula, depois senti a ira, me envolvi com a luxúria dos copos, e então a inveja, que quase colocou a vida do meu melhor amigo em risco.

Estava sentindo um peso muito grande nas costas. Tinha dificuldade de dar um passo em direção às portas da muralha. Meus ombros pesavam. Todas as feiuras que fiz me afastavam do Criador. Eu não conseguia me aproximar. Meus amigos perceberam que algo estava acontecendo comigo e voltaram para me buscar.

— O que está acontecendo? — perguntou o sr. Milton. — Você parece catatônico!

— Calib, por que você está paralisado aí? — Meraki indagou.

— Por que você não consegue se mexer? — Oak quis saber.

Eu não conseguia dar nenhum passo e continuava chorando muito.

— Calib, você queria tanto chegar até a Montanha do Discurso! Estamos aqui! Agora só precisamos descobrir como entrar na Cidade Celestial — disse Meraki.

— Por que você está chorando tanto? — Oak mostrou curiosidade.

Eu sentia tanto peso e tanta dificuldade em me movimentar que não conseguia nem explicar para eles o tamanho do meu remorso pelas traquinagens e feiuras que tinha feito. Todos os meus ressentimentos me estagnavam. Eu tinha tantos arrependimentos!

— Calma, Calib! — Aspi disse, aproximando-se de mim. — O Grande Criador providenciou uma solução para tudo isso.

Nesse momento, vi um homem surgir no horizonte próximo. Olhei na direção dele. Observando-o, percebi que ele era muito diferente. Era muito especial! Ele brilhava! Vestia uma túnica, e tudo em volta dele brilhava. Conforme ele se aproximava de mim, fui sentindo alívio. Aquele peso todo nas minhas costas foi passando. Eu já conseguia me mover um pouco. Comecei a me acalmar e a parar de chorar.

— Calib, este é Jesus! — Aspi anunciou. — É o filho do Criador. Jesus ama você. É ele que tira o pecado do mundo.

Meus amigos todos correram na direção de Jesus. Um exército de anjos o acompanhava. Eram muitos anjos enfileirados em um grande exército, e se preparavam para algo muito importante e grandioso. Jesus aproximou-se de mim e, quando estávamos perto um do outro, ele sorriu e disse:

— Olá, Calib! Eu estava esperando você!

Fui até ele e dei-lhe um grande abraço.

— Você me aceita como seu Salvador? — Jesus perguntou.

Respondi que sim dentro de minha alma: *Eu aceito Jesus na minha vida e no meu coração. Peço que esteja comigo para sempre.*

Senti na hora que a luz que brilhava em volta de Jesus envolveu também todo o meu corpo. A luz foi para dentro do meu corpo, iluminando todos os órgãos. Pulmões, coração, estômago, fígado, baço, pâncreas, intestinos, rins, bexiga e órgãos reprodutores. Até o meu cérebro ficou brilhante. A luz iluminou meus vasos e veias. Foi para todos os músculos e ossos. A luz entrou nos tecidos, em cada célula do meu corpo. Iluminou todo o meu DNA. Eu sentia como se a luz estivesse equilibrando e curando as minhas células.

Ela foi instalando um novo padrão de equilíbrio e saúde em mim, me envolvendo em um amor infinito e grandioso.

O amor de Jesus e sua luz limparam tudo o que eu tinha de errado, todas as minhas feiuras durante a Jornada. Tiraram tudo o que não era bom, por meio da sua compaixão, e colocaram no lugar o seu amor e o seu perdão.

Era uma grande satisfação estar ao lado de Jesus. Senti como se todas as feiuras que eu tinha feito pelo caminho estivessem sendo perdoadas e curadas. Todos os meus erros foram apagados. A luz envolvia tudo isso e tudo de ruim foi se desintegrando. A luz expandiu-se como uma explosão, cintilou, cintilou... E depois foi se aquietando. Ela iluminou cada célula por dentro e por fora. Iluminou os tecidos, cada órgão, expandiu-se para fora do corpo e formou uma grande cápsula de luz à minha volta. Fiquei todo brilhante. A sensação de amor e carinho era grandiosa.

O machucado na minha perna foi cicatrizando, se curando... curando... curando... Até meu corpo estar totalmente curado. Agora eu mexia a perna normalmente, conseguia fazer todos os movimentos. Eu me sentia em perfeita saúde. Uma alegria envolvia todo o meu corpo. Estava repleto de uma profunda emoção.

Percebi que a sensação de leveza e libertação também se expandiu para a minha família. Como se eu soubesse que, naquele instante, a luz brilhante também estivesse iluminando os meus pais. O brilho também limpou a briga do meu pai com meu tio. Foi iluminando meus avós, bisavós, tataravós. O amor envolvia todos da minha família, por gerações.

Que sorte eu tinha. Estava muito agradecido! Quando virei para olhar Meraki e meus outros amigos, vi que a mesma coisa tinha acontecido com eles. Meraki, o sr. Milton, Aspi e Oak, todos estavam brilhantes. Eles sorriam meio surpresos com a situação, mas estavam felizes.

— Isso foi esplêndido! — Meraki exclamou.

Meu livro de jade verde dessa vez flutuava sozinho no ar, e a luz foi para dentro dele, preenchendo todas as páginas. O livro flutuou e veio para a minha mão.

— Completei o livro! — exclamei. — Meu livro está completo! Meu livro está completo! Agora já posso falar com o Criador!

— "Porém, os que te amam brilham como o sol quando se levanta no seu esplendor" — citou Aspi, antes de explicar: — Alguns selos são conquistados de forma humana, pelas obras. Mas só Jesus pode colocar o grande selo no livro. Porque só Jesus tira tudo de ruim do mundo e coloca no lugar sua grande luz de amor e de Graça. Jesus é o que abre as portas. Para poder passar pelas portas de entrada da Cidade Celestial, é necessário estar com esse brilho. E só Jesus pode trazer esse brilho. Com o amor de Jesus, você se sente bom o suficiente para entrar na Morada do Criador. E só quando você tem o amor de Jesus dentro de si é que pode ensinar esse amor para outras pessoas.

Aspi fez uma pausa e continuou:

— Cada vitória reforça a chance da próxima vitória. Quando você vence com a força de Jesus, essa vitória reforça a chance das próximas vitórias.

Jesus disse para o nosso grupo:

— Que bom que vocês estão aqui. É bom estar com vocês. Eu sei por que vocês estão aqui! Para conhecer o grande Criador. Hoje é sábado! E é um bom dia para visitá-lo. Eu vou levá-los até ele. Eu sou o Caminho, a Verdade e a Vida!

Fomos com Jesus até as portas da grande muralha da Cidade Celestial. A casa do Criador!

— O céu existe! E é para lá que nós vamos! — Meraki falou.

Com certeza, o Caminho é muito mais alegre quando feito com amigos divertidos.

FIQUEI PENSANDO:

» Eu consegui <u>nove</u> selos verdes brilhantes.
Cada selo era de uma folha de uma árvore diferente. Árvore do pau-brasil, de café, jacarandá de Minas, chuva de ouro, ipê-branco, cambuci, caju, pitanga e castanha-do-pará. O que será que essas árvores têm em comum?

» Quando eu estava na frente do bosque, segui 84 passos para a esquerda e entrei por uma pequena abertura que me levou para dentro do bosque. Fui para a direita pela trilha de arbustos e dei 75 passos, parando na frente da fenda dos arbustos que estava a minha esquerda. Onde eu fui parar? Onde eu estava em relação à porteira?

» Com o décimo selo verde eu completei meu livro de jade. O que representa o "décimo selo"?

DURANTE A JORNADA, UM VERDADEIRO HERÓI DÁ ESPAÇO PARA OUTROS HERÓIS E RECONHECE A VITÓRIA DOS OUTROS. UM VERDADEIRO HERÓI AJUDA A CRIAR OUTROS HERÓIS. DURANTE A JORNADA, O VERDADEIRO LÍDER SABE QUE PRECISA DA HARMONIA DE TODA A EQUIPE. CADA UM PODE AJUDAR COM SUAS HABILIDADES E SUA PERSONALIDADE. DURANTE O CAMINHO, SEMPRE PRECISAMOS DOS OUTROS. DURANTE A JORNADA, AJUDAMOS PESSOAS PELO CAMINHO APENAS PELA ALEGRIA DE PODER AJUDAR. DURANTE O CAMINHO, ÀS VEZES, QUANDO AJUDAMOS ALGUÉM DE CORAÇÃO, ESSA AJUDA VOLTA PARA NÓS DE MANEIRA SOBRENATURAL. NO CAMINHO, QUANDO VOCÊ VENCE COM A

FORÇA DE JESUS, ESSA VITÓRIA REFORÇA A CHANCE DAS PRÓXIMAS VITÓRIAS. NO CAMINHO, QUANDO VOCÊ TEM COMPROMISSO COM O CRIADOR, O CÉU SE MOVE A SEU FAVOR. NO CAMINHO, A PROVIDÊNCIA DIVINA TRAZ AJUDA DE FORMAS INESPERADAS.

"Formarás os teus projetos, que terão feliz êxito e a luz brilhará em tuas veredas".
Livro de Jó 22:28

"Vou enviar um anjo adiante de ti para te proteger no caminho e para te conduzir ao lugar que te preparei".
Êxodo 23:20

"Assim pereçam, Senhor, todos os vossos inimigos! E os que vos amam sejam como o sol quando nasce resplendente".
Juízes 5:31

"Já sei que o Senhor reservou a vitória para seu ungido, e o ouviu do alto de seu santuário pelo poder de seu braço vencedor".
Salmos 19:7 / 20:7

"Porque aos seus anjos ele mandou que te guardem em todos os teus caminhos".
"Eles te sustentarão em suas mãos, para que não tropeces em alguma pedra".
Salmos 90:11 / 91:12

"*Porque o Senhor ama o seu povo, e dá aos humildes a honra da vitória*".

Salmos 149:4

"*Jesus lhe respondeu: 'Eu sou o caminho, a verdade e a vida: ninguém vem ao pai senão por mim'*".

Evangelho Segundo São João 14:6

"*A inveja e a ira abreviam os dias e a inquietação acarreta a velhice antes do tempo*".

Livro do Eclesiástico 30:26

CAPÍTULO 16

A CIDADE CELESTIAL

Assim que nos aproximamos mais das portas da Cidade Celestial, escutamos o barulho de crianças brincando e rindo lá dentro. Ouvimos também o som alto de água correndo.

Jesus explicou:

— Vocês estão ouvindo? São as crianças brincando no rio. É o rio de Deus, cujas correntezas alegram a Cidade Celestial.

— Tudo é lindo por aqui. Reinam a paz e o amor — disse Aspi.

— Jesus, estou com um certo medo de entrar. Estou arrependido de algumas traquinagens que fiz. E eu li que Deus tem tanta luz que pode fulminar quem chega perto — falei.

— Fiquem tranquilos, vocês estão comigo, Calib. É o bradadorrr que é acusador. Comigo vocês ficarão bem.

Jesus deu a mão para mim e para o Meraki. O sr. Milton estava do nosso lado, e Oak estava no ombro do sr. Milton. Aspi foi na frente. Estávamos extremamente alegres diante da morada magnífica do Criador.

Então, as portas se abriram! Entramos na morada do Criador de mãos dadas com Jesus. Que glorioso dia! Meraki soltou um profundo suspiro. Assim que entramos, avistamos grandes anjos prateados e brilhantes. Alguns dos anjos vieram até as portas e cantaram "Aleluia". Eles tocavam vários instrumentos com sons harmoniosos. Havia harpas, alaúdes e címbalos. E vários outros instrumentos novos e desconhecidos para nós.

Alguns anjos foram nos acompanhando. Outros voavam bem alto, sobre nós. Eles estavam só observando esse momento. Havia anjos, querubins, arcanjos e serafins.

Passamos por um muro grande e alto com doze portas. Havia um anjo em cada porta, e no topo de cada uma delas estava escrito o nome de uma das doze tribos de Israel. O muro era todo feito de jaspe, e a cidade cercada por ele era de ouro puro, semelhante a vidro límpido. Os fundamentos do muro da cidade estavam adornados com toda espécie de pedras preciosa. O primeiro fundamento era de jaspe; o segundo, de safira; o terceiro, de calcedônia; o quarto, de esmeralda; o quinto, de sardônica; o sexto, de sárdio; o sétimo, de crisólito; o oitavo, de berilo; o nono, de topázio; o décimo, de crisópraso; o décimo primeiro, de jacinto; e o décimo segundo, de ametista. Cada uma das doze portas era uma pérola; e a praça e a rua principal da cidade eram de ouro puro, como vidro transparente.

Oak e o sr. Milton andavam mais devagar, admirando a beleza das grandes portas. Mas todos conseguimos passar e entrar na morada do Criador.

A cidade não precisava de sol nem de lua para resplandecer, porque a glória de Deus a iluminava e o Cordeiro era a sua lâmpada.

Do lado direito vimos um grande rio. O rio de Deus que Jesus tinha mencionado. Avistamos muitas crianças brincando. Elas pulavam na água do rio com golfinhos voadores cor de laranja, pontilhados de amarelo. Os golfinhos pegavam as crianças e voavam com elas pulando do rio. Depois se juntavam e faziam um círculo no ar com todas as crianças, giravam, giravam e jogavam as crianças para cima. Então, todas elas mergulhavam juntas. No rio, as crianças nadavam e riam muito.

Num certo momento, uma baleia de listras brancas e pretas apareceu e, quando as crianças saltaram, ela pulou para cima e depois mergulhou com elas. Em seguida, as crianças voltaram para a superfície da água segurando-se na baleia.

Quando chegamos perto do rio de Deus, avistamos vários tipos de peixes coloridos, de muitas espécies diferentes, e criaturas aquáticas encantadoras. Depois, começaram a surgir ondas no rio. Nelas vinham enormes xícaras flutuantes de várias cores. Quando as xícaras se aproximavam, as crianças pulavam para dentro delas como se fossem pranchas de surfe. Nessa hora, os peixes começavam a saltar sobre as xícaras, de um lado para outro, fazendo bolhas perto do rosto das crianças. Elas assopravam as bolhas, que flutuavam e estouravam no ar.

— Eu quero brincar disso. Parece muito divertido — disse Meraki.

— Meraki, lembrei-me das nossas amigas xícaras — falei para ele.

Na beirada do rio vimos alguns caranguejos cor-de-rosa. Eles corriam muito pela areia, movimentando-se em grupo, correndo juntos. Quando as ondas chegavam, eles entravam na areia e se escondiam rapidamente.

— Por aqui todas as criaturas são muito felizes — Jesus afirmou.

Do lado esquerdo vimos um bosque. Havia muitas árvores, com um jardim lindo, com uma variedade enorme de flores e plantas, muito diferentes das que conhecemos. A vegetação era abundante.

Vimos joaninhas vermelhas com bolinhas amarelas, parecidas com as que encontramos no Condado das Libélulas. Observamos um animal que parecia uma doninha, mas que ficava em pé e tinha grandes asas. Quando ele fechava as asas, elas ficavam parecendo uma capa de super-herói. Vimos um outro bicho que parecia muito engraçado. Lembrava um texugo-do-mel, que também caminhava com o corpo ereto. Era laranja e tinha orelhas grandes, como as de um elefante, além de duas listras azuis verticais na testa.

Existiam também vários outros animais desconhecidos.

— Que bichos são aqueles? — perguntei.

— São animais que só existem no céu, e eles ficam todos juntos cantando e andando pela grama — respondeu Jesus.

Quando Jesus falou a palavra grama, comecei a escutar a grama crescendo. Eu conseguia ouvir a grama crescendo!

— Calib, você está escutando isso? — Meraki perguntou.

Eu ia responder, mas fiquei surpreso ao ouvir o som de uma flor se abrindo. Ela fazia zimmmm plim, e se abria. Nós podíamos escutar as flores se abrindo no bosque!

Eu vi uma folha caindo. E ouvi o suave som dela caindo e tocando o chão: clock...

Abelhas de corpo lilás e antenas roxas voavam sobre as flores. O som das suas asas batendo produzia um harmônico e delicado ritmo. Eu conseguia ouvir o som das asas das abelhas!

Olhei para o rio de Deus e vi um dos peixes pulando. Quando ele mergulhou, escutei as bolhas de ar: gluf... gluf... gluf...

— Aqui existem muitas maravilhas e criaturas encantadoras — Jesus explicou. — São todas criaturas bondosas. Foi o Criador que criou todas elas.

Enquanto admirávamos aquelas novas espécies de plantas e animais, vieram ao nosso encontro vários bluguis azuis sorridentes e divertidos. Eles nos cercaram e nos abraçaram. Os bluguis azuis nos deram boas-vindas e disseram:

— Nós amamos vocês! Que bom que vieram até aqui. Nós gostamos de vocês. Parabéns por terem conseguido.

Meraki estava muito feliz por estar com os bluguis azuis! Havia vários bluguis em volta do sr. Milton e de Oak. Na morada do Criador existiam bluguis azuis em abundância.

Um manuke rosa voou bem baixo e perto de nós. Era um pássaro cor-de-rosa muito especial. Aspi se sentia em casa. Solto, voando feliz.

Uma alcateia de leões estava correndo, com eles corriam diversas hienas.... E todos estavam juntos, convivendo em harmonia. Também havia cachorros deitados ao lado de gatos, elefantes convivendo com crocodilos. Os lobos brincavam com as ovelhas e até a onça-pintada estava perto do tamanduá-bandeira. Voavam o pica-pau-amarelo com a ararajuba.

Apontei para uma árvore e disse:

— Um mico-leão-dourado!

— Junto dele estão um macaco muriqui-do-norte e um cuxiú-preto! — explicou o sr. Milton.

— Todos os animais são amigos por aqui — explicou Jesus. — "O lobo convive com o cordeiro e o leopardo repousa junto ao cabrito." "O bezerro, o leão e o novilho gordo se alimentam juntos pelo campo."

Havia um grupo de crianças brincando com brinquedos grandes e coloridos. Era uma espécie de pula-pula. Vimos balanças que flutuavam no ar, e não estavam presas a nada. Havia várias tricicletas que andavam para a frente e para o lado, e um escorregador gigante com listras em rosa e azul com cheiro de chiclete. Algumas crianças brincavam com bambolês.

Sentimos um cheiro de bolo que acabou de sair do forno. Olhamos e vimos uma mesa enorme de guloseimas, com vários tipos de gostosuras e salgadinhos, como pão de queijo, pudim, pavê, bolos de diversos tipos. E uma parte especial só de brigadeiros. Havia também diferentes tipos de frutas, todas coloridas e cheirosas. Uma bandeja só de mangas. Até parece que conheciam a preferência do Meraki. E havia várias frutas diferentes, que nós não sabíamos o que eram, nunca tínhamos visto, mas pareciam ser bem gostosas.

Só não tinha o sorvete de spliss splass da NoaNoa, do Condado das Libélulas. Mas Meraki achou o sorvete em flor e apontou para ele, mostrando-o para mim. Oak foi logo pegar um pouco, para matar a saudade de seu condado.

Quanto mais eu via os detalhes da mesa do banquete, mais percebia as gostosuras.

Começamos a ouvir uma música.

— Que música é essa? — perguntei ao sr. Milton.

— É uma música clássica de Vivaldi — respondeu ele. — Antonio Vivaldi foi um músico muito importante. Um grande compositor italiano do estilo barroco tardio. Ele compôs 770 obras. Essa que está tocando chama-se "Concerto em Sol Maior para dois bandolins".

Enquanto a música tocava, os anjos dançavam com os golfinhos voadores cor de laranja. Os bluguis azuis e as baleias de listras brancas e pretas pararam de brincar e ficaram atentos à música, que era linda! Enquanto ouvíamos a música, sentimos um cheiro maravilhoso de alecrim. Um aroma de alegria. Que lugar encantador. Um lugar perfeito.

Assim que a música terminou, um coqueiro passou correndo na nossa frente. Ele foi até o rio, mergulhou e chacoalhou a água. Ele se agitou todo e voltou para o lugar dele no bosque.

— Calib! As árvores andam por aqui e mudam de lugar! — Meraki sussurrou.

Continuamos caminhando pela margem do rio de Deus. O som das águas era calmante e relaxante. As águas eram bem limpas e transparentes e tinham um leve tom lilás. Tudo muito lindo, proporcionando uma sensação de muita paz.

Olhei para Meraki e para o sr. Milton; eles estavam tão encantados quanto eu. Assim que entrei na morada do Criador, experimentei uma verdadeira sensação de bem-estar. Aquilo tudo era tão fascinante e magnífico. Parecia que todos os meus sonhos tinham virado realidade ao mesmo tempo.

— Este é um lugar de amor. Que lugar encantador! — Oak exclamou.

— Calib, aqui parece um lugar que está sempre em festa. Todos por aqui estão em celebração, vivendo experiências intensas — o sr. Milton falou.

— É a glória do Criador — disse Aspi.

— Mas o Criador é sempre bom? — o sr. Milton perguntou.

— Sim, é todo-poderoso e infinitamente bom .

— Pessoal, vejam o nosso amigo indígena! — Oak avisou.

— Como Tybaia já está aqui? — indagou Meraki.

— Como ele chegou antes?! — exclamei, surpreso.

— Calib, ele veio de outra época, por outro caminho — Aspi explicou. — Chegou muito antes de nós. É o Criador que decide quem faz o Caminho e como faz.

Tybaia estava muito feliz, todo sorridente. Ele balançou as duas mãos no ar, para nos cumprimentar. Parecia estar comemorando que nós tínhamos conseguido chegar também.

— Felicidade verdadeira é quando podemos criar condições para que outras pessoas sejam felizes também — o sr. Milton disse.

Enquanto Tybaia brincava com os golfinhos voadores cor de laranja, Aspi acrescentou:

— Ele chegou aqui de um tempo antigo, veio pelas suas obras. — Em seguida, nosso amigo cacatua apontou: — Daquele lado ficam todos os santos. Todos os que dedicaram sua vida ao amor de Jesus.

Então, avistamos o Criador. Ele estava em um grande trono. Do lado direito dele havia um trono vazio. Jesus foi até lá e sentou-se ao lado direito do Criador. Aspi voou, ficou perto do Criador e declarou:

— Eis o Criador assentado no trono. Eis quem faz novas todas as coisas. Ele é o Alfa e o Ômega, o que é, que era e que há de vir. O Criador é bom. É o Deus da glória, da alegria e do esplendor.

— Deus criou o Universo. Criou o espaço, o tempo e a matéria. O infinito — o sr. Milton declarou.

— Como é agradável o lugar da tua habitação, Senhor dos Exércitos! — Aspi prosseguiu. — Até o pardal achou um lar, e a andorinha um ninho para si, para abrigar os seus filhotes. Como são felizes os que habitam em tua casa. Como são felizes os que em ti encontram sua força, e os que são peregrinos de coração.

Então, o Criador falou pela primeira vez desde que nosso grupo tinha chegado:

— Deixem vir a mim as crianças e não as proíbam, porque delas é o Reino dos Céus. Olá, meninos! Bem-vindos, caminhantes. Que bom que vocês vieram! Sejam bem-vindos! O bradadorrr mentiu para vocês. Trapaceou, tentou destruí-los e fazer vocês desistirem. Estou muito feliz porque vocês persistiram, enfrentaram todos os desafios e chegaram até mim. Por que vieram até aqui? Quem de vocês quer falar comigo?

— Eu! Eu preciso de ajuda! — respondi.

— Eu conheço você, Calib! Já conversamos antes. Aproxime-se! Por que você precisa de ajuda? Mostre o que você conseguiu pelo caminho!

Aspi, que estava do lado do Criador, gritou para mim:

— Pegue o livro de jade verde!

Eu estava tão maravilhado que tinha esquecido do livro. Tirei o livro da mochila e me aproximei do Criador. Fui andando rápido, porque agora minha perna já estava totalmente recuperada. Eu me sentia muito saudável, mas com uma mistura de encantamento e medo ao mesmo tempo.

O Criador perguntou de novo, de maneira séria:

— Por que você precisa de ajuda? O que você quer comigo? Eu escuto todas as orações e pedidos, mas ouço as crianças primeiro, com muita atenção.

— Minha amiga Margarida foi atacada por murmus e depois pelo bradadorrr, e agora está com a doença do palidamento. Preciso ajudá-la levando muitos bluguis azuis. Disseram que só o Criador dos bluguis azuis poderia ter infinitos bluguis azuis para ajudá-la. Para conseguir chegar aqui, me disseram que eu precisaria de um livro e de um mapa, e essas são as coisas que fui conquistando pelo caminho.

Entreguei o livro de jade verde para o Criador, que o pegou, folheou as páginas e exclamou:

— Calib! Você é um vitorioso! Conseguiu todos os selos verdes brilhantes necessários para me encontrar. E conheceu meu filho também! Parabéns!

Fui logo explicando, para não correr o risco de ter sentimentos ruins novamente:

— Só consegui tudo isso com a ajuda dos meus amigos: o Meraki, que é um grande mergulhador; o sr. Milton, meu professor; minha amiga Oak, grande comedora de mosquitos; e Aspi, a cacatua branca que é meu querido amigo. Sem mencionar muitos outros amigos que fiz pelo caminho. Todos me ajudaram e me acompanharam em todos os perigos.

— A Jornada do Caminho não é individual — disse o Criador. — O Caminho é de todos. Quando um completa o Caminho, todos evoluem. Quando uma pessoa se cura, uma parte de todas as pessoas se cura junto. — Depois de uma pausa, ele continuou: — Sua fala é interessante, Calib, mostra que você é um menino que sabe agradecer. É provável que você tenha sido um bom amigo para essa turma querer acompanhá-lo em meio a tantos perigos.

— A Jornada do Caminho sempre é mais agradável quando estamos com amigos — Meraki disse, sorrindo.

O Criador olhou para o meu amigo e disse:

— Você é o Meraki! Os bluguis azuis falaram muito de você. As suas amigas xícaras também.

— Eu fui o menino que mergulhou e enfrentou a octoostra e conseguiu a chave do coração!

O Criador deu risada:

— Eu sei! Os anjos me contaram dessa sua bravura também. Calib tem muita sorte de ter um amigo como você, Meraki. Eu escuto com atenção todas as crianças.

Em seguida, ele se voltou para mim.

— Calib, você é um bom menino, importante e especial. Um grande caminhante e um valente Cavaleiro de Cidron. A vitória pertence a quem tem dedicação, e o seu sucesso foi criado por você. Sua Jornada do Caminho até aqui foi muito bonita. Você deixou os seus pais e se integrou ao grupo. Seus passos pela Jornada foram luminosos, Calib! E suas ações foram sempre carinhosas.

O Criador sorriu e continuou:

— Calib, parte da forma como o seu cérebro reage e como você acha que enxerga o mundo já estava moldada dentro de você, por registros de vivências dos seus ancestrais, que viveram há milhares de anos. Como caminhante, você foi superando desafios e, em cada um que enfrentou, adquiriu aprendizados. Você pediu ajuda, pediu desculpas, perdoou, agradeceu, teve compaixão. Enfrentou a gula, a ira, a luxúria, a avareza, o orgulho, a preguiça e a inveja. Encontrou Jesus e o aceitou como seu Salvador. E como um bambu, que cresce primeiro para baixo e só depois cresce forte e rápido para cima, durante toda a jornada você estava crescendo e desenvolvendo a sua força. Você conseguiu chegar até aqui para descobrir uma forma de ajudar a sua amiga. Portanto, aquele que se tornar humilde como você é o maior no Reino dos Céus. E qualquer um que receber em meu nome um menino como você a mim me receberá.

— Mas eu me atrapalhei algumas vezes — confessei. — Eu queria ser bom, mas às vezes não conseguia. Não sei como fazer as coisas certas.

— Você se deu a conhecer "pelas suas ações, e sua obra foi pura e reta". A Jornada tem suas regras. Você é livre para escolher segui-las, mas é responsável pelas consequências de suas ações.

Então o Criador disse a todos do nosso grupo:

— Eu tenho quatro regras dentro da minha morada. As pessoas precisam: acreditar que eu sou o Criador que as ama; saber que todos erram e fazem feiuras; saber que a Graça do meu filho perdoa todas as feiuras, porque ele é "o Caminho, a Verdade e a Vida"; e aceitar meu filho como Salvador, porque só com esse brilho de luz vocês podem entrar na minha morada, e porque as portas que meu filho abre, ninguém fecha.

O Criador continuou:

— Enviei Aspi até vocês para guiá-los segundo as regras da Jornada do Caminho.

Aspi, sentado ao lado do Criador, sorriu para mim.

O Criador prosseguiu:

— Vocês também tiveram a companhia do sr. Milton, que ficou sempre perto de vocês, Calib e Meraki, para ajudá-los a entender como é ser bom. Ele pode auxiliá-los a cancelar todas as palavras ruins e a neutralizar todos os pensamentos e sentimentos negativos.

O sr. Milton acenou para nós.

— Calib, eu sei que sua jornada até aqui não foi fácil — afirmou o Criador. — Você fez muitas feiuras pelo caminho. Mas foi o meu filho que trouxe você até aqui, e foi com ele que você recebeu a Graça. Isso me fez esquecer todas as feiuras. Eu sondei o seu coração. E posso ficar mais perto de você. Que bom que você chegou. Estou muito feliz por você ter conseguido. A escolha de chegar aqui é livre.

Que bom que você escolheu vir. Sua vitória me faz sorrir. Eu senti o quanto você me ama e agora, com muita alegria, as estrelas do Universo dançam. O mar se movimenta e todos os seres marinhos sorriem e podemos ser bons amigos e seguir juntos pela eternidade.

Depois de uma pausa, o Criador disse para mim e para Meraki:

— Não se preocupem, meninos, porque foi meu filho e meus anjos que trouxeram vocês até aqui! Eu estava com vocês em todas as suas batalhas. Estava celebrando cada uma das suas conquistas e torcendo por vocês em cada situação difícil. Sabia que vocês iam conseguir chegar até esse nosso encontro e poderíamos ter essa conversa. Eu estou presente em todos os lugares, vejo todas as coisas e sei de cada vitória daqueles que me amam. O carinho e a dedicação por sua amiga são muito admiráveis. Muitos gostariam de ter amigos como vocês.

Nessa hora, pude ver Meraki fazendo umas caretinhas, todo orgulhoso de si mesmo.

— Meninos, peguem a chave do coração — o Criador ordenou.

Eu estava com a chave do coração pendurada na corrente de Margarida no pescoço. Então tirei a chave da corrente e a entreguei ao Criador.

O sr. Milton, Meraki e Oak ficaram mais perto de mim.

O Criador orientou:

— Vocês vão entregar esta chave do coração para a Margarida e vão contar uma história para ela.

Nesse momento, o Criador fez aparecer uma grande tela de cinema, que começou a passar o filme de uma menininha chorando.

O Criador disse:

— Essa é a mãe da Margarida quando era criança. Era uma menina muito triste e sozinha. Ela está chorando porque a mãe dela, a avó de Margarida, tinha acabado de falecer. Ela ficou só com o pai, que não dava atenção para ela. Essa menininha não teve carinho, não foi cuidada, ficava muito tempo sozinha e carente. A única coisa que a mãe da Margarida tinha ganhado da mãe dela era aquele vaso. Era a única lembrança de alguma forma de carinho que ela tinha recebido da mãe. Como ninguém cuidava direito da mãe da Margarida, os colegas da escola riam pelo fato de ela não ter mãe e ela sofria com isso. Então, ela começou a se apegar a coisas materiais. Começou a dar muita importância para a aparência, para roupas e sapatos, e foi ficando muito vaidosa, fútil e consumista. Ela começou a achar, de alguma forma, que assim teria o respeito dos colegas. Por meio de coisas materiais e da aparência, ela se sentia forte, importante e respeitada. Tinha a falsa sensação de que era poderosa. Assim, foi ficando muito materialista e superficial. Parte da alma da mãe da Margarida não cresceu até hoje. Ela não conseguiu ser uma mãe amorosa com a Margarida porque nunca recebeu amor materno. E, como parte de sua alma não cresceu, ela não desenvolveu a capacidade de ser afetiva e carinhosa.

Conforme eu olhava para a imagem daquela menininha tão sofrida, comecei a sentir vontade de chorar. Quando olhei para o Meraki, ele já estava abraçado ao sr. Milton, se acabando de chorar. Justamente o Meraki, que a chamava de azeda. Oak também ficou no ombro do sr. Milton, e estava bem triste.

O Criador continuou:

— Todos os pais e mães também foram criança um dia. Todo mundo foi criança. E todos tiveram suas carências, seus traumas e suas necessidades. Cada um teve o seu destino. Mas, mesmo com as imperfeições dos pais, nós podemos continuar a amá-los, tentar aceitá-los como são. Perdoá-los, desculpá-los ou apenas ter compaixão por eles. Ficar resistindo a esses sentimentos bons é o que provoca o palidamento. O bradadorrr só se aproveita disso para deixar a criança mais doente ainda. Os bluguis azuis ajudam por um tempo. Mas, para curar de verdade o palidamento e neutralizar totalmente o bradadorrr, só a chave do coração vai funcionar efetivamente.

Por um instante o Criador ficou em silêncio. Sua fisionomia mudou para uma expressão muito brava. Ele falou bem alto, sério e muito zangado:

— Você acha que a sua amiga é uma coitadinha? Acha que ela é uma vítima?

Fiquei até com medo quando ele falou tão alto! Estava enfurecido! Então, respondi bem baixinho, um pouco inseguro:

— Eu acho que é, sim.

— Ah... Sim... Mas, Calib, sua amiga Margarida cometeu vários erros... Como você diz... Ela cometeu muitas feiuras.

Eu não estava entendendo nada.

— Como assim, Criador? Coitadinha! Ela quebrou o vaso, mas foi sem querer... Depois, ela tentou pedir desculpas para a mãe. E a mãe nem ouviu. Até tentamos comprar outro vaso para a mãe dela, mas ela não aceitou essa solução.

Vendo a minha boa intenção, o Criador se solidarizou com os meus sentimentos e disse de modo mais calmo:

— Calib, entendo a sua bondade, sei que você é um menino bom e amoroso. Mas a verdade precisa ser encarada. Perceba, Calib... Vamos pensar juntos. Quem conseguiu o dinheiro? Quem trabalhou muito e se esforçou? Quem quis comprar outro vaso? Foram vocês! Você, Meraki e Angélica. — O Criador continuou: — A Margarida cometeu vários erros. Primeiro, quebrou o vaso que era muito especial para a mãe dela... Segundo, depois que quebrou, ela mentiu, escondeu o fato... Terceiro, ela não se arrependeu de verdade do erro. Calib, lembra quando você destruiu a casa da libélula Oak? No início, você pediu desculpas, mas nada aconteceu. Foi só quando realmente se sentiu arrependido pelo seu erro, no fundo do seu coração, que ganhou um selo para o seu livro de jade verde. Só quando você pediu desculpas do fundo do seu coração ganhou o selo da folha da árvore de café. O quarto erro da sua amiga é que agora ela se sente vítima... Injustiçada... Sofre com o ataque dos murmus e é vítima deles. Mas parte desse sofrimento é causada por ela mesma. Erros precisam de profundo arrependimento, pois erros sempre têm consequências. Margarida não refletiu sobre os próprios erros, não se arrependeu do fundo do coração e tem um resíduo de arrogância. Ela acha que é superior à mãe dela. Acha que é ela que está certa.

O Criador fez uma breve pausa e então continuou:

— Calib, lembra quando você enfrentou a balança? Você precisou enfrentar o equilíbrio entre a baixa autoestima e a arrogância. Você venceu a vaidade, a soberba, a arrogância. Um dos meus mandamentos é honrar pai e mãe. Isso significa também honrar os pais dos pais. E os pais dos avós. Eu pedi isso porque é importante. Filhos, obedeçam a seus pais no Senhor, pois isso é justo. "Honra teu pai e tua mãe." Este é o primeiro mandamento com promessa, para que tudo corra bem e haja vida sobre a terra. Os filhos esperam que os pais sejam perfeitos e saibam tudo. Esperam que eles sejam justos, amorosos e acolhedores, que sempre os protejam. Essas são as expectativas, mas muitas vezes isso não condiz com pais humanos, que têm limitações. Só quando a sua amiga Margarida realmente se arrepender dos próprios erros, com humildade e não com arrogância, e pedir desculpas verdadeiras para a mãe dela... Só assim ela vai se livrar dos murmus.

Perguntei, aflito:

— Mas e se ela não conseguir? E o bradadorrr?

— Ahhh, o bradadorrr... Hahaha. Esse bradadorrr... Ele não tem poder nenhum sobre a sua amiga, Calib. Ele sabe disso. Ele perdeu tal poder há muito tempo. Meu filho Jesus já superou isso há bastante tempo. Mas o bradadorrr é esperto, bem esperto. Ele usa a falta de conhecimento das pessoas que não sabem disso. Calib, olhe a chave do coração que está no seu pescoço.

Nesse momento peguei a chave do coração, que o Criador tinha me devolvido e estava de novo pendurada no colar que a Margarida tinha me dado. Só então examinei a chave com interesse e atenção. Até então, nem tinha tido tempo de observá-la. Quando a segurei na minha mão e a olhei atentamente, percebi que, ao longo da chave, estava escrito com letrinhas gregas bem pequenas: "Iesous Christous Theou Yios Soter". A frase que o cavaleiro Emanuel tinha me explicado, que significava "Jesus Cristo, filho de Deus Salvador".

— Todos do Reino de Cidron sabem que meu filho é o Salvador, que ele é o Cordeiro de Deus que tira o pecado do mundo — afirmou o Criador. — Durante a Jornada do Caminho, os caminhantes vão aos poucos descobrindo a verdade. Aprendem que "Jesus é o Caminho, a Verdade e a Vida". Que só Jesus pode perdoar todos os pecados. Sua amiga vai receber a chave do coração e, quando aceitá-la, abrindo o coração e reconhecendo Jesus como o filho de Deus que tira o pecado do mundo, isso vai purificar o coração dela. Vai tirar todos os erros, limpar todos os ressentimentos, diluir todas as mágoas. Quando Margarida conseguir a verdadeira transformação do próprio coração e purificá-lo, ela vai se fortalecer. E todos os murmus vão sumir. O bradadorrr não tem a menor chance. Mas, como ele é astuto, quer destruir, se aproveitar da situação.

O Criador explicou, em tom mais sério:

— A mãe da Margarida é uma mulher materialista, apegada a coisas supérfluas. É muito fútil e vaidosa. Ela também errou muito, em nenhum momento conversou com a Margarida para entender o que aconteceu. Nem se preocupou em saber como foi que a filha quebrou o vaso, em que condições. Não tentou entender o que realmente tinha acontecido. Não deu atenção para a Margarida, ouvindo o que ela tinha a dizer. Não escutou a filha com atenção. Ela só criticou e inferiorizou a filha, deixando-a com muitos ressentimentos que foram usados pelo bradadorrr. Algumas ofensas deixam mágoas na alma das crianças. A mãe da Margarida também falhou na comunicação com a filha. Ela não educou a Margarida, e uma das missões dos pais é educar, ensinar. Os pais são os primeiros mestres que as crianças têm. Elas precisam escutar seus mestres e respeitá-los. Mas, para isso, os pais têm que ensinar, têm que investir tempo ensinando. Também precisam ter paciência, explicando o erro dos filhos e orientando como fazer certo da próxima vez. Educar! Ensinar para que as crianças aprendam o modelo certo, as atitudes corretas. Quando os pais educam, os filhos aprendem a respeitar os mestres. E, quando forem para a escola, também vão respeitar outros mestres. A mãe da Margarida nunca mostrou o amor do meu filho Jesus para ela. A mãe da Margarida não demonstrou nem amor nem carinho à filha.

Mesmo quando os pais precisam corrigir, mostrar os erros e as consequências, isso precisa ser feito com amor. Os pais podem criticar a conduta do filho, mas não criticar a pessoa. Podem não aceitar a conduta, mas aceitam a pessoa.

O Criador prosseguiu, depois de uma pausa:

— A atitude dos pais em relação ao comportamento dos filhos precisa ser diferente da atitude em relação ao ser humano. Os pais podem dizer: "Eu não concordo com o seu erro, meu filho, não aceito o seu erro, mas aceito você". Eu, como Criador, amo vocês incondicionalmente, mas às vezes não amo o que vocês fazem. Quando os pais ensinam com amor, os filhos percebem o erro, se arrependem e sabem como fazer o certo da próxima vez. E, ao mesmo tempo, os pais podem ir criando bluguis azuis, porque, assim, apesar dos erros que cometem, as crianças podem se sentir amadas. Com a sensação de ter uma autoestima equilibrada, sem vaidade. Isso faz com que as crianças aprendam e sigam a vida se sentindo fortes e seguras. Quando as crianças têm muitos bluguis azuis por perto, sentem-se fortes e amadas, e isso também afasta o bradadorrr. E se, além disso, ainda souberem do amor e da Graça de Jesus, não haverá espaço para nenhum bradadorrr se aproximar. Quando as crianças percebem que erraram, de que modo erraram e o que precisam fazer para se corrigir, elas tentarão aprender a fazer melhor das próximas vezes se conseguirem ter uma boa comunicação com os pais. E se sentirem amadas, apesar dos erros cometidos. Elas aprenderão mais facilmente. Vão estabelecer uma nova conduta daquele momento em diante e vão mudar. Caso tenham dificuldade nisso, elas podem pedir para que Jesus transforme seu coração e limpe seus erros.

Ouvíamos com atenção as palavras do Criador, que continuou:

— A Mãe da Margarida cometeu esse erro, nunca conversou com a filha sobre a existência de Jesus. Margarida não sabe que Jesus existe, não sabe o que ele fez pela humanidade. Não sabe que Jesus pode ajudá-la. É aí que o bradadorrr se aproveita da situação. As pessoas ficam brigando, discutindo, criando murmus. Não conversam, não se comunicam. Os indivíduos não percebem seus erros nem se arrependem. Não expressam seu amor para criar bluguis azuis. E não conhecem o poder de Jesus. — O Criador continuou: — Calib! Você tem a chave do coração! Fico feliz com a sua visita e o nosso encontro. Mas, para curar o palidamento da sua amiga, ela tem que usar a chave para abrir o próprio coração. Margarida precisa deixar toda a mágoa dos pais ir embora. Precisa abrir a porta do coração para esvaziá-lo de todo o ressentimento e preenchê-lo com compaixão. Os pais dela, nesse momento, são assim. Pode ser que algum dia eles mudem. No momento, porém, eles estão assim. Apesar da forma como tratam a filha, Margarida tem que decidir ficar bem. Precisa escolher ter saúde, prosperidade, ficar equilibrada e ser feliz. Ela precisa saber que eu a amo incondicionalmente e que ela pode confiar no meu amor. Saber que meu filho sempre poderá ajudá-la! No momento da decisão dela, eu posso enviar infinitos bluguis azuis para ajudá-la, que foi o que vocês vieram buscar aqui. Também posso enviar o Aspi para auxiliar na transformação. Mas é a Margarida que tem que tomar a decisão. Ninguém pode obrigar outra pessoa a usar a chave do coração; nem eu posso fazer isso. É uma escolha livre de cada um.

Continuamos a ouvir atentamente a fala do Criador:

— Vocês podem ir até a Margarida, entregar a ela a chave do coração, explicar como usá-la e como curar o palidamento. Então, agora vocês precisam levar a chave do coração para ela. Só ela vai poder usá-la, pois só ela poderá abrir o próprio coração. Quando os pais dela começarem a fazer críticas e os murmus aparecerem, Margarida pode contar para a mãe como se sente, explicar seus sentimentos. Talvez assim a mãe dela possa mudar. Mas, se mesmo assim a mãe dela não mudar, Margarida poderá usar a chave do coração para entender os pais. Ela vai soltar suas mágoas, aí os murmus terão de ir embora. Só um coração com mágoas pode ser prejudicado pelos murmus, apenas num coração magoado o bradadorrr pode agir. Se Margarida usar a chave do coração para aceitar e respeitar os pais, os ressentimentos irão embora. Então os murmus serão obrigados a sumir também.

Entendam, a mágoa gruda na pessoa no maldizer dos pais. Enquanto a pessoa está magoada, fica grudada no maldizer dos pais, e acaba repetindo, fazendo, sentindo e pensando exatamente as palavras negativas que eles disseram. Quando a pessoa usa a chave do coração, desmancha o maldizer dos pais e fica com o amor e o respeito pelos pais. Assim, é só levar a chave para a Margarida e explicar tudo isso a ela.

— Parece simples! — Meraki exclamou.

O Criador riu.

— É, Meraki... Parece simples, mas essa é uma das grandes dificuldades da humanidade. Abandonar as mágoas, soltar os ressentimentos e tentar se colocar no lugar dos outros. Vocês vão precisar explicar isso para a sua amiga e convencê-la disso. A Margarida também pode fazer uma oração para mim. Pedir em nome do meu Filho para ajudar a transformar o coração dela. Às vezes, é difícil fazer isso sozinho.

Segurando a chave do coração, eu disse:

— Vamos levar a chave para a Margarida, então!

— Que bom que vocês vieram me encontrar! — O Criador sorriu. — Agora podem falar de mim para outras crianças.

Olhando para mim, o Criador disse:

— Calib, você tem um dom! O dom de ajudar outras crianças. Você pode ajudar Margarida! Depois que ela estiver bem, você pode transmitir o que eu falei para todas as crianças do mundo. As crianças podem aprender a olhar os pais de forma diferente. A aceitar as limitações dos pais, respeitá-los. E, apesar das dificuldades deles, decidir ser feliz. Podem aprender a amar a Deus sobre todas as coisas. Aceitar e receber Jesus como seu Salvador. Para que o amor de Jesus faça com que todos os murmus vão embora e afaste de vez o bradadorrr.

Em seguida, o Criador orientou o sr. Milton:

— Instrua as crianças de acordo com os objetivos que você tem para elas, e, mesmo com o passar dos anos, não se desvie deles.

Depois, ele falou para mim e para Meraki:

— Digam para a Angélica que ela é uma filha muito querida, que é admirável com seu amor, sua humildade e sua paciência. Que, mesmo sem vir até a minha morada, ela sempre esteve ao meu lado, tenho muito orgulho dela. Eu vejo tudo que ela fez, com sua dedicação e carinho. Digam que eu a amo e espero que em breve ela venha me visitar em sua própria Jornada. Aguardo a visita dela ao Reino de Cidron, ela vai adorar conhecer alguns dos meus amigos.

Começamos a nos despedir do Criador. Eu estava com um pouco de receio de fazer um último pedido para ele, mas o que poderia acontecer? Ele é Deus! Então, criei coragem e perguntei:

— Criador! Você brinca comigo da minha brincadeira preferida?

O Criador sorriu para mim! Levantou-se do seu trono e se aproximou. Chamou meus amigos Meraki, sr. Milton, Oak, Aspi, Tybaia e Jesus para se juntarem a nós. Eu nem precisei falar qual era a minha brincadeira preferida. Ele é Deus!

Então, o Criador chamou várias borboletas. E nem era hora do pôr do sol! Várias dela começaram a voar em volta de nós naquela dança suave que só as borboletas sabem fazer. Eram centenas, eu nunca tinha visto tantas. Todos nós começamos a pular para tentar pegá-las. E, quando pegávamos, logo as soltávamos no ar.

O sr. Milton, que era bem alto, conseguia pegar muitas. O Criador também pulava e brincava, sorrindo com a gente. Aspi voava entre as borboletas. Meraki ria com Tybaia e Oak. Jesus brincava ao meu lado. As borboletas também se divertiam bastante. Brincamos muito e demos bastante risada. Foi um momento bem especial. Foi o melhor pega-pega das borboletas do mundo...

Depois que já tínhamos brincado bastante, o Criador deu um sinal para que as borboletas se dispersassem e depois disse:

— Sempre que brincarem com as borboletas... sintam que estou entre vocês.

Eu estava maravilhado. Tinha conseguido brincar da minha brincadeira preferida, o pega-pega das borboletas, com o Criador!

— Nós podemos ficar por aqui mais um pouco? — Meraki perguntou.

— Por enquanto, não. Vocês ainda têm algumas etapas para realizar. Agora vão, crianças, e sejam felizes!

Cheguei perto de Jesus e perguntei:

— Jesus, você vem comigo para me ajudar a convencer a Margarida?

— Não vou com vocês dessa vez. Vocês já têm o Aspi. Ele vai estar sempre com vocês.

Nesse momento, Aspi veio na nossa direção para nos acompanhar. Aí lembrei e disse para Jesus:

— Nós temos um amigo, o Cifoseraptor. Ele pediu para passarmos um recado. Ele gostaria que você o perdoasse e o abençoasse. E ele precisa conseguir se lembrar dos pais. Ele não sabe se tem família, não se lembra da família dele.

Jesus me tranquilizou:

— Pode falar para o seu amigo que vai ficar tudo bem!

— Jesus, nós não vamos mais nos ver? — perguntou Meraki.

— Aspi vai estar com vocês. Mas fiquem tranquilos, porque em breve eu irei buscá-los. Vocês voltarão para ver as vitórias do Criador. Enquanto isso, sejam meninos do bem e sejam felizes.

Eu, Meraki, o sr. Milton, Oak e Tybaia abraçamos Jesus. Aspi ficou do nosso lado. Jesus nos acompanhou até as portas da morada do Criador.

Perguntei para ele:

— Jesus, nós precisamos perdoar? Quantas vezes precisamos perdoar? Até sete?

— Não digo que até sete; mas até setenta vezes sete — ele respondeu, antes de apontar: — Vocês estão vendo aquela prateleira enorme de cristal?

Era uma prateleira de cristal infinita, não dava mesmo para ver o final dela. Era muito grande, tinha uns 84 quilômetros. Havia vários jarros de vidro nela. E todos os jarros continham líquidos de várias cores.

Jesus explicou:

— Essas são as orações e pedidos das pessoas de toda a humanidade e de todas as épocas. São todas as preces e pedidos que já foram atendidos. Todos os milagres que foram realizados e todas as bênçãos recebidas. Tudo foi arquivado e guardado com muito carinho, mas há outra prateleira de cristal ali, bem pequena.

Embaixo, do outro lado, havia uma prateleira bem menor. Tinha só 3 metros de comprimento por 1 metro de largura e 1 metro de altura.

— Por que ela está separada e é tão pequena? — perguntei.

— Porque aqui ficam os agradecimentos pelos milagres e pelas graças alcançadas — respondeu Jesus.

— Tão pouquinho! — Meraki falou, admirado.

— Nossa! — exclamou Oak. — É bem pouquinho mesmo!

Quando estávamos saindo do céu, os anjos fizeram um coro com vários cantos para o Criador. Jesus chegou perto de nós e nos entregou novos livros de jade verde. Um para mim e um para Meraki. O sr. Milton não recebeu, porque o caminho dos adultos é diferente. Abri meu livro e ele estava em branco.

Jesus disse:

— Estes são para vocês entregarem um dia para os seus filhos! Para que um dia eles também possam ser caminhantes.

— Vamos, meninos — o sr. Milton nos chamou.

— A volta agora vai ser bem tranquila — afirmou Jesus. — Vocês são verdadeiros caminhantes. Que vocês tenham muitas pessoas do bem na sua vida. Sejam felizes!

Os anjos aplaudiram!

Aspi se despediu de Jesus:

— Que o Caminho te acompanhe.

— Que o Caminho te acompanhe — Jesus respondeu.

Quando saímos, tínhamos um brilho diferente na pele. Esse brilho ficou conosco por um tempão durante a jornada de volta. Eu me sentia transformado. Minha história de vida tinha mudado. Sentia que o amor de Deus por mim era extraordinário, e percebi a alegria dessa transformação. O amor de Deus envolveu meu coração. Eu me sentia forte.

— Nós conseguimos! Nós triunfamos! — gritei.

Agora, poderíamos compartilhar nossos conhecimentos com muitas pessoas, para que as informações fossem partilhadas por multidões. E muitas pessoas poderiam descobrir o amor de Deus também.

— O que fazemos de bom ecoa na eternidade — disse Aspi.

— A morada do Criador é sempre daquele jeito? — perguntei para o Aspi.

— Essa foi a morada do Criador hoje. Feita por ele especialmente para vocês... O Criador pode criar a morada que quiser, quando quiser e da forma que quiser... Pode mudá-la todos os dias! Ele é o grande Criador de todas as coisas! Ele cria o que quiser criar.

— Calib, enquanto você buscava o Criador, ele já estava do seu lado te amando o tempo todo — o sr. Milton afirmou.

— Oak! Só senti falta no céu do sorvete da NoaNoa, o spliss splass — Meraki brincou e deu risada.

FIQUEI PENSANDO:

» Quem procura encontra! E foi um encontro muito especial!

O QUE O CAMINHANTE FAZ DE
BOM ECOA PELA ETERNIDADE.
A VITÓRIA PERTENCE A QUEM TEM DEDICAÇÃO,
O SEU SUCESSO É CRIADO POR VOCÊ.
O CAMINHO NÃO É INDIVIDUAL.
O CAMINHO É DE TODOS. QUANDO ALGUÉM
COMPLETA O CAMINHO, TODOS EVOLUEM.
ENQUANTO BUSCAMOS O CRIADOR PELO
CAMINHO, ELE JÁ ESTÁ DO NOSSO LADO
NOS AMANDO O TEMPO TODO.

O CAMINHO TEM SUAS REGRAS. VOCÊ É LIVRE
PARA ESCOLHER SEGUI-LAS, MAS É RESPONSÁVEL
PELAS CONSEQUÊNCIAS DE SUAS AÇÕES.
DURANTE A JORNADA DO CAMINHO,
SÓ A PRÓPRIA PESSOA PODE USAR
A CHAVE DO CORAÇÃO.
A FELICIDADE VERDADEIRA É QUANDO
PODEMOS CRIAR CONDIÇÕES PARA QUE
OUTRAS PESSOAS SEJAM FELIZES TAMBÉM.
O CAMINHO É MUITO MAIS ALEGRE
COM OS AMIGOS DIVERTIDOS.

"Quem me procura, encontra-me".
Provérbios 8:17

"Pedi e se vos dará. Buscai e acharei. Batei e vos será aberto. Porque todo aquele que pede, recebe. Quem busca acha. A quem bate, se abrirá".
Evangelho Segundo Mateus 7:7

"Ensina a criança o caminho que ela deve seguir, mesmo quando envelhecer, dele não há de se afastar".
Provérbios 22:6

"...se não vos transformardes e vos tornardes como criancinhas, não entrareis no Reino dos Céus".
Evangelho Segundo Mateus 18:3

"Disse-lhes Jesus: Deixai vir a mim estas criancinhas e não as impeçais, porque o Reino dos Céus é para aqueles que se lhes assemelham".
Evangelho Segundo Mateus 19:14

"Deixai vir a mim os <u>pequeninos</u> e não os impeçais, porque o Reino de Deus é daqueles que se lhes assemelham".
Evangelho Segundo São Marcos 10:14

"Então, Pedro se aproximou dele e disse: 'Senhor, quantas vezes devo <u>perdoar</u> a meu irmão, quando ele pecar contra mim? Até sete vezes?' Respondeu Jesus: 'Não te digo até sete vezes, mas até setenta vezes sete'".
Evangelho Segundo Mateus 18:21

"Honra teu pai e tua mãe".
Carta aos Efésios 6:2

"Pais, não exaspereis vossos filhos. Pelo contrário, criai-os na educação e doutrina do Senhor".
Carta aos Efésios 6:4

"Filhinhos, eu vos escrevo, porque vossos pecados vos foram perdoados pelo seu nome".
Primeira Carta de São João 2:12

"Eis que eu renovo todas as coisas".
Apocalipse 21:5

"Tinha grande e alta muralha com doze portas, guardadas por doze anjos. Nas portas estavam gravados os nomes das doze tribos dos filhos de Israel".
Apocalipse 21:12

"A cidade não necessita de sol nem de lua para iluminar, porque a glória de Deus a ilumina, e a sua luz é o Cordeiro".
Apocalipse 21:23

"O lobo e o cordeiro pastarão juntos; o leão, como um boi, se alimentará de palha, e a serpente comerá terra. Nenhum mal nem desordem alguma será cometida".
Isaías 65:25

"Pois, assim como os novos céus e a nova terra que vou criar devem subsistir diante de mim".
Isaías 66:22

"Nós, porém, segundo sua promessa, esperamos novos céus e uma nova terra, nos quais habitará a justiça".
Segunda Carta de São Pedro 3:13

"A mesma hora em que Jesus dissera: 'Teu filho está passando bem'".
Evangelho Segundo São João 4:53

CAPÍTULO 17

A CHAVE DO CORAÇÃO

Estávamos eu, Meraki, o sr. Milton e Oak saindo da morada do Criador quando Deus pediu que Aspi viesse com a gente.
— Jesus é bem alegre e divertido! — comentei.
— O Universo está aplaudindo vocês... — Aspi disse.

Eu ainda estava contemplando aquele maravilhoso espetáculo, tudo tinha sido extraordinário. O que tínhamos vivenciado na morada do Criador havia mudado nossa vida por completo. Eu estava me sentindo feliz e merecedor de toda aquela felicidade.

Então, cantei:

Jesus, como é bom te amar.
O grande Criador vai determinar
quando vamos nos reencontrar
em um mundo de amor e paz.
Vou sentir saudades.
Muitas saudades eu posso ter.
Foi muito bom te conhecer.
Essa alegria vai ficar dentro do meu coração, vai ficar.
E sempre vou poder festejar.

Os cinco anjos que haviam nos ajudado a entrar na morada do Criador voltaram para nos pegar e nos levaram voando até o Condado das Libélulas.

Aspi comentou:
— O Criador terá sempre o maior interesse por vocês e sempre mais do que vocês sonharam para si mesmos.

Quando estávamos voando sobre o Reino de Cidron, o sr. Milton disse:

— Vocês repararam que não há murmus nem sinal do bradadorrr?

Enquanto voávamos com os anjos e contemplávamos as belezas do Reino de Cidron, podíamos sentir a brisa fresca.

Assim que chegamos ao Condado das Libélulas, os anjos nos deixaram e foram embora logo em seguida. Passamos pelo condado para deixar Oak e devolver o mapa para o conde das libélulas. NoaNoa já estava à nossa espera com uma mesa repleta de doces e sorvetes. E o sorvete preferido de Meraki, o spliss splass. Aproveitamos e fizemos companhia para Meraki, tomando sorvete.

NoaNoa falou para Meraki:

— Venha, tenho uma surpresa para você! Mas só porque foi o próprio Criador que pediu! Só porque ele mesmo me pediu!

Meraki seguiu NoaNoa para dentro da cozinha e fomos todos atrás deles para saber do que se tratava. NoaNoa ordenou:

— Podem parar aí! Só o Meraki entra comigo! Vou ensinar a ele a minha receita secreta de sorvete spliss splass.

Ficamos por ali parados, tentando espiar. Mas NoaNoa fechou a cortina e não conseguimos ver nada. Quando NoaNoa terminou de ensinar a receita secreta do sorvete spliss splass, veio com Meraki para falar comigo e com o sr. Milton. Ela trouxe três colheres de pau amarelas e entregou uma para cada um de nós, dizendo:

— Todas as crianças que fazem a Jornada do Caminho ganham, antes de ir embora, uma colher de pau amarela. Mas dessa vez isso vai servir também para o sr. Milton. Elas são amarelas porque são feitas de uma madeira que tem essa coloração e que só existe aqui no Condado das Libélulas.

Pegamos as nossas colheres. Pensei: *Eu nem sei cozinhar, mas posso aprender*. Meraki estava feliz, animado com as receitas de sorvetes maravilhosos. Oak se aproximou e entregou para cada um de nós um presente: um lápis com um cogumelo verde na ponta, que lembrava a casa das libélulas.

— Para vocês escreverem suas vitórias e seus agradecimentos! E poderem se lembrar de mim — disse Oak.

O sr. Milton deu risada:

— Ahhh, eu já tenho um igual a esse. Ganhei do avô do Calib. Seu pai, Calib, também tem um desses em casa.

Oak disse para Meraki:

— Você realmente conseguiu fazer amizade com a NoaNoa! E fazer amizade com ela não é nada fácil!

Nós nos despedimos de Oak. Ela pertence ao Reino de Cidron e não podia nos acompanhar. Depois, fui até o conde das libélulas e entreguei-lhe o mapa, porque outras crianças poderiam precisar dele. O conde das libélulas me agradeceu muito por devolver o mapa. Só Meraki estava triste, porque gostava muito da libélula Oak e precisou se despedir dela.

Fomos para a passagem no labirinto das janelas. As janelas estavam todas abertas. Os truchos guchos ainda estavam por lá, mas inofensivos, porque continuavam todos furados.

Chegamos à cidade de Barbados e fomos até a loja de móveis. Deixamos o giz das portas em cima do piano. Um próximo caminhante poderá precisar dele. E algum dia também podemos voltar aqui. Fomos em direção ao ponto de ônibus, torcendo para o motorista aparecer. O ônibus chegou muito depressa. Assim, em silêncio, num instante já estávamos descendo do ônibus, perto de casa. Caminhamos na direção da minha casa. Quando já estávamos perto, exclamei:

— Conseguimos! Somos verdadeiros caminhantes.

Aspi comentou:

— E o Criador nos guardou por todo o caminho que andamos, e entre todos os povos pelo meio dos quais passamos.

Quando chegamos em casa, meu pai estava fazendo um bolo, usando a colher de pau amarela da NoaNoa, aquela que meu avô conquistara quando era criança. Uma colher igual à que o sr. Milton ganhara da NoaNoa recentemente. Meus pais vieram nos cumprimentar.

— Que cacatua é essa? — perguntou minha mãe.

— Esse é o Aspi — respondi. — Nós o conhecemos no Caminho. Ele veio com a gente.

— Vocês conseguiram encontrar o Criador? — meu pai quis saber.

Nós três começamos a descrever todos juntos as nossas aventuras, contando tudo sem parar. Meus pais ficaram quietos, ouvindo atentamente todas as histórias, escutando todo aquele barulho e tagarelice. Eles estavam bem atentos e percebi que sentiam orgulho de mim.

— Agora somos verdadeiros caminhantes! — Meraki falou bem alto.

— Parabéns, verdadeiros caminhantes! — minha mãe respondeu, sorrindo.

— Somos caminhantes! — Aspi exclamou.

Minha mãe falou:

—Vocês ainda não me explicaram... Por que trouxeram essa cacatua?

Percebi que minha mãe e meu pai não escutavam o que Aspi dizia. Só eu, Meraki e o sr. Milton conseguíamos ouvi-lo. Angélica e Margarida também já tinham falado com ele lá no Reino de Cidron, foi quando o conde das libélulas providenciou uma conversa com elas. Mas será que agora as meninas ainda conseguiriam ouvi-lo?

Minha mãe nem perguntou do colete. Mas eu contei com tranquilidade. Acho que ela já sabia o que realmente precisava ser feito.

Meu pai me cumprimentou:

— Parabéns, Calib! Sabia que você seria capaz e iria conseguir. Você é um vencedor. Cada vitória sua foi merecida.

Comemos o delicioso bolo que meu pai tinha terminado de fazer e de assar. Depois, seguimos para o hospital para encontrar as meninas.

Meus pais foram conosco. Assim que chegamos, vimos os pais da Margarida sentados num banco na entrada do hospital. Pareciam bem preocupados, porque a filha não melhorava e os médicos não sabiam explicar o que ela tinha.

Não adiantaria eu tentar explicar para eles o que Margarida tinha, eles não entenderiam a doença do palidamento. Adiantaria menos ainda eu tentar explicar sobre o Criador ou a chave do coração.

Meus pais ficaram conversando com os pais da minha amiga. Eu, Meraki, o sr. Milton e Aspi entramos no hospital.

— Já estou com saudade da minha amiga, a libélula Oak — Meraki comentou.

— Saudade da Oak ou dos sorvetes? — o sr. Milton quis saber.

— Acho que dos dois! — Meraki respondeu.

— Precisamos encontrar a Margarida e a Angélica e contar para elas tudo que aprendemos — falei.

Quando entramos no quarto da Margarida, logo vimos a Angélica. Ela veio correndo na nossa direção e nos abraçou. Ela estava muito feliz de nos reencontrar.

— Oi, turma! Que bom que vocês voltaram. Tudo bem com vocês? Conseguiram encontrar o Criador dos bluguis azuis?

— Conseguimos! — respondemos. — Foram muitas aventuras, mas conseguimos.

— E a Margarida? Está melhor? — perguntei.

— Ela ainda está muito triste e continua com o palidamento. Os murmus continuam em volta dela. Muitas vezes o bradadorrr se aproxima, aí peço ajuda para os bluguis azuis. Os pais dela continuam sem saber como ajudá-la.

Nos aproximamos da Margarida e eu disse:

— Que bom poder ver você novamente! Temos boas notícias. Conseguimos encontrar o Criador.

— Calib, essa cacatua é a que eu vi quando vocês estavam com as libélulas? — indagou Margarida.

— É, sim — respondi. — Esse é o Aspi!

Meraki se aproximou e começou a contar tudo pelo que passamos e o que fizemos. Todo empolgado, contou cada detalhe, falando sem parar. Descreveu para as meninas as nossas aventuras e todas as nossas vitórias. Margarida, bastante cansada, só ouvia, dava atenção, mas não conseguia se empolgar. Estava bem fraca.

Aspi chegou bem perto dela e perguntou:
— Como posso fazer você sorrir?
— Eu não sei — Margarida respondeu.

Nesse momento tive a certeza de que as meninas conseguiam ouvir Aspi. Com exceção do sr. Milton, só as crianças conseguiam falar com ele.

Meraki contou que conhecemos Jesus e que ele nos levou até a morada do Criador. Falou do amor do Criador por todas as crianças. Quando Meraki parou para tomar um fôlego, aproveitei para falar também.

Contei que o Criador explicou que os pais também foram criança um dia. E que cada um vivenciou sua história de vida, com seus traumas e decepções. Cada pai ou mãe teve seu destino e foi construindo as próprias barreiras emocionais. Alguns, quando cresceram, foram curando essas barreiras e se transformando. Outros, por sua vez, ficaram presos nos seus ressentimentos e criaram ainda mais barreiras. Os filhos, porém, podem usar a chave do coração e transformar mágoas e ressentimentos em compaixão e aceitação. O Criador disse que cada pessoa só pode dar aquilo que tem. Cada um só pode ensinar o que aprendeu.

Mas os filhos podem olhar para os pais com respeito e mudar isso dentro do próprio coração. Quando essa mudança acontece, os murmus que surgiram se desintegram sozinhos e rapidamente. Eles têm de sumir. Quanto ao bradadorrr, ele não pode se aproximar. E nunca vai ocorrer o palidamento.

Parei de falar, achando que tinha explicado tudo direitinho, como o Criador havia me ensinado. E acreditei que a Margarida tinha entendido e que estava tudo resolvido.

Mas... Engano meu! Ela entendeu, só que não concordou com nadinha! E ainda ficou muito brava com a explicação.

— Eu não aceito isso! — protestou. — Não tenho nada a ver com a história deles. Eles são meus pais, são adultos. Eles têm que saber cuidar de mim direito!

Meraki tentou ajudar. Com calma, explicou tudo novamente. Mas não adiantou. Margarida não aceitava desculpar os pais, não queria entender nada, não ia perdoá-los. Além disso, não ia usar a chave do coração. E quanto mais brava ela ficava, percebíamos a presença fria e hostil do bradadorrr ganhando mais força. O bradadorrr estava afastado porque, como tínhamos estado com Jesus, ainda tínhamos muito brilho de luz e ele não podia se aproximar de nós.

Angélica, querendo muito que a Margarida melhorasse logo, disse:

— Margarida, pense um pouco! Essa amargura só está fazendo mal para você. Tire essa amargura do seu coração. Todos que gostam de você estão sofrendo junto. Sem falar que você está dando muita força para o bradadorrr.

O sr. Milton tentou ajudar também:

— Margarida, quando Luiz Gama era criança, ficou com uma mágoa profunda do pai. O pai dele fez algo muito horrível para um pai fazer com um filho. Uma feiura danada, algo bem ruim. O pai o vendeu como escravo! Foi muito ruim e triste o que Luiz Gama passou. Talvez seja melhor imaginar que algo assim nunca acontece com as crianças, colocar esse sentimento dentro de um baú, fechá-lo e jogá-lo no fundo do mar, como um segredo. Mas ele usou a chave do coração e, com a ajuda dos amigos, superou todo o sofrimento e seguiu em frente, podendo depois ajudar muitas pessoas. Ele cresceu e estudou, tornando-se um brilhante advogado que ajudou muita gente.

Mas esses argumentos de nada adiantaram. Margarida mostrava-se brava, teimosa e birrenta. Nada do que tentamos estava funcionando. O bradadorrr tinha ficado muito tempo perto dela e havia contaminado seus sentimentos. O Criador tinha explicado que algumas situações são mais difíceis, então precisávamos de persistência.

Foi aí que a avó paterna de Margarida chegou para fazer uma visita. Ao vê-la, o sr. Milton teve uma ideia. Conversou rapidamente em voz baixa com a senhora. Ela sorriu, se aproximou da neta e sussurrou algo em seu ouvido. Uma coisa que só Margarida ouviu, aquelas coisas de segredos que existem só entre as crianças e as avós.

Margarida ficou emocionada. Uma pequena lágrima escorreu de um olho e algo mudou nela. Porque, até então, Margarida não tinha chorado. Havia enfrentado tudo e, mesmo sofrendo, não chorava. Angélica, que era toda emotiva, já tinha chorado um montão. Mas Margarida era durona!

Margarida é minha amiga, gosto muito dela. Passei por toda essa aventura para ajudá-la. Mas ela não é fácil. É corajosa, brava e agora estava sendo muito teimosa. Mas a avó dela conseguiu algo que nós não estávamos conseguindo, e Margarida decidiu usar a chave do coração. A escolha de usar a chave do coração era só dela, embora a avó e os amigos tenham dado uma força.

— Durante a jornada, a salvação é individual. Mas a família e os amigos podem dar uma força — Aspi afirmou.

Margarida olhou para mim e para o Meraki e disse:

— Está bem, meninos! Deem para mim a tal chave tão importante que vocês conseguiram. Acho que, depois de tanto esforço, a chave talvez seja útil para alguma coisa.

Meraki resmungou, bravo:

— Talvez seja útil? Eu quase morri afogado para pegá-la!

O sr. Milton deu um cutucão no Meraki e fez um sinal para ele se acalmar. A avó paterna de Margarida se aproximou de mim, pegou a chave e levou-a para a neta, dizendo:

— Margarida, só você pode usar essa chave no seu coração.

Angélica falou:

— Margarida, respire profundamente e peça para que o Espírito Santo de Deus inspire seu coração, para que você consiga desculpar seus pais e, apesar de tudo, decidir ser feliz.

Nossa amiga colocou a chave sobre o peito. De repente, o quarto ficou cheio de luz! Apareceu uma imagem que todos nós pudemos ver… O Criador fez aparecer uma grande tela de cinema que mostrava a mãe de Margarida se transformando. Ela foi ficando mais jovem, mais jovem, mais jovem… Até ficar criança. Era possível ver aquela criança muito triste. Havia várias crianças batendo nela e rindo dela porque seu cabelo estava desarrumado. Como ela era órfã de mãe e não tinha ninguém para ajudá-la a se cuidar, aquelas crianças maldosas se aproveitaram da situação para inferiorizá-la. Ela se sentiu muito humilhada e infeliz. Criou dentro de si uma forte revolta. Então, foi possível ver a mãe de Margarida decidindo que sempre ficaria perfeitamente bonita e arrumada, que ser vaidosa e materialista seria a coisa mais importante da vida dela. Ela falava que nunca mais ninguém iria maltratá-la.

Nesse instante, Margarida conseguiu entender a mãe e uma luz de amor e compaixão começou a envolvê-la. Pudemos ouvir o Criador dizendo para a Margarida:

— Você entende sua mãe agora? Pode desculpá-la e aceitá-la?

Margarida respondeu:

— Depois de tudo que meus amigos me contaram, das coisas pelas quais passaram e tudo que aprenderam... Eu decido que, apesar de tudo o que sofri e de tudo que meus pais fizeram... Eu escolho que amo a Deus sobre todas as coisas, que aceito Jesus como meu Salvador e que compreendo os meus pais e aceito os limites deles. Eu escolho ser feliz. Eu posso tomar novas decisões! Eu decido me manter com equilíbrio, saúde e alegria.

No mesmo instante apareceram infinitos bluguis azuis. O Criador tinha mesmo dito que enviaria muitos bluguis. Uma quantidade enorme de bluguis azuis alegres e sorridentes. Eles encheram o quarto todo. Vimos bluguis em todos os cantinhos. Precisamos até ficar encolhidos, de tantos bluguis.

Os bluguis azuis destruíram os murmus, que desapareceram instantaneamente. Foi uma sensação de alívio, porque agora o bradadorrr estava muito distante. Ele tinha ido para muito longe e não poderia mais deixar a Margarida com o palidamento. Então, a Margarida foi se curando. O palidamento começou a abandoná-la, como uma sombra saindo do corpo dela. Saindo... Saindo... Se afastando. Até sumir totalmente. As cores foram voltando ao seu rosto, ela começou a sorrir de novo e se curou totalmente.

Margarida olhou para mim e disse:

— Você correu do seu jeito desengonçado de sempre por lá?

Dei risada. Ela já estava melhor! Já estava mais disposta, animada e alegre. Tinha voltado a ser a Margarida empolgada de sempre. Estava totalmente curada do palidamento.

A avó beijou-a de leve no rosto e disse:

— Felicidades, minha neta querida!

Angélica estava muito feliz por ver a amiga curada e falou:

— Agora Margarida vai conseguir receber todo o carinho que as pessoas sentem por ela.

Eu, Meraki, Angélica, o sr. Milton e Aspi, todos juntos, demos um forte abraço na Margarida. Depois, Aspi ficou pousado no ombro dela.

— É muito bom ver você assim, tão serena! — o sr. Milton comentou.

— Margarida, você precisa saber que tem um novo amigo que também te ajudou, o Cifoseraptor. Agora você é a amiga especial dele. Depois eu explico melhor essa história — falei.

O sr. Milton foi chamar os pais da Margarida. Quando o pai dela entrou no quarto, ficou imediatamente muito animado, caminhou até ela e deu-lhe um forte abraço:

— Filha! Que maravilha! Você está curada!

A mãe, por sua vez, ficou afastada. Permaneceu perto da porta e só deu um leve sorriso, de longe, dizendo:

— Oi! Que bom que você melhorou!

A mãe da Margarida não conseguiu dizer mais nada, não conseguiu dar nenhum abraço nem carinho para a Margarida. Apenas observou:

— Arrume esse cabelo, as pessoas aqui não têm que ver você assim esculachada.

— Margarida, você não é o que as pessoas dizem que você é. Você é a essência que Deus criou — Aspi falou.

Margarida olhou para mim e disse:

— Minha mãe é assim mesmo! Ela é desse jeito, meio atrapalhadinha! Eu é que preciso aprender a lidar com isso. Ganhar um leve sorriso da minha mãe já é um começo!

Margarida ficou tranquila, ignorando a alfinetada recebida. Deus já tinha mostrado o coração da mãe dela. Sendo assim, Margarida não criou mais mágoas nem frustrações. Aprendeu a enfrentar a situação com mais maturidade, aceitando a circunstância e seguindo em frente.

O sr. Milton, percebendo que Margarida tinha superado a situação e estava equilibrada, elogiou-a:

— Margarida, você está ótima!

— Ótima não! Ela está bótima! Mais que ótima — Meraki acrescentou.

A mãe da Margarida ainda falou:

— Ela ia se curar de qualquer forma. Em algum momento ela ia se curar, mesmo.

Vi Meraki ficar nervoso e até consegui imaginar o que ele estava pensando. Tanto trabalho que tivemos! Tudo pelo que passamos para a mãe de Margarida achar que foi tudo por acaso, que nossas ações não fizeram diferença nenhuma, que nossa amiga teria se curado de um jeito ou de outro… Mas tanto Meraki como eu logo ignoramos os comentários da mãe de Margarida. Era o jeito dela!

Meus pais vieram até o quarto cumprimentar Margarida e depois disseram:

— Meninos, vamos embora. Agora os médicos precisam concluir os exames da sua amiga, para ela poder ir para casa.

Como agora Margarida já estava bem, Angélica também podia ir embora para descansar.

O sr. Milton falou:

— Angélica, você também foi uma heroína! Ficou aqui sozinha, bravamente, persistindo junto com a Margarida o tempo todo, com muito amor e dedicação. Aguentando firme até que voltássemos com uma solução. O Criador falou muito bem de você.

— No Reino de Cidron existem muitos tipos de heróis — Aspi comentou.

E assim cada um foi para sua casa.

FIQUEI PENSANDO:

» O que a "avó paterna de Margarida" é da "mãe de Margarida"?

DURANTE O CAMINHO, SÓ A PRÓPRIA PESSOA
PODE USAR A CHAVE DO CORAÇÃO.
QUANDO UMA CRIANÇA SE CURA NO
CAMINHO, A ALMA DO MUNDO SE CURA.
O VERDADEIRO CAMINHANTE SABE
PROTEGER OS OUTROS E CUIDAR DELES.
NO CAMINHO, ENCONTRAMOS
MUITOS TIPOS DE HERÓIS.
DURANTE O CAMINHO, A SALVAÇÃO
É INDIVIDUAL, MAS A FAMÍLIA E OS
AMIGOS PODEM DAR UMA FORÇA.
NA JORNADA, VOCÊ É A ESSÊNCIA
QUE DEUS CRIOU, NÃO O QUE AS
PESSOAS FALAM DE VOCÊ.

"Aquele que, pela virtude que opera em nós, pode fazer infinitamente mais do que tudo quando pedimos ou entendemos".
Carta aos Efésios 3:20

"O Senhor é o nosso Deus, ele que nos tirou, a nós e a nossos pais, da terra do Egito, da casa da servidão: e que operou à nossa maravilhosos prodígios e guardou-nos ao longo de todo o <u>caminho</u> que percorremos, entre todos os povos pelos quais passamos".
Livro de Josué 24:17

"Vereis o céu aberto e os anjos de Deus subindo e descendo sobre o Filho do Homem".
Evangelho Segundo São João 1:51

"Crê no Senhor <u>Jesus</u> e serás salvo, tu e tua família".
Atos dos Apóstolos 16:31

"Noemi, sua <u>sogra</u>, disse-lhe: 'Minha filha, é preciso que eu te assegure uma existência tranquila para que sejas feliz'".
Rute 3:1

CAPÍTULO 18

CUIDANDO DE OUTRAS CRIANÇAS

No domingo, assim que acordei, fui ler a carta-resposta do meu tio que havia chegado enquanto eu estava fora. Ele tinha muitas aventuras interessantes das suas viagens para me contar.

Passei pela sala e olhei com carinho para o porta-retratos que tinha a foto dos meus quatro avós. Pensei na minha família e senti um profundo carinho por ela, e orgulho de todos os meus antepassados.

Meraki passou na minha casa para irmos visitar Margarida. Quando estávamos no portão da minha casa, ouvimos o som da moto do motoqueiro misterioso. Ele parou do outro lado da rua. Havia outro motoqueiro na garupa.

Ele apontou para mim e exclamou:

— É aquele! Aquele é o Calib! Ele é um fenômeno internacional!

Eu ouvi aquilo, olhei para Meraki e não entendi nada. O motoqueiro que estava na garupa desceu da moto, veio até o portão da minha casa e deixou uma caixa no chão. Voltou para a moto e montou nela rapidamente. O piloto acelerou e os dois foram embora.

Quando eu e Meraki íamos pegar a caixa para ver seu conteúdo, uma van de entregas estacionou. O entregador desceu do veículo e perguntou:

— Calib ou Meraki mora aqui?

— Eu sou Calib e moro aqui! — respondi.

— Então tenho alguns pacotes para vocês — disse o entregador.

Ele pegou vários pacotes e os entregou para nós. Pegamos todos os pacotes, muito curiosos para saber o que havia dentro deles. Eram vários presentes para mim e para o Meraki. Junto deles havia várias cartas de admiradores.

— Calib, são presentes de admiradores — Meraki estava espantado. — Como ficaram sabendo das nossas aventuras? Como é que ficamos conhecidos por todas essas pessoas?

— Eu não sei — respondi. — Acabamos de chegar. Nós não falamos com ninguém.

Achamos tudo aquilo muito estranho. E ainda tinha aquele motoqueiro que eu não conseguia descobrir quem era...

Só depois de abrirmos todos os pacotes fomos nos encontrar com o sr. Milton, Angélica e Aspi. Contamos para eles sobre os presentes e as cartas de admiradores que recebemos e seguimos juntos para a casa da Margarida, que já tinha recebido alta do hospital. Ela veio nos receber na porta. Quando nos viu, bateu palmas e disse:

— Eba!

Ela estava muito bem, saudável e feliz. Angélica logo a abraçou.

— Calib! A gola da sua camiseta está torta! — Margarida notou.

— Que alegria! Minha amiga chatinha está normal! — respondi.

— Nem olhe para mim! Minha camiseta nem gola tem! — Meraki brincou.

Estávamos muito felizes porque Margarida estava bem. Eu estava me sentindo muito alegre. Meu objetivo tinha sido alcançado, eu havia conseguido! Minha amiga estava curada. *Sou um vencedor*, pensei. Experimentei uma sensação de vitória e realização.

Outro pensamento passou pela minha cabeça: *Sou um grande caminhante! Um verdadeiro Cavaleiro de Cidron!*

— Você sabe que a sua próxima missão agora é maior? — Aspi me perguntou.

— Próxima missão? Maior? — retruquei.

— Você não sabe que precisa ajudar outras crianças a se curar e a descobrir a existência do Criador? — Aspi continuou. — Não sabe que outras crianças precisam aprender a usar a chave do coração?

Elas precisam saber de Jesus! Você precisa contar para elas sobre o Reino de Cidron! A cura é para todos. Quando uma criança se cura, a alma do mundo se cura.

O sr. Milton entrou na conversa:

— Realmente, Calib! As outras crianças não precisam fazer toda a jornada perigosa que fizemos! Elas não precisam passar por tantos desafios, só precisam saber das suas aventuras e dos seus aprendizados. O cavaleiro Saveda escreveu sobre as suas façanhas. Suas aventuras serão lidas por muitas crianças em todo o mundo.

Na hora, fiquei pensativo, realmente fazia sentido. Eu queria ajudar outras crianças. O que fiz foi importante para a Margarida, então poderia ser importante para outras crianças também. Existem muitos tipos de pais: aqueles que só criticam, os que só trabalham; há também aqueles que são ausentes. Alguns que amam demais e até sufocam. Outros são iguais aos cangurus da Procrastinândia, sempre repetindo os mesmos erros. Existem até pais que são perigosos! Aqueles dos quais as crianças precisam ficar longe, para se proteger deles e procurar ajuda. No entanto, a maioria dos pais é comum. São os que ficam trabalhando, preocupados em pagar as contas e dar o melhor para os filhos. Amando, sendo carinhosos, festejando. Querendo fazer o seu melhor.

Os pais tiveram sua própria história de vida, seus traumas, suas carências, passaram por dificuldades. Alguns cresceram e se resolveram. Outros ficaram presos às mágoas até agora e continuam infantis até hoje. Estão grudados aos seus ressentimentos. Mas nós, crianças, podemos seguir em frente. Respeitando suas histórias, mas escrevendo de forma diferente as nossas aventuras.

Angélica gostou da fala do Jardineiro:

— É mesmo! Calib, podemos ajudar outras crianças dividindo esse conhecimento com elas.

— As crianças precisam entender que seus pais também foram crianças um dia. Também sentiram medo — Meraki opinou.

Margarida veio para perto de mim e disse:

— Calib, saber do Reino de Cidron... Conhecer a existência do Criador, o amor de Jesus e a chave do coração me ajudou muito. Por isso, precisamos ajudar outras crianças a entender a Jornada do Caminho. Falar para outras crianças da existência de Jesus. Contar a respeito da chave do coração para elas poderem refletir e fazer novas escolhas. Toda criança pode decidir ser feliz.

Meraki perguntou:

— Calib, você se lembra do nosso decreto de Cavaleiro? Na Jornada, às vezes precisamos escolher ajudar outros caminhantes. Se você decidir ajudar outras crianças, eu também topo ajudar.

Olhei para Meraki, o sr. Milton, Angélica, Margarida e Aspi. Parecia que todos já estavam decididos, só aguardavam a minha resposta.

— Vocês venceram! — gritei. — Vamos ensinar outras crianças!

— Calib, você vai prestar um grande serviço para o Criador — Aspi declarou.

Agora tínhamos nossa missão! Ajudar as crianças a conhecerem o Criador. A saber da existência de Jesus. As crianças poderiam entender melhor seus pais e ser livres para fazer escolhas melhores. Esse talvez seja o verdadeiro propósito que o Emanuel tinha me perguntado. Nosso objetivo agora era ajudar as crianças a serem felizes. Enquanto fazemos coisas positivas para ajudar outras crianças, não temos tempo para pensamentos ruins. Cada criança que aprender sobre o Caminho pode ensinar outras, e assim se tornar também um caminhante. E pode realizar as suas proezas e ter as suas ousadias da sua própria forma.

Bluguis azuis geram outros bluguis azuis. E só quando você tem o amor de Jesus dentro de si é que pode ensinar esse amor para outras pessoas.

— Acho que o Criador vai ficar muito feliz comigo! — concluí.

Nesse momento, Aspi se aproximou de mim e anunciou:

— Calib, eu vou morar com o sr. Milton. O jardim dele é melhor para mim. E todos vocês podem me visitar quando quiserem.

— Vou sentir saudade — declarei.

— Como faço vocês sorrirem? — brincou Aspi. — Tive uma ideia! Vamos todos ver o pôr do sol. Durante a Jornada sempre tem um novo pôr do sol.

Primeiro, fomos até a igreja e deixamos com o padre Joaquim todo o dinheiro que ganhamos com a venda dos bolos. Ele vai saber direcionar o dinheiro para quem mais precisa.

Estávamos esperando as borboletas chegarem. Mas dessa vez eu sabia que elas não iam dançar para mim, iam dançar para o Criador. E que o Criador estaria ali entre nós. Brincando junto, de alguma forma.

Eu estava com Meraki, Margarida, Angélica, o sr. Milton e Aspi na praça, esperando o pôr do sol e as borboletas aparecerem. Nesse momento, passaram seis amigos nossos da escola: João, Vitor, Marcelo, Laura, Luiza e Solange. Como estávamos todos de férias, falamos com eles e os convidamos para se juntarem a nós na brincadeira do pega-pega das borboletas.

Percebemos que o pôr do sol estava próximo e ficamos em silêncio, aguardando. Conforme o sol foi se pondo, reparamos que tudo ficou silencioso. Como se a natureza silenciasse antes da estreia das borboletas. Aí, de repente, elas surgiram. Eram muitas. Todas coloridas. O brilho da água da fonte na praça, o cheiro das plantas, o reflexo da luz nas asas das borboletas! Os outros amigos ficaram surpresos! Juntos, brincamos com as borboletas. Saltávamos, pegávamos as borboletas e as soltávamos novamente.

Todo animado, Marcelo falou:

— Elas estão dançando para mim!

Parece um repeteco... Era exatamente isso que eu dizia antes, pensei. Mas, enquanto olhava para meus amigos, brincando e se divertindo, agora sabia que as borboletas não giravam em volta de mim, elas adoravam e aclamavam o Criador. E eu sabia que, naquele momento, de alguma forma, o Criador estava no meio de nós.

— Elas dançam para o Criador dos bluguis azuis... — comentei.

— Criador dos bluguis azuis? Quem é esse? — Marcelo perguntou.

Comecei a contar uma história... Os recém-chegados à turma ficaram surpresos.

Eu faria tudo de novo!, pensei.

— Aspi, será que algum dia também vou poder abraçar Jesus? — Margarida perguntou.

— Eu também adoraria conhecê-lo de pertinho! — Angélica acrescentou.

Aspi respondeu:

— A vida é como um rio, sempre acha o seu curso. Quem sabe qual será o segredo de uma nova Jornada... Depois que uma Jornada do Caminho termina, sempre uma nova aventura divertida pode começar.

================ FIQUEI PENSANDO: ================

» O mais divertido não é saber a resposta certa, mas brincar de pensar nas perguntas.
» A ciência vai atrás das perguntas.
» A Bíblia é um livro que incentiva muito a fazer perguntas.

Que o Caminho te acompanhe.

Agora posso ouvir Deus dentro do meu coração,
cantando suavemente em todos os momentos.
Foi muito bom brincar com ele.

Agora Deus está presente dentro de mim,
pois a vida pulsa no meu peito.
Mas, quando olho para fora,
vejo Deus no sorriso dos meus amigos,
mas também percebo Deus no olhar dos meus inimigos,
pois com o amor de Deus consigo ir além das pupilas
e reconhecer o brilho das almas.
E, assim, posso sorrir para o outro,
pois somos todos filhos de Deus
e podemos brincar todos juntos.
E por essa jornada seguirmos unidos.

O CAMINHANTE ÀS VEZES ESCOLHE
AJUDAR OUTROS CAMINHANTES.
A VERDADEIRA FELICIDADE DO CAMINHANTE É
QUANDO PODE CRIAR CONDIÇÕES PARA QUE
OUTRAS PESSOAS SEJAM FELIZES TAMBÉM.
NO CAMINHO, É DIVERTIDO AJUDAR
OS OUTROS A SORRIR.
O CAMINHANTE SABE FAZER ESCOLHAS QUE
AJUDEM E COLABOREM PARA A HUMANIDADE.
DURANTE A JORNADA, SEMPRE HÁ
UM NOVO PÔR DO SOL.
QUANDO UMA CRIANÇA SE CURA,
A ALMA DO MUNDO SE CURA.
DEPOIS DA JORNADA, PODEMOS PROTEGER
OS OUTROS E CUIDAR DELES.
BLUGUIS AZUIS GERAM NOVOS BLUGUIS AZUIS.
DEPOIS QUE UMA JORNADA DO
CAMINHO TERMINA, UMA NOVA
AVENTURA DIVERTIDA COMEÇA.

"As nações verão então tua <u>vitória</u>, e todos os reis teu triunfo. Receberás então um novo nome, determinado pela boca do Senhor".
Isaías 62:2

"Graças, porém, sejam dadas a Deus, que nos dá a <u>vitória</u> por nosso Senhor Jesus Cristo".
Primeira Carta aos Coríntios 15:57

"É maior felicidade dar que receber".
Atos dos Apóstolos 20:35

"A alma generosa será cumulada de bens; e o que largamente dá, largamente receberá".
Provérbios 11:25

"O coração inteligente adquire o saber; o ouvido dos sábios procura a ciência".
Provérbios 18:15

FIM

ÁRVORES – SELOS E PECADOS

Capitulo 5
Folha de **Pau Brasil**   Pedir ajuda /
1 (Primeiro selo)

....

Capitulo 6
Folha de **Café**   Pedir desculpa / 1 (Primeiro pecado: gula)
2 (Segundo Selo)

....

Capitulo 7
Folha **Jacarandá de Minas**
3 (Terceiro selo)   Desculpa (perdoar) / 2 (Segundo pecado: ira)

....

Capitulo 8
Folha Árvore **Chuva de Ouro**
4 (Quarto selo)   Agradece / 3 (Terceiro pecado: luxúria)

....

Capitulo 9
Folha do **Ipê-Branco**   Compaixão
5 (Quinto selo)   1 canguru cai no buraco

....

Capitulo 10
Folha do **Cambuci**   Honestidade / 4 (Quarto pecado: avareza)
6 (Sexto selo)   2 cangurus das fivelas

....

Capitulo 13
Folha **Árvore de Caju**   Equilíbrio / 5 (Quinto pecado: vaidade)
7 (Sétimo selo)   3 cangurus da argila

....

Capitulo 14
Folha **Pitanga**   Venceu a preguiça / 6 (Sexto pecado: preguiça)
8 (Oitavo selo)

....

Capitulo 15
Folha **Castanha o Pará**   Venceu a inveja / 7 (Sétimo pecado: inveja)
9 (Nono selo)

....

10 (Décimo selo) Jesus

FONTE Adobe Jenson Pro
PAPEL Pólen Natural 80 g/m²
IMPRESSÃO Paym